고양이가
죽기를
기다리며

40대 독신 작가의 비망록

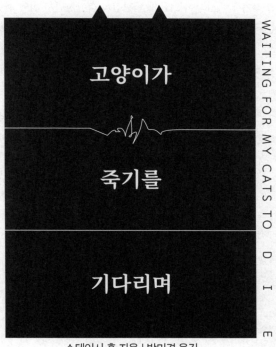

고양이가

죽기를

기다리며

WAITING FOR MY CATS TO DIE

스테이시 혼 지음 | 박미경 옮김

연암서가

옮긴이 박미경

영어 및 프랑스어 전문 번역가. 앨리스 먼로, 레이몬드 카버 같은 영미 단편 작가에 매료되어 그들의 단편집을 출간하면서 번역 활동을 시작했고 번역 강의를 하기도 했다. 번역한 책으로는 『죽도록 먹고 마시는 심리학』, 『카트린느 메디치의 딸』, 『마음 정리 수업』, 『우리 뇌는 왜 늘 삐딱할까?』, 『나쁜 짓들의 역사』, 『소심한 공격자들』, 『Dr. 영장류 개코원숭이로 살다』, 『똑똑하고 기발하고 예술적인 새』 외 다수가 있다. 특히 남극 탐험가 스콧과 관련하여 『남극일기』, 『세상 끝 최악의 탐험 그리고 최고의 기록』, 『남극의 아티스트』 등을 번역하였고, 저서로는 『남극의 스콧』(전자책)이 있다.

고양이가 죽기를 기다리며

2020년 1월 20일 초판 1쇄 인쇄
2020년 1월 30일 초판 1쇄 발행

지은이 스테이시 혼
옮긴이 박미경
펴낸이 권오상
펴낸곳 연암서가

등록 2007년 10월 8일(제396-2007-00107호)
주소 경기도 고양시 일산서구 호수로 896, 402-1101
전화 031-907-3010
팩스 031-912-3012
이메일 yeonamseoga@naver.com

ISBN 979-11-6087-057-2 03840
값 16,000원

40대 중년의 독신 여성이 삶의 전반기 끝에 겪는 절망과 희망의 상큼한 메시지

이 책의 무엇이 나를 그렇게 사로잡았을까? 나는 이 책의 도입 부분부터 확 끌렸다. 스테이시 혼은 40대 독신으로 당뇨병에 걸린 고양이 두 마리와 살며 TV 보는 것을 매우 즐긴다. 자신이 만든 사이버 공간 에코에서 많은 시간을 보내고, 틈만 나면 죽음과 묘지와 인생의 황혼기에 대한 생각에 빠지며, 주말에는 드럼 연주단에서 드럼을 연주한다. 그녀가 좋아하는 것은 한 마디로 TV, 고양이, 드럼 연주, 묘지, 에코이다.

스테이시 혼이 맞이한 중년의 위기는 삶이 안정되어 있지 않다는 것이다. 경제적으로도 그렇고 정신적으로도 그렇다. 그녀의 첫 책은 실패했다. 그녀는 사랑하는 남자를 만나고 싶어 하지만 연령적으로 마지막 한계선에 와 있다고 느낀다. 게다가 그녀가 애착을 가지고 만든 소셜 네트워크 에코는 점차 유지가 어려워지면서 새로운 길을 모색해야 하는 처지에 놓였다. 또 그녀가 사랑하는 두 고양이 비머와 비츠는 당뇨병, 신장질환, 위장질환 등 병이란 병은 다 달고 있다. 모든 창이 닫힐 조짐을 보이고 있다. 결국 그녀는 자신의 미래를 위한 여러 가지 새로운 설계를 한다. 그 계획 중에는 묘지 관리인이 되는 것도 있고 TV 방송 작가가 되는 것도 있고 동물병원에서 일하는 것도 있다. 그것이 다가 아니다. 그녀는 독신들이 흔히 그렇듯 삶의 마지막 순간에 대한 두려움을 가지고 있다. 어쩌면 고독사하는 운명에 처할 수도 있고, 요양원의 뜨거운 열기가 느껴지는 작은 방에서 삶을 마감하는 운명에 처할 수도 있다. 그나마 나은 것은 '스테이시와 친구들을 위한 은퇴의 집'을 지어 친구들과 더불어 사는 것이다. 그녀는 미래가 더 좋게 바뀔 수 있다는 긍정의 가능성에 위안을 얻는다. 그래서 그녀는 인생을 먼저 살아온 노인들을 통해 지혜를 얻으려고 노인들과 인터뷰를 하기도 한다.

어떻게 보면 그녀의 딜레마는 그녀만의 것은 아니다. 특히 현대의 결혼 적령기를 넘긴 여성이라면 누구나 처할 수 있는 것이다. 하지만 대부분의 사람들은 삶의 어느 시점에 현실을 알고 적당히 타협하며 사는 쪽을 택한다. 사랑하지 않아도 적당한 사람과 결혼하고 자신이 좋아하지 않아도 적당히 먹고 살 수 있는 일을 선택한다. 꿈이란 원래 이루어지지 않는 법이니까. 실제로 인생에는 꿈을 포기해야 할 때도 있다.

하지만 그녀는 그것을 선택하지 않는다. 그녀는 결혼하자는 남자 친구도 있고, 절대 톨스토이의 소냐 같은 불임꽃이 되고 싶지 않다고 외치면서도 관계 그 자체보다는 사랑을 찾고 싶어 한다. 한낱 꿈으로 끝난다고 해도 말이다. 또한 그녀는 TV 방송 작가가 되기 위한 시도를 한다. 『고양이가 죽기를 기다리며』는 원래 방송 대본용으로 쓰인 것이었고 미국 에이전트들의 호평을 받은 작품이었다. 하지만 방송 분야보다는 책이 더 적합했는지 결국 책으로 나오게 되었다. 그리고 이후에 그녀는 여러 작품을 출간했고 작가로서도 성공했다. 『고양이가 죽기를 기다리며』는 그녀의 두 번째 책이지만 의미가 있는 것은 위기 속에서도 그녀가 꿈을 이루리라는 모든 조짐을 보여 주는 작품이기 때문이다. 일단 시작하면 포기하지 않는 그녀의 헌신과 집념이 이 작품 속에서 넘치게 나타난다.

결국 그녀가 사랑하는 고양이, 비츠는 죽고 그 죽음은 그녀를 깊은 상심에 빠져들게 한다. 그녀는 상실감 속에서 고양이가 주는 작은 행복에 의존하며 살아온 자신이 한심하다고 여기지만 그럼에도 자신이 고양이를 좋아한다는 사실을 인정하지 않으면 비참함까지 더해질 것이라고 느낀다. 그녀에게 고양이는 아주 특별한 존재이다. 그녀는 모든 것을 내려놓고 받아들이는데, 그 과정에서 마음의 평화를 얻기 시작한다.

그녀가 삶이 힘들 때 언제나 자신에게 주문을 거는 말이 있다. 영원한 것은 없다. 모든 것은 변한다. 인생은 막간에 몇 번의 영광의 순간이 있을 뿐인 고행이다. 그녀의 주문은 효력이 있다. 막간에 있는 몇 번의 영광의 순간만으로도 인생은 충분히 살 만한 가치가 있다.

여기까지만 본다면 독자들은 이 책의 내용이 어둡고 절망 적인 부분이 많을 것으로 예상할지도 모르겠다. 하지만 단언 컨대 그렇지 않다. 그녀의 글에는 독자를 사로잡는 솔직함과 상큼함이 있다. 뿐만 아니라 그녀의 글은 깊은 절망을 알아 차리기 어려울 정도로 유머와 재치, 그리고 기지로 가득하다. 이 책을 번역하면서 드물게 나는 이 책의 내용에 대해 주변 에 이야기를 했다. 책 제목이 지나치게 어두운 느낌이 든다고 말하는 사람들도 있었지만 이 책의 내용 일부를 이야기했을 때 사람들이 제일 많이 보인 반응은 웃음이었다. 어쩌면 그것 이 이 책이 어떤 책인지를 가장 잘 말해 줄 것이다.

마지막으로 내 마음에 가장 와 닿은 아마존 댓글 하나를 소개함으로써 마무리 지을까 한다.

"이 책 『고양이가 죽기를 기다리며』는 정말 통찰력이 빛 나는 흥미로운 성찰이다. 단지 죽음에 대해서만이 아니라 삶 에 대해서 말이다. 이 책을 표지만으로 판단해서는 안 되는 이유가 바로 그것이다. 이 책에서 가장 깊이 와 닿았던 것은 스테이시 혼이 자신의 생각과 감정과 꿈에 대해 꾸밈없이 매 우 솔직하다는 것이다. 나는 이 책의 페이지를 계속 반복해서 읽고 있는 나 자신을 본다. 마치 그렇게 할 때마다 좀 더 많은 것을 얻을 수 있기라도 하는 것처럼 말이다. 이 책은 중년의 위기를 담은 그저 그런 책이 아니다. 스테이시는 자신의 삶을 통해 너무 늦기 전에 인생의 막간에 있는 작은 영광의 순간들을 맘껏 누리라고 우리 영혼을 휘저어놓는다. 독자들은 이 책을 통해 사랑과 희망, 상실과 두려움, 그리고 삶과 죽음에 대한 것을 알게 될 것이다."

차례

도입

　내가 사는 방식은 이렇다. 언제나 똑같은 식으로 몇 초마다 채널을 이리저리 돌리며 끈질기게 살펴본다. TV 수상기를 환등기처럼 사용한다. 거실 불빛이 켜졌다 꺼졌다 계속 반복한다. 다음, 다음, 다음, 유심히 보거나 한 번에 몇 초 이상 머물 만한 프로가 없다. 내 삶은? 다르지 않다. 나는 어떤 것이든 한 가지에 오래 머물지 않는다. 그래서 독자들이 이 책을 읽다가 지겨우면 지겨움조차 오래 가지 않을 것이다.

　내 문제다. 먼저 나는 TV를 너무 많이 본다. 한 가지 이야기를 해주자면 내가 만들었고 지금은 어려움에 처한 온라인 서비스 에코에서 이렇게 밝힌 적이 있다. (에코는 누구든 로그인하여 어떤 이야기든 나눌 수 있는 곳이다.) "시간이 벌써 이렇게 되었다는 것을 아무도 말해 주지 않았나요? '웨스트 윙(West Wing)'을 봐야 하는 시간인데 시간이 가는 줄도 모르고 여기서 읽고 쓰고 있었어요. 부탁 하나 해도 될까요? 중요한 TV 프로 시간에 내가 로그인해 있는 것을 보면 나가야 한다는 것을 좀 알려줄래요?"

두 번째 나는 마흔두 살이고 독신이다. 말로는 삶의 안정된 기반을 닦을 준비를 하고 있다고 하지만 그러는 동안 결혼이나 적어도 열여섯 살이었을 때의 그 비슷한 것과는 너무 멀어져 있다. 나는 외롭다. 하지만 로맨스에는 내가 삶의 다른 부분에서 노력하는 것의 1/10도 하지 않는다. 일은 하루에 적어도 여덟 시간 한다. 사랑을 찾는 데는 왜 그 절반도 쓰지 않을까? 나는 겁쟁이다. 아니다. 내가 이것을 원하기 때문이다. 내 친구 스티븐은 내가 정말 결혼을 원하면 일 년 안에 할 수 있을 것이라고 말한다. NO! 이유는 남자가 없기 때문이다. 그건 내 잘못이 아니다. 그게 다다. 아니, 내가 그들을 두렵게 만든다. 이것이 내가 아는 다른 독신여성들에게 인기 있는 해명이다. 우리가 위협적이라는 생각은 우리를 으쓱하게 하고 우리에게 위안을 준다. 우리가 그렇게 멋지고 강하지 않으면 오히려 모든 것이 괜찮을 텐데. 맞다. 미친 사람들도 진정한 사랑을 찾는다. 교도소에 있는 사람들까지도 어찌어찌해서 결혼한다. 나한테 뭔가 문제가 있는 것이 틀림없다. 나는 "나한테 뭔가 끔찍한 문제가 있는 것 같은데 아무도 말을 안 해줘."라고 친구들에게 말한다. 잘 모르겠다. 어쩌다 여기까지 왔는지 잘 모르겠다.

세 번째는 이미 언급한 내 비즈니스 에코가 어려움에 처해 있다는 것이다. 난 정말 크게 신경도 쓰지 않는다. 뉴 미디어의 죽음에 신물이 난다. 차라리 TV를 보는 것이 훨씬 낫다.

이제는 정리할 때다. 하지만 내가 타이핑을 하는 이 노트북 비용은 무슨 돈으로 지불하지? 나의 첫 책은 잘 팔리지 않았다. 사람들이 내 소설을 사고 싶어 하지 않는다. 어떻게 해야 될지 모르겠다. 내 삶의 한 부분도 안정과는 거리가 멀다. 아! 그러고 보니 나한테는 당뇨병에 걸린 고양이 두 마리도 있다. 비츠와 비머다. 나는 12시간마다 그놈들에게 인슐린 주사를 놓아야 한다. 그것이 다가 아니다. 비머는 신장이 점점 쇠약해지고 있고 이틀에 한 번씩 피하주사를 맞아야 한다. 내가 스펠링도 모르고 발음하기도 어려운 위장질환도 있다. 내가 새로운 사람들을 만나 나의 고양이에 대한 이야기를 할 때마다 그들이 묻는다. "왜 죽이지 않나요?" 내가 고양이의 머리 위로 몸을 숙여 냄새를 맡아보면 그놈들의 머리에서는 흙과 나무와 잎의 냄새가 난다. 그것은 습지의 냄새이고 영원의 내음이다. 황폐함과는 거리가 멀다. 어쩌면 작은 위안이지만 그것이 모든 것을 말해 준다.

마지막으로 나는 죽음에 관한 생각을 하는 시간이 너무 많다. 죽음에 관한 책이 나오는 족족 구입한다. 죽음에 관한 영화가 나오는 족족 보러 간다. 시간이 생기면 아리따운 젊은 처자였을 때 클럽을 쏘다니던 때와 달리 버려진 건물 지하나 고미다락에 남겨진 것들을 살피고 다니며 엉겅퀴 숲을 헤치고 잊힌 묘지들을 찾아다닌다. 나는 사람들의 기억 속에 잊힌 것을 파헤치고 싶다. 버려진 역사를 부활시킬 수 있다면 나의 승리이기 때문이다. 여하튼, 나는 그렇게 느끼고 있다.

이 책은 나의 중년의 삶의 위기에 관한 것이다. 아니, 이른 시기에 시작된 중년의 위기에 관한 것이다. 내 마음은 언제나 바쁘다. 어차피 안 좋은 일이 일어날 것이라면 차라리 일찍 일어나 극복하는 것이 낫지 않을까. 지금 나는 그것이 일어나는 동안 내가 겪은 일에 관한 글을 쓰고 있다. 글을 쓰는 것이 게임에서 한발 앞에 있는 느낌이 들게 하기 때문이다.

나는 가능하면 중년의 삶에 관한 책을 많이 읽는다. 하지만 읽어볼 만한 작품은 별로 없었다. 게일 시히(Gail Sheehy)는 누군가를 한 대 치고 싶은 생각이 들게 만든다. 나는 그녀의 책을 읽지 않았음을 인정하지만 그녀의 책『통과하기(Passages)』의 아이디어가 나를 화나게 한다. 나는 인생이 기본적으로 엿 같다고 생각한다. 이 말은 "인생은 본질적으로 엿같다."고 말한 내 친구 리즈 마고시즈의 글을 슬쩍 한 것이다.(나는 그 말을 어디서 가져왔는지 언급해야 한다고 생각한다.) 나이를 먹는 것은 아무리 잘 봐주려고 별로 멋진 일이 아니다. 다들 어떻게 된 것이 아닌가? 나는 로렌 바콜(Lauren Bacall)이 싫고, 그녀와 일부 다른 이들이 주창하는 '주름살은 나이가 주는 훈장'이라는 식의, 빌어먹을 사고방식도 싫다. 로렌, 나이가 들면 무엇이 오지? 뭐긴 뭐야, 죽음이지.

몇 달 전에 '희망(Hope)'이라는 컨퍼런스에 간 적이 있었다. 그곳에서 들었던 가장 희망적인 말은 이것이었다. "인생은 막간에 몇 번의 영광의 순간이 있는 고행이다." 누가 이 말을 했는지는 기억이 잘 나지 않는다. 그래서 이런 멋진 말을 한 주인공에게 공치사를 할 수 없다. '그냥 자살하는 게 어때?'라는 사람들을 저지하기 위해 상기시키는 것뿐이다. 몇 번의 영광의 순간. 그것으로 충분하다.

남자들이 중년의 위기를 어떻게 넘기는지에 대한 책은 누구나 읽어본 적이 있을 것이다. 으음, 그렇다면 여자들은? 이 책을 보면 된다. 나는 온갖 것들을 하기 시작했다. 나의 고통이 독자들의 즐거움이 될 것이다. 내 삶의 여러 채널들이 획획 돌아갈 것이다. 일부 채널은 다른 것들보다 더 자주 돌아올 것이다. 이런 채널에는 일어나는 일이 더 많기 때문이다. 아니 내가 더 집착하기 때문이다. 아니, 어쩔 수 없이 같은 실수를 반복하기 때문이다. '음악가와 자지 말라, **음악가와 자지 말라.**' 이것이 나의 새로운 룰이다. 하지만 나는 기회를 얻는 순간 룰을 무시할 것이다. 다만 20대 때와는 달리 기회가 자주 오지 않을 뿐. 그러고 나면? 상황은 더 악화될 뿐이다.

뭘 어찌해야 할지 모르겠다. 모든 것을 관두고 멀리 떠나고 싶다. 모든 것이 영원한 척하기가 더 쉬운 곳일 것이다. 나는 나의 고양이들이 죽기를 기다리고 있다. 그러고 나면 떠날 것이다. 하지만 떠나는 것으로 해방될까? 혹은 숨는 것으로 해방될까? 농담이다. 그것은 핑계다. 마치 내 인생이 고양이 때문에 그렇게 된 것이며 그놈들이 죽어야 내가 곤경에서 풀

려난다는 것과 같다. 나의 고양이들은 영원히 살아야 한다.

　힘들다. 나이를 먹는 것이 힘들다. 게다가 나는 혼자이다. 게다가 병든 고양이들이 있다. 나는 두렵다. 하지만 언제나 그렇지는 않다.

음악

　예상이 되지 않았다. 어느 순간 내 미래가 끝없이 이어질 것처럼 보이다가도 다음 순간 배탈이 나고 공포에 사로잡혀 당장에 죽을 것만 같다. 나는 셔윈 B. 눌랜드(Sherwin B Nuland)의 저서 『어떻게 죽을 것인가(How to die)』에서 평화로운 죽음에 대한 환상을 박살내는 기술을 읽었다. 마흔 번째 생일이 되기 직전에 끝냈다. 그리고 어느 순간 죽을 수 있다는 패닉에 사로잡힌 채 시간을 보냈다. 이제 어쩌지? 이제 어쩌지? 오! 맙소사. 오 맙소사, 오 맙소사…. 내 생각이 수도꼭지를 틀면 콸콸 쏟아지는 물처럼 쏟아져 나왔다. 그리고 나는 생각했다. 그래. 록 스타가 되는 것이 언제나 남아 있잖아. 그러면 다시 마음이 진정되고 모든 것이 다시 괜찮아졌다. 미국의 모든 이들처럼, 아니 어쩌면 서구 세계의 모든 이들처럼 나는 록 스타가 되는 것에 대한 환상이 있다. 그것이 나를 구해 줄 것이다. 그것이 내 패닉에 지시를 내린다. 너는 이제 록 스타가 될 거야. 괜찮아. 괜찮아질 거야.

　나는 보이스는 둘째 치고 록 스타의 필수 악기인 기타도 연주할 줄 모른다. 악기라곤 피아노를 배운 적이 잠깐 있을 뿐이다. 준비되어 있지 않다. 어디서부터 시작해야 하지?

20년 전에 나는 맨해튼의 웨스트 빌리지(West Village of Manhattan) 모퉁이에 앉아 있었다. 그곳은 내가 사는 곳이고 어른이 된 후로 내내 살아온 곳이었다. 언젠가 나는 그곳에서 한 그룹의 드러머들이 가두 행진을 하는 핼러윈 퍼레이드를 보았다. 쉰 명이 족히 넘어 보였다. 나는 자리에서 일어나 거리에서 춤을 추기 시작했다. 나는 스무 블록을 계속 그들을 따라가며 춤을 추었다. 나는 그들이 멈출 때까지 멈추지 않았다. 지금 나는 거리에서 춤추는 여자가 아니다. 그런데 아침마다 샤워기 아래서 '내가 싫어 내가 싫어 내가 싫어'를 반복하는, 자의식 과잉의 덫에 갇혀 마비된 사람이 아니라 차라리 춤추는 여자이고 싶다. 왜 나는 내 친구 알리의 예쁘고 쾌활한 이탈리아 여자 친구인 마리아같이 될 수 없었을까? 당연히 그녀가 로마 출신인 것은 금상첨화였다. 드러머들의 드럼 소리를 들었던 바로 같은 시기에 나는 마리아를 처음 만났다. 우리 둘 다 성인으로 첫발을 갓 내디뎠을 때였다. 나는 밝고 근심 걱정 없고 사랑스러운 마리아 옆에 있는 작고 어두운 트롤이었다. 그녀를 지켜보노라면 내 속이 편치 않았다. 마리아였다면 거리에서 춤을 추고 두 번 다시 그 생각을 하지 않았을 것이다. 나는 그렇지 못했다. 나는 그 생각을 하곤 했다. 그 후로 20년간 나는 그것에 대해 생각하곤 했다. 하지만 내가 잊지 못한 것은 춤이 아니었다. 그것은 드럼 연주였다.

그러고 나서 마흔이 되기 직전에 나는 신문에서 맨해튼 삼바 그룹(Manhattan Samba Group)이라고 하는 드러머 그룹에 대한 것을 읽었다. 나는 내가 보았던 사람들이 그들이라고 생각했다. 나는 전화를 걸었다. 6개월 후에 나는 그들과 핼러윈 퍼레이드에서 드럼을 연주하고 있었다. 나는 실수할지도 모른다는 두려움이 너무 커서 어떤 날, 어떤 도시를 간다고 해도 참석했을 것이다. 관중이 없어도 상관없었다. 오직 제대로 치는 것에만 집중했다. 어떤! (둥-둥) 실수도! (둥-둥) 절대! (둥-둥) 해서는! (둥-둥) 안 된다! 나는 맹렬한 시선을 아래쪽으로 하고 생각했다. 난 화난 초짜 여자 드러머였다. 한 번도 드럼에서 시선을 떼지 않았다.

이듬해 여름 나는 우연히 마리아를 보았다. 근 20년 만이었다. **이제 나 좀 그만 괴롭혀, 마리아.** 내가 마리아를 처음 만난 것은 갓 성인이 되었을 때였다. 그 후에 그녀는 로마로 돌아갔다. 그런데 중년이 된 지금 나는 우연찮게 그녀를 다시 보게 되었다. 지금은 그녀에 관한 모든 것을 내가 잘못 알았다는 생각이 들었다. 꼬집어 말할 수는 없었지만 그녀의 입이 뭔가 이상했다. 그녀는 여전히 쾌활한 듯 행동하고 있었지만 마치 누군가가 그녀의 머리 위로 보자기를 뒤집어 씌워놓은 것 같았다. 앵앵거리는 그녀의 말소리가 뚜렷하지 않았다. 스무 살 때 매력이었던 것이 마흔 살에는 더 이상 어울리지 않왔고, 사람을 조금 불안하게 만들었다. 나는 피했다. 그녀에게 말을 걸 수가 없었다. 스무 살 때는 온통 패배자라는 생각에 짓눌러 그녀에게 말을 할 수 없었다. 마흔 살에는 그녀라면 여전히 파티 같은 삶을 살아야 했는데 그렇지 않아서 말을 할 수 없었다. 그녀의 말투가 약간 이상했다. 처음으로 나는 그녀의 얼굴에서 그녀도 언젠가 죽을 수 있는 존재임을 보았던 것이 기억난다. 오케이, 차라리 패배자로 느끼며 사는 편이 더 낫다.

이제 나는 맨해튼 삼바 그룹의 정규 멤버다. 우리는 매주 토요일 밤에 2시에서 새벽 4시까지 SOB(Sounds of Brazil)에서 드럼을 연주한다. 그렇다보니 일요일은 그냥 버리는 날이다. 상관없다. 일요일을 좋아해 본 적이 없으니까. 일요일은 평화로운 휴식의 날이 되어야 한다. 내가 일요일마다 느끼는 것은 심한 두려움뿐이다.

나는 록 스타가 아니다. 하지만 한발 가까이 다가가 있다. 가끔은 관중들 사이를 걸어서 드럼을 들고 무대까지 갈 때도 있다. 그럴 때면 몇몇 사람들이 주먹 쥔 손을 치켜들고 이렇게 소리친다. "맨해튼 삼바!"

고양이

먼저 나의 두 고양이 이름에 대한 설명이다. 민망한 부분은 먼저 짚고 넘어가는 것이 낫지 않을까. 둘 중에 나이가 더 많은 쪽이 비츠다. 비탐(VTAM)의 애칭이다. 그것은 '가상 원거리 통신 접근 방식(virtual telecommunication access method)'의 이니셜로 설명할 만한 가치가 없는, 한물간 IBM 컴퓨터의 그것이다. 당연히 이름치고는 별로다. 그런데 그 당시에는 그런 범주의 이름이 정말 좋은 아이디어로 보였다. 하지만 이 스토리에는 약간 달콤한 면이 있다. 비츠는 14년 전에 처음 나에게 왔다. 내 약혼자였던 돈(Don)이 주인이 더 이상 기르기를 원치 않아 유기한 고양이들을 보살피는 동물관리 및 통제센터(Center for Animal Care and Control)에서 데려왔다. 그곳의 동물은 입양되지 않으면 안락사 된다. 돈은 내게 VTAM을 가르쳐준 남자였고 당시에 나는 그런 직종의 일을 하고 싶은 마음이 간절했다. 결국 나는 그 분야의 일을 하게 되었고 고양이의 이름을 VTAM으로 지었다. 그리고 나는 깊은 우울에 빠지게 되었다. 결국 우리 관계는 결별로 끝이 났고,

돈은 캘리포니아로 가버렸다. 그렇게 해서 나는 비츠와 부자연스럽게 가까워지게 되었다. 우리는 다시 혼자 남은 것에 대해 서로 안타까운 마음으로 친해지게 되었다. 나는 힘든 시간을 술로 보냈고 그것은 나를 더 엉망으로 만들었다. 나는 1년 후에 알코올 중독 치료를 받았다. 그것을 계기로 두 번째 고양이 빔 혹은 비머를 만나게 되었다. 빔이라는 이름은 '시모어'라는 이름에서 비롯되었다. Seymour-Bemore-Beamers-Beams. 나는 알코올 중독 치료를 끝낸 지 몇 주 후에 비머를 데려왔다. 나는 J. D. 샐린저(J. D. Salinger)의 책과 이야기 속에 나오는 시모어 글래스(Seymour Glass)를 기리기 위해 그렇게 지었다. 아무리 생각해도 이상한 선택이다. 나는 매우 희망에 넘쳐 있었지만 고양이 이름은 자살하는 인물의 이름을 딴 것이다.

동물관리 및 통제센터에서 집으로 돌아가는 길에 비머는 그곳에서 넣어 가라고 준 박스에서 몸을 떨고 먹은 것을 토해냈다. "아직 젖을 떼지 않았어요." 수의사의 말이었다. 일주일 동안 나는 한 손으로 비머를 붙잡고 다른 한 손으로 우유를 담은 안약 용기를 물리고 있어야 했다. 그렇게 해서 나는 비머와도 부자연스럽게 가까워졌다. 비머가 음식을 처음 한입 먹었을 때, 나는 비머의 작고 털이 많은 몸을 공중으로 의기양양하게 치켜들었다. 아기가 첫걸음을 내디딜 때 흔히 부모가 하는 것처럼 말이다.

몇 년 전에 내가 사는 건물에 불이 났다. 나는 제정신이 아니었다. 고양이 캐리어가 하나뿐이었다. 나는 그곳에 비머를 집어넣었다. 비츠는 넣을 데가 없었다. 나는 그놈을 베갯잇과 작은 손가방에 넣으려고 안간힘을 썼다. 방은 연기가 차오르고 있었고 나는 점점 패닉에 빠졌다. 하지만 비츠 없이는 떠날 수가 없었다. 나는 숨을 쉬고 상황 정리를 하려고 잠시 비상계단으로 나갔다. 그곳에서 나는 비츠를 두고서는 갈 수 없다는 것을 깨달았다. 그것은 나도 죽을 수 있다는 것을 의미했다. 나와 비츠, 그리고 비머가 죽는다. 나는 잠시 멍하니 그대로 있었다. 우리 모두 죽는다. 나는 떠나려고 했다. 걸어서 비상구로 나가려고 했다. 하지만 두 번째 걸음에서 눈물이 왈칵 솟았다. 다시 자리에 앉았다. **이젠 정말 죽는 거야.** 다행히도 우리는 한 소방대원에게 구조되었다. 그는 이제 불이 다 꺼졌으니 건물을 나갈 필요가 없다고 소리쳤다.

　　나와 운명 공동체인 두 고양이가 어떻게 생겼는지 이야기를 하자면 이렇다. 비츠는 검은 고양이로 과체중에 지루성 피부염이 있고 당뇨병을 앓는다. 비머는 흑백 고양이고 과체중은 아니다. 그리고 역시 당뇨병이 있었고 신장 기능 장애도 있고 앞에서 말한 위장질환도 있다. 둘 다 고통 없이 살아 있게 해주려고 나는 12시간마다 인슐린 주사를 놓는다. 비머는 동시에 신장 기능도 문제가 있어 격일로 9% 소듐액 피하주사를 맞는다. 그리고 끼니마다 소화제 한 알의 1/4을 먹어야 한다. 나는 고양이에 미친 여자의 이 모든 행동이 어떻게 보이고 들리는지 안다. 그것에는 논리가 없다. 하지만 지금은 오래되어 기억이 잘 나지 않지만 어떤 사람이 이런 말을 한 적이 있다. "사랑은 논리적이지 않다." 물론 그녀의 말이 고양이가 아니라 사람에 대한 것이라고 해도 말이다.

혹은 이성적이지 않다. 두어 달 전 에코(온라인)에서 우리 인체에 일어날 수 있는 갖가지 끔찍한 경우를 가정해 이야기를 나눈 적이 있었다. 감히 상상하기 어려운 온갖 경우가 있을 수 있었다. 그러고 나서 그럼에도 인생이 살만한 것인지 우리는 서로 물어보았다. 예를 들어 '팔이나 다리가 없어도 살고 싶은가요?' 같은 것이다. 호흡 보조기를 달고 있어도? 한 회원이 골다공증이 너무 심해 곱사등이에 턱이 몇 인치 굽어 있는 사람이 사람들이 붐비는 거리를 따라 절룩이며 걸어가는 가정의 경우를 기술했다. 나는 '그래도 인생은 살만한 가치가 있다.'에 한 표 던졌다. "이 세상의 모든 고양이들과 좀 더 가까워지기를."

로맨스

마우로는 이 셔츠를 돌려받지 못할 것이다. 마우로는 맨해튼 삼바 그룹에서 나와 드럼을 연주한다. 우리는 SOB(Sounds of Brazil)에서 연주가 끝난 후에 가끔씩 함께 잔다. 지난 토요일 우리는 함께 잤다. 나는 '그게 뭐 대수라고 그럴 수도 있지'라며 쿨한 사람인 양 글을 쓰고 있다. 하지만 실제로는 그렇지 않다. 그래야 된다고 생각할 뿐이다. 그는 달콤한 젊은이다. 나는 같이 즐기면 되지 너무 심각하게 받아들이지 말아야 한다고 생각한다. 하지만 나도 내 감정을 정확히 잘 모르겠다. 그럼에도 그와의 섹스가 너무 좋아 내일 어찌되더라도 오늘 살고 보자는 식의 태도를 취한다. 그리고 마우로는 내 인생 막간에 있는 몇 안 되는 영광의 순간 중 하나라고 나 자신에게 말한다.

그는 자신의 셔츠를 내 침실에 두고 갔다. 그 전날 밤에 드럼 연주할 때 입었던 옷이다. 나는 오후에 집으로 돌아왔고 문으로 들어가 잠시 그것의 냄새에 취했다. 그의 냄새였다. 실제로 그 옷에는 그의 체취가 반쯤 남아 있고 시중에서 흔히 파는 향수 냄새가 반쯤 남아 있다. 거리를 걷다가 어디에선가 그 향수 냄새가 나면 나는 번번이 속는다. 마우로는 주변에 없다. 하지만 나는 고개를 들고 코를 킁킁이며 이렇게 생각한다. 있어…. 왜냐하면 내 눈에는 나를 내려다보는 마우로의 시선이 보이고 평소에 그 냄새가 날 때와 같은 감정이 느껴지기 시작하기 때문이다.

나는 마우로 전에 다른 남자와 섹스를 한 적이 있었다. 하워드라는 남자였는데 그는 내가 생각한 그런 남자가 아니었다. 지금은 그와 섹스를 할 수 있다고 해도 다시 하고 싶지 않다. 그는 두 번째 만난 날에 나를 차 버렸다. ─아니 어쩌면 세 번째였는지도 모르겠다. ─그는 나하고 같이 잔 다음날 3년간 사귄 이전 여자 친구에게 다시 돌아가 버렸다. 그래서 나는 다시 마우로에게 돌아왔다. 마우로 또한 내 이상형이 아니다. 어쩌면 내 기분을 회복시키기 위한 필사적인 안간힘이었을 뿐이다.

지금 나는 기억 상실증을 유발하는 마우로의 사랑스러운 체취에 그냥 취해 있고 싶을 뿐이다. 이것을 자인하기까지 다소 시간이 걸렸다. 그의 티셔츠는 침실에 있었다. 처음에 나는 설명을 요구하는 사람이라도 있는 양, 있을 법하지 않은 가상의 구실이나 적법한 핑계거리가 생겨야만 그곳에 갔다. 그곳에 가서도 들킬까봐 겁내는 사람처럼 당혹감 속에서 재빨리 그의 셔츠 냄새를 맡았다. 다른 사람들은 내가 털어놓지 않으면 모르는 것인데도 말이다. 실제로 나는 털어놓았다. 세 사람에게 같은 이야기를 했다. 크리스와 조, 그리고 하워드였다. 나는 "머리를 올릴까, 아니면 내릴까?", "힐 대신에 스니커즈를 신고도 섹시할 수 있을까?" 같은 삶에서 작지만 중요한 문제에 대해 여론을 물어보는 것을 좋아한다.

나: 내가 침실에 있을 때 마우로의 셔츠 냄새를 맡거든. 이상하니?
크리스: "아니."
조: "응."
하워드: "아니."

시간이 조금 지난 후 슬픔이 느껴지면 나는 예전으로 돌아갈 것이다. 하워드가 내가 생각하던 사람이 아니었을 때 느껴졌던 그런 슬픔이 느껴지면 말이다. 나는 거의 모든 시간을 거실에서 보내기 때문에 그의 셔츠를 거실의 소파 위에 두었다. 이제는 책을 읽고 글을 쓰고 TV를 보고 온라인에 있을 때도 별다른 수치심 없이 그의 냄새를 맡는다. 그리고 마우로의 체취에 빠져 잠이 든다. 만약 그가 자신의 셔츠를 돌려달라고 하면 어떤 대화가 오고갈지 상상한 적이 있다.

나: "너한테 줄 새 셔츠 샀어. 네 것은 내가 가지고 있을게."

마우로: "왜?"

나: 그건 말하기 싫어. 자, 새 것 여기 있어.

마우로: 이상한 사람이야. (마우로는 가끔씩 이런 말을 하곤 한
다.)

내가 마우로와 나누는 대화는 대략 이 정도일 것이다. 나
는 그가 나를 크게 좋아하지 않아도 괜찮다고 나 자신에게
말한다. 우리 관계에는 지적인 면이 없기 때문이다. 그리고
그것은 내가 정말 원하는 것이기 때문이다. 다만 가끔씩 그가
나에게 전화를 걸어 한 시간 동안 전화로 노래를 불러주는데,
내가 지적인 면에 신경을 쓴다고 말한다면 거짓말을 하는 것
이다.

마우로는 나보다 열두 살 연하이다. 그는 브라질인이고 잘
생겼다. 그가 가장 원치 않는 것이 정착이다. 나는 정착을 원
한다. 하지만 그와 하고 싶지는 않다. 아니, 말은 그렇게 한다.
그러고 나면 그의 셔츠가 있다.

여론 조사

Q

에코의 회원 186명을 대상으로 여론 조사를 했다.

몇 살에 중년이 시작된다고 생각하나요?

("서른다섯은 아니었으면 좋겠어."라고 나의 서른다섯 살 친구인 대니가 말했다. 제그는 말했다. "바로… 바로… 바로…. 아니… 지금!")

37%는 40살에 시작된다고 말했다.
22%는 45살에 시작된다고 말했다.
19%는 50살 혹은 그 이후에 시작된다고 말했다.
16%는 39살 혹은 더 일찍 시작된다고 말했다.

한 사람은 이렇게 말했다. "중년은 소파 천갈이해 놓은 것이 다 해져 있고 심지어 어울리지 않는 격자무늬가 되어 있어도 더 이상 아이러니한 느낌이 들지 않는다는 것을 알아차릴 때 시작된다." 나와 같은 부류의 또 다른 사람은 "죽음에 대한 생각이 지속적으로 들 때."라고 말했다. 또 많은 사람들이 이렇게 응답했다. "지금 몇 살이든 간에 지금 내 나이보다 5년 후에." 이런 답을 하는 사람들도 있었다. "나이는 숫자에 불과하며 젊다고 느끼면 젊은 것이다." 하지만 이런 답이 짜증나 모두 지워버렸다.

우정

남자 친구

조와 나는 우리 우정이 〈해리가 샐리를 만났을 때〉라는 영화 속의 관계로 이어지기를 기다리고 있다. 그 정도로 우리는 서로 친밀하고 편안하다. 이를테면 내가 한창 뱃살에 집착하고 있었을 때 우리는 서로 뱃살을 잡고 비교했다. 이보다 좋을 수 있을까? 서로 뱃살을 잡고 비교할 만큼 자의식이 느껴지지 않는 것이 말이다. 조와 나는 우리가 친구 범주를 넘어설 수 있다면 훨씬 더 좋을 것이라고 생각한다. 우리는 너무 친하다. 행운의 수레바퀴가 따각, 따각, 나아가면서… 친구 트레일을 통과하여 연인 트레일 위에 멈추기를 바라고 있다고나 할까. 이러면 대박인데. 내가 조를 알게 된 것은 1987년이었다. 우리는 대학원에서 처음 만났다.

오늘 조가 전화로 말했다. "우리 결혼하자." 이것이 처음은 아니었다.

문제는 우리가 서로 성적으로 끌리지 않는다는 점이다. 우리는 서로를 다른 사람들보다 더 좋아한다. 하지만 우리가 키스하는 것이 상상이 되지 않는다. 키스하는 것이 상상이 되지 않는다면 결혼하는 것은 더더욱 그럴 것이다. 이런 이유로 나는 받아들이지 못하고 있고 조는 그것이 큰 문제가 아니라고 생각한다.

"조, 섹스는 어떡하고?"

"뭐? 레드 말이 섹스는 별것 아니라고 했어." 그는 큰 소리로 불평한다. "그건 문제가 안 된다고 했어."

그가 지칭하는 레드는 그의 친구이기도 하고 나의 친구이기도 한 레드 번스다. 한때 우리가 다녔고 지금은 내가 강의를 나가는 대학의 프로그램 책임자다. 이것이 기본 논쟁이다. 첫 열정이 지나고 나면 섹스의 중요성은 옅어지고 서로 뱃살을 비교하는 친밀감이 서로를 묶어 주고 행복을 유지시킨다. 많은 사람들이 이것을 믿는다. 나는 언젠가 '중매자'라는 PSB 다큐멘터리를 본 적이 있다. 중매자도 이 비슷한 지적을 한다. 5분이나 10분 정도 지속되는 것은 중요하지 않다고 한다. (그녀는 누구하고 섹스를 한 것일까 의아스럽다.)

역사적으로 결혼은 섹스나 사랑 때문에 하지 않았다. 경제적이고 정치적인 결정과 관련이 있었다. 세월이 흐르면서 정치와 경제의 이유가 점점 약해지며 결혼의 근거가 섹스와 사랑으로 바뀌었다. 어쩌면 이 이유는 다시 바뀔지도 모른다. 미래의 사람들은 우정을 결혼의 이유로 받아들일지도 모른다. 어쩌면 조는 시대를 앞서간 사람일 뿐일지도 모른다. 내가 언제 TV에 빠져드는지 조가 아는 것이 매우 편안하다는 좋은 점이 있다. TV에 빠져드는 것은 달리 좋은 것이 없을 때이다. 이것만으로 결혼하기에 충분할까?

다른 사람들은 그렇게 생각하는 것 같다. 레드는 내가 조와 결국 결혼하게 될 것이라고 믿는다. 나 외에는 우정이란 감정만 공유해도 결혼하는 데 크게 지장이 없다고 보는 것 같다. 나는 그들에게 이렇게 말하고 싶다. **그렇게만 되면 얼마나 좋을까. 나도 내 감정이 바뀌기를 바라.** 하지만 레드와 그 중매자는 행위 그 자체가 비교적 짧게 지나고 욕망의 강도가 시간이 흐르면서 점점 약해질지 모른다고 해도 누군가에게 성적 매력을 느낀다는 사실이 섹스 그 자체보다 더 많은 것을 의미한다는 것을 잊고 있는 것 같다. 그것은 우리가 함께 하는 모든 것의 지향점을 완전히 바꾼다. 모든 것을 말이다. 그것은 로맨스이다. 친구와 함께 걷는 것은 연인과 함께 걷는 것과는 다르다. 친구와 함께 TV를 보는 것은 연인과 함께 TV를 보는 것과는 다르다. 친구와 함께 하는 것에는 '우리의 노래'가 없다. 둘 중 어느 한쪽이 다른 쪽보다 더 나은지는 나도 잘 모르겠다.

나는 아주 오랜 친구인 크리스와 언제나 하는 논쟁이 있다. 결혼과 독신 중 어느 쪽이 나을까? 친구와 연인 중에 어느 쪽이 더 나을까? 어느 쪽이 더 낫다고 할 수 없다. 답이 없다. 둘 다 역할이 있다. 나는 둘 다 원한다. 로맨스가 없는 삶은 정말 견디기 어렵다. 우리를 구제하는 것은 사랑이 아니라 우리 자신이라는, 스튜어트 스마일리의 지혜를 알지만 나는 구제를 바라는 것이 아니다. 우리를 구제할 수 있는 것은 없다. 나도 날 구제할 수 없다. 하지만 사랑이 있다면 없는 것보다 훨씬 낫다. 사랑 없는 삶은 한 마디로, 생각만 해도 비참하고 받아들일 수 없다. 더 이상 말을 말라. 나는 여전히 행복한 삶을 살고 있는 걸까? 비교적 그런 편이다. 하지만 로맨틱한 사랑이 없는 나의 현재 상태는 절대 괜찮은 것이 아니라고 생각한다.

요전날 밤에 갓 아버지가 된 남자 친구 하나가 우리 집으로 날 태워다 주었다. 그는 분명히 나와 키스를 하고 싶어 했다. 감정을 인정하지 못한 채 우리는 담쟁이덩굴과 등나무가 있는 블록 위에서 그의 차 옆에 서 있었다. 우리 주변의 은행나무 가지가 마치 별을 갈망하는 듯이 하늘로 뻗어 있었다. 나는 우리가 키스해도 괜찮은 이유를 찾아내려고 애쓰며 그곳에 버티고 있었다. 어쩌면… 어쩌면… 어쩌면… 하며 우리는 계속 서로에게 매달렸다. 생각 있어? 아니, 예외는? 아니. 나는 처음에 포기했다. 그의 아이가 갓 태어났기 때문이었다. 하지만 잠깐 그런 욕망에 휩싸인 것이 그것 없이 사는 것을 상기시켰다. "아무도 필요 없어, 난 도도한 독신녀야." 계통의 책을 쓰는 모든 여성들에게 지옥에나 가라고 하고 싶다!

정말 작동하지 않는 사랑보다는 사랑이 없는 것이 차라리 낫다고 생각한다. 작동하지 않는 사랑은 사람을 더 힘들게 한다. 그것은 혼자인 것보다 사람을 더 외롭게 만든다. 그런 경우가 되면 나는 혼자가 되거나 그냥 친구들과 삶을 향유할 것이다. 그래서 나는 조에게 서로 옆집에서 이웃지간으로 살자고 말한다. 매일 같이 다니며 놀 수 있고 커피를 마시며 주위를 돌아다니며 앉아 있을 수도 있고 친구들 뒷담화를 할 수도 있고 서로 뱃살을 비교할 수도 있다. 생각해 보면 내게는 로맨스보다 우정이 더 지속성이 있었고 나의 총체적 행복에 기여도가 더 높았다. 나만 그런 것이 아니다. 다른 친구들도 다르지 않다. 나는 꿈속의 남자를 찾고 싶지 않다고 말하는 것이 아니다. 사랑 없는 삶을 원하는 사람이 있을까? 하지만 우리가 평생 함께 하는 사람들이 연인들보다 더 자주 친구인 데는 그만한 이유가 있지 않을까?

"나랑 결혼하자." 조는 온라인에서 다시 말한다. 글쎄, 조. 언젠가는 할 수 있을지도, 내가 너를 지금보다 약간만 더 사랑하면 할게.

가족

데이지 할머니

죽음에 대한 나의 매혹은 어디에서 비롯되었을까? 엄마다. 내가 자라는 동안 엄마는 고인이 된 이들에 대해 언제나 열정과 애정이 담긴 어조로 이야기했다. 살아있는 사람이 괜찮다면 죽은 사람들은 더 괜찮은 사람들이었다. 그들은 언제나 더 친절했고 더 재미있었고 더 예뻤다. 그리고 내가 아이였고 있는 그대로 받아들였기 때문에 세상에서 제일 좋은 사람들은 죽은 사람들이라는 생각을 하게 되었다. 그 중에서 최고봉은 내 외할머니였다. 내 외할머니의 이름은 거트루드 유지니아 암스트롱(Gertrude Eugenia Armstrong)인데 다들 그녀를 데이지라고 불렀다. 데이지는 1951년 8월 6일 42세의 나이로 세상을 떠났다. 내가 태어나기 5년 전이었고 내 어머니가 열일곱 번째 생일을 맞이하기 7일 전이었다. 사망 원인은 관상동맥 혈전증(coronary thrombosis)이었다. 나는 어디에선가 성인이 되기 전에 부모를 잃으면 그것을 잘 극복하지 못한다는 것을 읽은 적이 있다. 내 어머니의 말이 얼마나 절실하고 실감이 나든지 나까지 데이지 할머니의 죽음을 극복하는 것이 쉽지 않았다. 할머니에 대한 그리움도 있었다. 다만 내 경우는 실제 사람이 아닌 사람의 이미지에 대한 그리움이 었다. 그리고 이것은 내 삶의 이야기가 되고 있다.

데이지 할머니가 세상을 떠나고 어머니는 나의 외할아버지인 자신의 아버지와 살게 되었다. 나의 외할아버지 월터는 어머니가 세 살 때 집을 나갔다. 2년 후 그는 콘 에디슨(Con Edison)의 직장으로 일을 하러 거리를 걸어가던 중에 정확히 같은 원인으로 죽었다. 월터 할아버지는 평생 동안 일하지 않은 날이 단 하루도 없었다. 오죽하면 그가 죽은 날 동료 작업자가 이런 농담을 할 정도였다. "월터가 오늘 일하러 안 온 걸 보니 죽은 게 틀림없어." 물론 주변에 알아서 처리해 줄 수 있는 친인척이 있었음에도 내 어머니가 아버지의 시신을 확인하기 위해 시체 안치소로 갔다. 외할아버지는 어머니의 마지막 남은 직계 가족이었다. 내 어머니의 외할머니는 내 어머니가 여덟 살 때 심장질환으로 죽었다.

나의 거실의 책상 옆 한쪽 벽에는 웨딩드레스를 입은 젊은 시절 데이지 할머니의 사진이 붙어 있다. 그것을 그곳에 간직하고 있는 이유는 내가 천국과 지옥과 천사들을 언제나 생각하며 자랐기 때문이다. 비록 그런 것을 믿지 않는다고 해도 때로 나는 데이지 할머니에게 이런 경우에 날 좀 도와달라고 기도한다. 1) 내가 틀릴 때(비교적 자주 있는 일이다.), 2) 내가 신경이 쓰인다면, 3) 그녀가 해줄 수 있는 위치에 있다면…. 나는 증조할아버지 클라우디스 "클로드" 데니스 코르크(Claudious "Claude" Dennis Corke)의 사진 또한 걸어두고 있다. 그리고 그에게도 역시 도와달라고 기도한다. 나는 할아버지와 닮았다. 닮았기 때문에 할아버지가 나의 고통에 좀 더 동적적일지도 모른다고 생각한다.

사진 속의 데이지 할머니는 아름다웠다. 그런데 어딘지 연약해 보인다. 결혼식 사진에서 많은 것을 알아내기는 힘들다고 해도 그것이 보인다. 그녀는 심장질환이 있었고 계단을 오르내리지 못했다. 그래도 할머니는 강단이 있었다. 나는 그녀가 세상을 떠난 병원에 편지를 보낸 적이 있었는데 그녀가 어릴 때 심장질환으로 침대 생활을 하고 3년간 학교생활에 공백이 있었음에도 이른 나이에 고등학교를 졸업했다는 답을 들었다. 그녀는 절대 아이를 가져서는 안 된다는 조언을 들었지만 세 번 출산을 하고 모두 죽음으로 끝난 후에도 (정확히 두 아들은 사산이었고 하나는 태어나 일주일 만에 죽었다.) 30살에 내 어머니인 조안나 로레인을 가졌다.

남편에게 버림을 받은 후에 데이지 할머니는 다시 결혼하지 않았다. 한 번 더 사랑에 빠졌지만 교회는 그녀의 혼인을 무효화해 주지 않았다. 그녀는 죽을 때까지 내 어머니와 단 둘이 살았다. 1951년 7월 13일 그녀가 죽기 한 달 전까지 비서 일을 하면서 말이다. 그녀는 삶의 말년에 일종의 갱년기 우울증 장애 진단을 받았고 롱아일랜드의 필그림 정신 센터에 입원했다. 그녀의 차트에는 "환각, 내향적, 가벼운 공격성,"이라고 기록되어 있었다. '가벼운 공격성'이라는 말은 내 친구 매트가 이해시켜 주었는데 그녀가 그곳에 있기 싫어 저항을 한 결과라는 것이다. 나는 그녀가 맞서 싸웠다는 것이 기뻤고 그녀가 두려움 속에서 집으로 가고 싶어 했다는 사실이 안타까웠다.

그녀의 병원 기록에서 알아낼 수 있는 것은 별로 없었다. 그녀의 생각이나 감정에 대한 것은 전혀 없었다. 그리고 그들이 말하는 환각이 무엇을 뜻하는지도 적혀 있지 않았다. 거의 50년이 지난 이야기지만 내 어머니는 여전히 그 이야기를 하려고 하지 않는다. 나는 데이지 할머니의 병실과 마지막 날들을 함께 한 사람들을 한번만 보고 싶다는 바람을 떨쳐버릴 수가 없다. 그들은 어떤 사람들이었을까? 모든 것이 그녀의 뜻대로 되지 않자 충격을 받은 후에 나의 할머니는 결국 도움을 받아 휴식을 취하게 될 것이라고 생각했을까? 아니면 이 마지막 실망스러운 일을 받아들이지 못하고 끝까지 두려움에 시달렸을까?

나는 언제나 데이지 외할머니와 끈이 이어진 느낌을 받았다. 왜냐하면 나도 선천적 심장 결함을 가지고 태어났기 때문이었다. 선천적 심장 결함은 1956년에는 지금보다 훨씬 더 큰 문제였다. 의사들은 나의 어머니에게 내가 끝까지 가지 못할 수도 있다고 말했고, 이것이 어머니에게 어떤 의미였을지 상상이 될 것이다. 어머니는 심장질환으로 많은 가족을, 정확히 5년에 한 번씩 잃었다. 그때 어머니는 스물한 살이었고 가족 중 하나를 또 잃어야 할 때가 되었다. 그런데 나의 심장은 기사회생했고 나는 살아남았다. 하지만 이 위중한 해에 나는 내 어머니가 내가 곧 죽을 것이라는 사실을 내게 암시했을 것이라고 믿는다. 그래서 자연스럽게 죽음에 대한 호기심이 생겨나지 않았을까 싶다. 훗날 가족 상실과 데이지 할머니의 꺼져가던 심장에 대한 모든 이야기에도 불구하고 나는 죽음을 낭만적으로 보았다. 언제나 내가 받은 느낌은 내가 뭔가를 그리워하고 있다는 것과 좋은 것은 모두 내가 태어나기 전에 죽고 사라졌다는 것이다. 그것이 나를 계속 과거로 끌어들이고 있다. 내 삶 전체에서 내가 미래를 바라본 시간은 1~2년 남짓이다.

내 어머니는 내가 자랄 때 무엇보다도 독립심을 길러 주는 데 집중했다는 말을 하고 싶어 한다. 어머니는 자신이 결코 독립적이라고 느끼지 않았기 때문에 그렇게 했다고 한다. 그런데 내가 보기에 어머니는 당신의 인생에서 단 한 순간도 의존이란 사치를 누려본 적이 없다.

외할아버지는 어머니가 세 살 때 집을 나갔고 외할머니는 계단을 오를 수조차 없는 상태였다. 데이지 할머니와 내 어머니에게 결코 기회는 주어지지 않았다. 데이지 할머니는 교회와 맞서거나 친척과 맞설 정도로 강하지 못했다. 그래서 죽는 날까지 일만 죽기살기로 했을 뿐 꿈속의 남자를 만나는 것 따위는 애초에 바라지도 않았다. 어린 소녀였던 내 어머니는 데이지 외할머니를 위해 강해야 했다.

사실 나는 매우 독립적으로 자랐다. 하지만 이상한 부작용이 있었다. 나는 죽은 사람에게 기도를 한다. 그렇게 하면 내 기분이 한결 나아진다. 도움이 되건 되지 않건 나는 고인이 된 직계 가족 사진을 눈에 보이는 곳에 붙여두고 있다. 거실 벽에 데이지의 사진이 있고 바로 옆에 증조할아버지의 사진이 있다. 나는 그들을 바라보고 또 바라본다. 나는 그들 또한 나처럼 꿈이란 영원이 실현되지 않는다는 것을 어느 순간 자각하는 살아있는 사람으로 그려보려고 애쓴다. 데이지 할머니의 도움을 나는 가장 간절하게 바란다. 어쩌면 그녀가 오랜 기간 동안 사랑 없이 살았기 때문에 지금 내가 겪고 있는 것을 이해할지도 모른다. 결혼사진 속의 그녀는 카메라를 응시하고 있지 않다. 그리고 사진의 색깔은 생명력과는 거리가 멀다. 오래되어 빛이 바래 있다. 그녀를 떠올리기에는 정보가 너무 충분치 않다.

나는 데이지 할머니의 무덤에 가보는 것이 도움이 될 것이라는 생각이 들었다.

"엄마, 데이지 할머니의 무덤은 어디에 있죠?"

"기억 안 나."

"어디에서 세상을 떠났나요?"

"퀸즈 어딘가인데. 모르겠다. 그런데 왜 그걸 자꾸 묻니?"

나는 어머니에게 진짜 이유를 말하고 싶지 않다. 데이지 할머니가 나를 구원해 주기를 바라기때문이에요, 엄마.

죽음

∟

나는 이가 아픈 사람이 여전히 아픈지 확인하고 싶어 혀끝을 지속적으로 대보는 것처럼 계속 죽음에 대한 생각으로 돌아온다. 죽음. 여전히 공포스럽니? Yes. 지금은 어때? Yes. 지금은? Yes. 죽음이 중년기의 위기의 중심부에 있다. "아니, 그렇지 않아." 다른 사람들이 주장한다. "그건 네가 삶에서 지금 위치를 받아들이지 못하기 때문이야.""그건 네 외모가 시들고 있기 때문이야." 어쩌면 그럴지도 모르겠다. 하지만 그것의 바닥에 있는 것이 뭘까? 중간이, 그 모든 것이 뭐가 그리 무서울까? 시작은 지나갔고 끝만 남아 있다는 피할 수 없는 결론이 아니라면 말이다.

나는 '잠자는 아름다움'(Sleeping Beauty: Memorial Photography in America: 사람이 죽은 후에 고인의 집이나 사진관에서 죽은 사람의 마지막 모습을 찍어놓은 사진이 들어 있는 사진첩)이라는 제목의 죽은 사람 사진첩을 넘겨보았다. 스탠리 B. 번즈(Stanley B. Burns)가 1858년에 찍은 것이다. 넘버 37은 죽은 남자가 관 속에 누워 있는 것을 보여 준다. 우리는 그의 이름을 모른다. 하지만 사진에는 누군가가 고인에게 상당한 애정을 기울였음을 보여 주는 단서들이 가득하다. 다만 사진은 끔찍하다. 정말 말이 안 된다. 체액이 스며 나온 흔적이 있다.

고인은 얼굴 주위로 신부 베일처럼 섬세하고 눈처럼 새하얀 스크림(일종의 마직물)으로 안감이 둘러진 관에 누워 있다. 누군가가 시간과 공을 들여 그 천을 그렇게 장식했다. 어쩌면 그들이 작업을 하는 동안 사진사가 사진 장비를 세팅했을 것이다. 1858년에는 사진을 찍는 것은 시간이 걸리는 작업이었다. 그들은 고인에게 제일 좋은 옷을 입혀 놓았다. 고인이 입고 있는 것은 다림질이 완벽하게 된 새하얀 셔츠이다. 그의 목에는 매는 데 20여 분은 족히 걸렸을 것 같은 타이가 매어져 있다. 오케이, 전문가의 손길이었다면 5~10분 정도 걸렸을 것이다. 요컨대 타이를 그의 목에 정확하게 위치시키는 데 여러 시간이 걸렸음이 틀림없다. 타이도 셔츠처럼 새하얀 표백이 되어 있고 완벽한 다림질이 되어 구김이 전혀 없다.

그들은 관을 골랐다. 그들은 준비가 가장 어려운 옷을 고인에게 입혔다. 그들은 고인을 관 속에 뉘었다. 그들은 고인의 사진을 찍기 위한 위치를 정했다. 그들은 고인을 원하는 위치에 누인 후에 모든 것을 다시 한 번 매만져야 했을 것이다. 그의 옷, 그의 넥타이, 관의 안감. 그들은 고인의 머리를 빗질했다. 그들은 이 모든 것을 했다. 사진사는 카메라를 삼각대 위에 세팅했다. 그는 감광판을 꺼냈고 모든 것을 준비했다. 나는 이 모든 일이 진행되는 동안 주변에 적어도 네 사람은 있었을 것이라고 추측한다. 어쩌면 더 있었을 것이다. 여러 시간이 걸렸음이 틀림없다.

여기서 나를 오싹하게 하는 것이 있다. 마지막 사진에서 그가 하얀 셔츠와 하얀 타이 차림으로 하얀 천 속에 아름답게 누워 있을 때 고인의 양쪽 콧구멍과 입 가장자리 네 곳에서 피와 액체 같은 것이 흘러나와 넥타이를 서서히 물들이고 있다. 죽은 사람이기 때문에 빠르게 흘러나오지 않았을 것이다. 4~5인치 정도 되는 얼룩이 번져 있는데 아마 몇 시간 걸려 나온 것이 분명하다. 그 모든 활동과 그 많은 시간을 고려해 볼 때 왜 아무도 손을 뻗어 피와 코와 입을 통해 나온 정체모를 체액을 닦아내지 않았을까? 1958년에는 손수건이라는 것을 가진 사람이 없었을까?

왜 모든 것을 꼼꼼하게 빈틈없이 잘 손질해 놓고는 마지막 노출의 긴 시간 동안 고인의 옷에 스며든 체액에 손 하나 까딱하지 않았을까? 카메라가 공포 영화를 찍는 동안 사람들이 넋이 빠져 그냥 서 있었던 걸까? 사랑으로? 아니면 두려움으로? 아니면 그들에게는 익숙한 일일까?

이 사진을 계속 들여다본다면 죽음에 대한 나의 두려움이 조금이라도 덜어질지 의구심이 든다. 그 '조금'이 얼마나 작은지는 상관하지 않는다. 작은 것들이라도 계속 쌓이면 길이될 테니까. 그냥 그것이 도움이 되는지, 아니면 괜히 공황 발

작을 불러일으키는 백일몽에 빠져 얼마 남지 않은 시간을 낭비하고 있는 것이 아닌지 알고 싶을 따름이다. 나는 남은 중년의 삶을 낭비하고 있는 것이 아님을 알 필요가 있다.

로맨스

꿈속의 남자 대신 꿈속의 집을 만나다

꿈속의 남자를 만날 기회가 있지 않을까 하는 생각으로 디너파티에 갔다가 남자 대신 꿈속의 집을 만났다. 그곳에서 나는 그 저택의 지하실로 내려가 88세에 세상을 떠난 여성의 상자, 책 캐비닛, 병을 살펴보게 되었다.

나는 가급적 일주일에 한번 정도는 결혼할 남자를 만날 기회가 생기는 곳을 가려고 노력한다. 많이 나가야 만날 가능성이 더 높아진다고 생각하면 위안이 된다. 모든 것이 내 손에 달려 있는 것 같고 희망을 가져야 할 이유가 있다. 나는 제대로 된 차림을 하고 제대로 된 장소에 가 있기만 해도 효과가 있을 것이라고 나 자신에게 말한다. 그래서 매주 나는 친구들 중 하나와 책 파티, 영화 모임, 예술가 모임, 브루클린의 멋진 곳에서 열리는 칵테일 모임에 간다. 한 가지 규칙은 있다. 사람들이 일반적으로 가고 싶어 하는 곳이어야 한다. 이를테면 풋볼 경기장 같은 곳은 아니다. 그곳에서 누군가를 만난다 하더라도 평생 풋볼이나 보러가자고 하기밖에 더 하겠는가. 내

가 스포츠 경기를 전혀 좋아하지 않는 것은 아니지만 풋볼은
별로다. 간혹 같이 갈 친구가 없으면 혼자서 책 파티에 가곤
한다. 한번은 뜰에 책이 겹겹이 쌓인 테이블과 음료가 줄줄이
놓인 테이블 사이에서 나는 몇 년 동안 보지 못했던 오랜 친
구인 헨리와 우연히 마주쳤다. 그는 이혼한 상태였고 손목에
붕대를 감고 있었다.

"손목은 어쩌다 그랬니?"

"폴로 하다가 말에서 떨어졌어."

순간적으로 나는 웃음이 툭 터져나왔다. 뭐, 폴로를 한다
고? 헨리는 화난 사람처럼 보였다. 그래도 일주일 후에 나는
헨리의 집에서 열리는 파티에 초대를 받았다. 그는 자택에 가
정부와 요리사를 두고 살고 있었다. 나는 가급적 멋지게 보
이려고 최대한 옷차림에 공을 들였다. 어쩌면 내 운명의 남
자가 헨리일 수도 있고, 그곳에 온 폴로를 하는 부류의 남자
중 하나일 수도 있으며, 폴로를 하는 사람들과 알고 지내는
남자 중 하나일 수도 있기 때문이다. 그런데 헨리가 아닌 나
의 또 다른 오랜 친구인 배리가 우리에게 그 저택을 한 바퀴
둘러보게 했다. 나는 헨리가 이 저택을 올리브 후버라는 평
생 독신으로 살다 간 여성에게서 산 것을 알게 되었다. 올리
브 후버는 1905년에 이 집의 2층에 있는 침실에서 태어나 평
생 다른 곳으로 이사 한번 가지 않고 그곳에서 살았다. 그녀
의 가족이 그녀의 물건 몇 가지만 가져가고 나머지는 남겨두

었다. 헨리는 그녀가 선택한 문양의 벽지가 붙은 공간에서 그녀의 의자에 앉고 그녀의 침대에서 자고 그녀의 그릇으로 식사를 하며 그녀의 잔으로 물을 마신다. 그리고 그의 지하실에는 그녀의 맹장이 든 유리병이 여전히 있다. 그 병은 하베이 브리스톨 크림(Harvey's Bristol Cream: 스페인에서 생산되는 디저트 셰리 와인) 병과 올드 테일러 스트레이트 켄터키 버번위스키(Old Taylor Kentucky Straight Bourbon Whiskey) 100도짜리 병 사이에 있었다. 손글씨로 적힌 라벨로 판단해 보건대 그녀의 맹장은 적어도 70년 전부터 그곳에 있었던 것 같다. 헨리는 그 집에서 3년째 살고 있다. 그는 자기 집에 그런 것이 있는지도 모르고 있었다. 나는 지하실로 내려가 15분이 되지 않아 그것을 발견했다. 그것은 죽은 새끼 도다리가 옆으로 누워 있는 것처럼 보였다.

디너파티는 괜찮았다. 하지만 나는 이후에 헨리에게 올리브가 남긴 것을 한 번 더 봐도 되는지 물었다. 2주 후에 나는 다시 그의 지하실로 내려갔다. 그곳에 남겨진 것은 대부분 올리브의 개인 물건이었다. 평생 독신으로 살다가 세상을 떠난 여성의 유품을 살펴보는 동안 문득 이런 생각이 뇌리를 스쳐 갔다. 내 훗날? 최소한 고양이 두 마리 먹일 돈도 남겨놓지 않고 고독사할까? 아니면 스페인의 건조하고 먼지 많고 노란 빛의 안뜰에서 유유자적하게 세월을 보내고 있을까? (자유에 대한 내 이미지는 스페인 시골에서 아무것도 하지 않고 빈둥거리며 앉아 있는 것이다.)

아니면 두려움에 사로잡혀 소리치면 "나 여기 있어요."라고 답해 줄 꿈속의 남자를 찾을까? 누군가는 로맨스 소설 같은 소리 하고 있다고 말할지도 모른다. 그런 말 하지 않아도 된다. 맹세코 그런 소설을 읽어본 적이 없다. 아무튼 올리브와 헨리의 저택에 있으니 실제로 내 기분이 더 좋아졌다.

헨리가 살고 있는 그 집은 1851년에 건축가 로버트 부어리스(Robert Voorhies)가 지었고 세 사람의 소유주를 거쳐 올리브의 아버지인 닥터 프랜시스 후버가 1890년에 2만 3천 달러에 구입했다. 그는 아내 비올라와 그곳으로 이사했고 그곳에서 올리브와 그녀의 세 남동생을 키웠다. 올리브는 고등학생이었을 때 올림픽에서 4피트, 7과 1/2인치라는 높이뛰기 신기록을 세웠다. 그녀는 1927년 올림픽 트랙과 필드 팀에도 지원했지만 성공했는지는 모르겠다. 내 추측으로는 그렇지 못한 것 같았는데 성공했더라면 더 많은 스크랩이 남아 있었을 것이다.

올리브의 맹장이 든 유리병이 놓인 있는 선반 위에는 두보니 토닉(Dubonay Tonic)이라는 명칭이 붙은 몇 개의 술병이 있었다. 그것은 스트로베리 그로워스 셀링사(Strawberry Growers Selling Co.)가 제조한 것이었고 그 라벨에는 이런 글이 있었다.

건강을 위한 복용법: 매일 아침, 점심, 저녁 하루에 3번 식사 후에 와인 잔에 가득히 부어 음용. 알코올 20% 내용물 16온스, 신뢰할 만

한 자극제 및 신체 조직 강화제로서의 천연 강장제.

또 다른 유리 항아리에는 회색빛의 햇감자(new potato) 같은 어떤 것이 담겨 있었다. 지금 생각해 보면 햇감자는 아닌 것 같다. 올리브는 이 모든 것을 버리지 않고 있었다. 또한 그녀의 남동생의 것으로 보이는 1985년의 「샤로니스 리빙 픽처스(Sarony's Living Pictures)」가 있었는데 크게 자극적이지 않은 포르노 잡지 같은 것이었다. 그리고 잡역부의 것을 비롯한 이런저런 전화전호가 적힌 것도 있었다. 올리브는 67세의 나이에 40년간 심리학과의 교수이자 학과장으로 몸담은 헌터 대학에서 은퇴했다. 그녀는 1993년 5월 14일에 죽었다.

올리브가 그 집에서 사는 동안 집을 개조한 흔적이 없었다. 헨리 역시 바꾸지 않았다. 나는 올리브 아버지 때의 것으로 보이는 일련의 개조 계획서와 1960년대에 작성된 또 다른 것을 찾아냈다. 또 그녀의 옛날 사진 남아 있는 것도 찾았는데 내가 손님들과 함께 있었던 바로 그 방에서 올리브가 친구들, 친척들과 찍은 것이었다. 그곳의 모습은 예나 지금이나 크게 달라진 것이 없었다. 그대로 유지되어 있었다. 올리브와 헨리는 나와 비슷한 사람이다. 이 방 저 방으로 돌아다니며 바닥과 회반죽 공사를 살피고 그림과 의자를 손으로 만져보며 아직은… 아직은… 아직은… 괜찮아…라고 생각하는 그런 부류 말이다. 서랍에 버튼, 퓨즈, 성냥, 오래된 생일카드,

그리고 이런 저런 잡동사니가 있었는데 그것을 보노라면 내가 보호받고 있는 느낌이 들고 묻힌 느낌이 들지 않는데 무슨 연유일까? 내가 30년 동안 마셔 왔던 컵으로 마신다면, 죽음에 도전하는 것이다. 나는 영원하고 무적이 된 느낌이다. **나는 괜찮을 거야.** 나는 생각한다. 아무것도 **바뀌지 않는 한, 내가 여기서 계속 이 컵으로 마실 수 있는 한 모든 것이 괜찮을 거야.**

올리브와 헨리의 저택에 있는 방들은 하나같이 멋지고, 깊고, 변치 않는 꿈이다. 단풍나무와 담쟁이덩굴이 가득한 정원이 내다보이는 많은 창문, 잎과 포도나무 줄기 형상으로 주조된 방열기, 큰 방을 분리시키는 에칭된 유리문, 문틀과 천정 주변의 원목과 석고 조형이 그랬다. 각 층마다 벽난로가 두 개씩 있지만 헨리는 그것을 사용하지 않는다. "벽난로가 너무 작아." 그가 말했다. 올리브 어머니의 피아노는 내가 의자를 당겨 스콧 조플린(Scott Joplin)을 연주해 볼 때까지 3년 동안 연주되지 않은 채 놓여 있었다. (지난 크리스마스에 나는 피아노를 팔았고 그 이후에 연주를 하지 않았기 때문에 별로 잘하지는 못했다.) 내가 헨리에게 다시 한 번 와서 봐도 되는지 물었을 때 그는 이렇게 물었다. "데이트하니?" 그는 내가 남자 만나는 일이 잘되는지 알고 싶어 했다. "그래, 데이트해." 나는 말했다. "나는 잘되지가 않아." 그가 말했다. 그의 입주 요리사가 (입주 요리사를 두는 것은 내가 엄청난 돈을 벌면 제일 먼저 해보고 싶은 것이다.) 차려 준 점심 식사 중에 그가 물었다. "네 테이블에 앉아 있던 여자 어떻게 생각해?" 그는 지난주에 있었던 디너파티 때 참석했던 한 여자에 대한 이야기를 했다. "헨리." 내가 말했다. "그녀는 은행원이야."

다음주에 그는 은행원과 데이트를 했다. "별로였어." 그가 이후에 내게 말했다. "다시는 그 여자와 데이트하지 않을 거야." "내일 밤 우리 집에 와서 불장난 한번 안 해볼래?" "아니." 내가 대답했다. 무슨 의미일까? 그가 날 '그런 식'으로 생각하는 것일까, 나는 잠시 의아했다. 하지만 선택 앞에서 은행원을 선택한 사람과 엮이는 것은 내 판타지에 없다. 나는 열네 살이었을 때 내 친구 크리스가 가르쳐준 사랑의 주문이 생각났다. 먼저 종이 위에 자신이 원하는 남자 아이의 이름을 적어 접어서 짙은 붉은색 양초의 불꽃으로 태우면 소원이 이루어진다는 것이다. 이것을 제대로 하면 그녀가 사랑한 남자가 그녀를 사랑하게 된다는 것이다. 그 이후로 내가 작은 오렌지색 불꽃 위에 이름이 적은 종이를 태운 적이 한두 번이 아니었다. 어느 날 의식을 바꾸었다. 나는 이름을 적는 대신 이렇게 적었다. "나는 포기한다. 당신이 선택한다. 사랑까지는 소원하지 않는다. 그냥 누군가를 만날 때 그가 내가 찾던 운명의 사람인지 알아차리게 해주기만 하면 된다." 바로 내 앞에 꿈속의 남자가 있는데 내가 놓칠까봐 걱정이 되었다. 그런데 이제 이런 생각이 든다. 그런데 나의 남자가 전혀 모르고 있다면 소용이 없지 않나?

고양이

A.M. 6:30 비머가 내 가슴에 뛰어올라 나를 깨운다.

A.M. 6:33 비츠가 발톱이 나온 발로 내 얼굴을 때린다.

A.M. 6:38 비머가 내 머리 뒤에 앉아서 발을 번갈아가며 내 머리를 치기 시작한다.

A.M. 6:43 비머가 내 가슴에 다시 점프한다.

A.M. 6:44 비머가 내 팔에 침을 흘린다.

A.M. 6:49 둘 중 하나가 모래 상자를 5분간 계속 판다.

A.M. 6:49 그곳에서 냄새가 난다.

A.M. 6:50 비머가 커피 테이블에 점프하여 잡지 위에 착지해 반대편으로 미끄러져 떨어진다.

A.M. 6:52 비츠가 거실을 가로질러 내 가슴에 점프한다.

A.M. 6:53 나는 잠시 잤다고 생각한다.

A.M. 6:54 비츠가 내 가슴으로 뛰어올라와 떨어지지 않으려고 발톱으로 내 가슴을 움켜잡지만 떨어지고 만다,

A.M. 6:55 비츠가 쓰레기통으로 가서 뭘 먹기 시작한다. 혹시 유독한 것을 버리지 않았는지 생각해 본다.

A.M. 6:56   비머가 탁구공을 집어 입안에 넣고 울어낸다. 공이 입안에 끼였는데 입에 비해 공이 좀 크기 때문이다. 그놈은 질식사하기 전에 날더러 좀 **빼달라**고 운다. 하지만 내가 가기 전에 뱉어낸다.

A.M. 6:57   비츠와 비머는 내 책상 위로 올라가 서로 자리를 잡는다. (창문에 비둘기가 있다.)

A.M. 6:57   나는 주시한다. 만약 그놈들이 비둘기를 잡으려고 창문으로 돌진하다 추락하면 자칫 병원으로 달려가야 하는 불상사가 생기지 않을까 해서.

A.M. 6:59   비츠가 캑캑거리기 시작한다. 털 뭉치인지 나쁜 뭔가를 삼키지 않았나 하는 생각에 지켜본다. 잘못하면 또 병원으로 달려가야 한다. 하지만 털 뭉치로 밝혀진다. "캑. 캑. 캑."(털 뭉치 토하는 소리다.)

A.M. 6:59   빔이 식물의 잎을 먹기 시작한다. 그것이 빔에게 구토를 하게 만든다.

A.M. 6:59   나는 식물에서 빔을 밀어낸다.

A.M. 6:59   이제는 비츠가 잎을 먹고 있다.

A.M. 7:00   **언제 고양이가 아닌 사람이 나를 사랑해 줄까?**

A.M. 7:01   나는 일어난다.

일

에코

에코(echonyc)는 10년 전 내가 중년이 되기 전에, 은행에 저축한 돈이 그렇게 많지 않았을 때 시작했다. 모아둔 돈 전부를 털어 넣었는데 점점 적자가 나면서 생각할 때마다 알 수 없는 불안감이 엄습한다. 빚 청산, 빚 청산, 빚 청산(내가 꿈꾸는 것이다.) 나의 황혼기가 걱정스럽다. 하지만 에코에 대한 내 사랑은 여전하다. 실제로 마음에 들지 않는 사람도 있지만 그들까지 모두 나는 그곳에 있는 사람들을 사랑한다.

설명하자면 이렇다. 매일 천여 명의 교육 수준이 높고, 자기주장이 강하고 매우 예민한 뉴요커들이(그들 대부분이 이런저런 때에 한번 정도 치료를 받은 경험이 있다.) 에코에 로그인하여 책, 영화, TV, 정치 등에 대한 자신의 생각을 털어놓는다. 이건 공식적인 이야기이다.

그들은 온라인 에코에 로그인하여 자신과 자신들이 좋아하는 주제에 대해 털어놓는다. 모든 회원들이 토론중인 주제와 상관없이 다양한 대화에 참여함으로써 다른 사람의 삶에 무슨 일이 일어났는지 혹은 일어나지 않았는지 다 알게 된다.

진짜 주제는 행간에 있는데 그것은 오늘 어떤 엿 같은 일을 당했는지. 혹은 과거에 어떤 엿 같은 일을 당했는지, 혹은 오늘 당신이 당한 일은 내가 이전에 당한 엿 같은 일에 비하면 아무것도 아니다, 혹은 나 자신이 진짜 싫다… 같은 것이다. 모든 주제에 그런 것이 숨겨져 있다. 이를테면 사랑에 빠진 사람이라면 앙드레 말로, 사르트르, 카뮈에 대한 이야기에 저절로 관심이 가는 것과 같은 이치다. 그가 무슨 말을 하건 진짜 말하려는 것은 "나 사랑해."이다. 여기는 뉴욕이다. 우리는 비참함도 잘 느끼고 짜증을 폭발시키기도 하고, 또 자부심에 넘치기도 한다. 그리고 우리가 이야기하는 모든 것에는 이런 저의가 있다.

지금, 비록 자기 질책과 자기혐오가 진짜라고 해도 다른 사람들의 삶을 엿보는 것은 어느 정도 즐거움이 있다. "TV보다는 훨씬 나아요."라는 말을 자주 듣는다. 사이버 공간의 관음증적 즐거움을 대단한 문제라도 되는 양 침소봉대할 필요는 없다. 에코에는 누구나 뭔가를 망쳤다고 탄식하는 소리를 매일같이 보고 들을 수 있다. 사람들은 이것을 통해 자신이 패배자 사이클의 어디에 해당되는지 볼 수 있다.

"나는 그 사람만큼은 멍청하지 않아.""젠장. 나는 더 최악이야." 게다가 에코는 TV와는 달리 피드백이 주어진다. 진짜 불꽃놀이가 시작되는 순간이다. 교통사고 현장을 본 운전자가 천천히 운전하며 목을 길게 빼고 지나가는 것이 아니라

차를 멈추고 소통하는 것과 같다.

예를 들어, 두어 주 전에 음식점을 운영한 적이 있는 한 여성이 뚱뚱한 손님이 오면 다른 사람들의 짜증을 유발하지 않도록 눈에 잘 띄지 않는 음식점 뒷자리에 앉게 한다는 것을 인정했다. 이런 세상에나. 에코의 회원들이 온통 들고 일어났다. "그냥 농담으로 한 말이에요." 분명히 거짓말로 보이는 그녀의 방어적인 대답에 사태는 걷잡을 수 없이 악화되었다. **누구라도 그녀의 생각이 궁금할 것이다.** 에코에서 하는 수많은 토론은 하나같이 "인정하기가 정말 부끄럽지만…."의 다양한 변형이다. 누구나 이런 고백을 하는 것을 좋아하는 이유는 창피스러운 것을 털어놓고 보면 너무 흔한 것으로 드러나기 때문이다. 이를테면 일하러 가거나 데이트하러 갈 필요가 없다면 얼마나 오랫동안 목욕을 하지 않는지, 어쩌다가 『중력의 무지개(Gravity's Rainbow)』를 읽다가 말았는지 같은 것이다. (물론 여러 번 읽었다고 허풍 치는 사람들도 예외로 있지만) 고백은 공감과 위안으로 이어진다. 전직 음식점 여주인도 그 말을 하면서 내심 우리도 같은 생각을 할 것이고 많은 사람들이 "미 투!(me too!)"를 들고 나올 것이라고 믿은 것이 틀림없다. 그녀는 이 세상에 날씬한 사람들만 있는 것이 아님을 잠시 잊은 것이 틀림없다.

에코 회원들은 마치 결탁이나 한 듯이 정색을 하고 험악한 말을 쏟아냈다. 분노에 찬 이메일이 빠르게 오고 갔다. "그녀가 뭐라고 하던가요?", "그래서 뭐라고 답할 건가요?" 회원들이 하나같이 이 일이 어떻게 진행되어 가는지 보려고 들어왔다. 그녀는 어찌할 바를 몰라 했다. 흔한 말로 팝콘 각이다. (의자를 당겨 팝콘을 먹는다.) 그들이 그녀가 미워서 그런 것은 아니다. 그녀가 두 번 다시 오지 않으면 그들은 그녀를 그리워할 것이다. 에코는 작은 타운 같다. 우리에게 패자가 있다. 하지만 그들은 우리가 같이 가야 하는 이들이다. 갈등이나 오해가 있을 때마다 가버린다면 즐거움의 불꽃이 없을 것이다. 그러면 삶에 무슨 낙이 있을까?

전직 음식점 여주인이 충고를 구하는 메일을 보냈을 때 나는 "메리라면 어떻게 할까?"라는 형식으로 에코에서 대화를 이어가는 것을 생각해냈다. 어려운 난관에 부딪치면 '더 메리 타일러 무리 쇼'의 메리 리처드라면 어떻게 해결했을까 생각해 보는 것이다. 만약 메리라면 그곳에서 참고 견디라고 했을 것이다. "참고 견뎌." 우리는 충고했다. "문제에서 도망가지 마." 그녀는 우리의 충고를 받아들였다. 그렇게 우리는 그 문제를 풀었다. 내 친구 마리안이 이렇게 말했는데 나는 동의한다. "누구나 실망하면 못되게 군다." 적어도 에코는 오락적인 가치가 있다. 수익성이 조금만 더 있다면 좋을 텐데. 내 삶의 황혼기를 생각해야 한다.

음악

재능 없는 드러머

재능을 타고난 사람들은 뭔가 쉽게 얻는다. 가장 자잘한 성공만 허락할 뿐인 시도/실패, 시도/실패, 시도/실패의 끝없는 공회전을 거치지 않아도 무지개 너머 어딘가에서 어느 순간 뭔가 툭 하고 떨어진다. 나는, 소위 말하는, 타고난 재능을 가진 드러머가 아니다. 사실 난 오랫동안 별로였다. 맨해튼 삼바 그룹의 운영자인 아이보에게 물어보면 내가 여전히 별로라고 할 것이다. 감사하게도 나는 재능이 이 세상에서 가장 중요한 것이 아님을 알게 되었다. 어떤 것이든 죽기살기로 붙들고 늘어지면 어느 정도는 하게 된다. 정확히 아주 잘하지는 못해도 그냥 괜찮다고 할 정도로 말이다. 나는 뭐든 포기하지 않는 경향이 있다. 나는 무엇이든 일단 시작하면 끝장을 보고야 마는 집요한 스토커 같은 데가 있다.

그럼에도 드럼을 선택한 순간, 나는 가급적 빨리 총천연색 조명이 반짝이는 SOB의 토요일 저녁 무대에 서고 싶었다. 그 무대에 대한 브라질인들의 사랑과 동경이 대단했다. 하지만 나는 기다려야 했다. 아이보는 우리가 준비가 되어야만 허락한다. 하지만 나는 기다릴 수가 없었다. 그의 눈에는 나에게 시간이 무한하지 않다는 것이 보이지 않을까? 나는 무대에 서야만 했다. 그래서 나는 주간 수업 사이에 개인적으로 연습하기 위해 드럼을 샀다. 브라질인들이 "카이샤(caixa)"라고 부르는 드럼이다. 우리는 "스네어(snare)"라고 부른다. 이 드럼에는 가슴을 가로질러 묶을 수 있는 줄이 달려 있고 손이 아닌 드럼 스틱으로 연주를 한다.

나는 연습을 위해 드럼을 아파트로 가지고 왔다. 하지만 그것을 한번 치면 정확히 .44 매그넘(.44 Magnum 권총)이 발사되는 소리가 난다. 치고 싶다고 마음대로 칠 수 있는 것이 아니었다. 이것을 인정해야 했다. 아파트 한쪽에서 연습하려면 모든 주민에게 참아달라고 뇌물이라도 줘야 할 판이었다. 그래서 다른 장소를 찾을 수밖에 없었다. 엄청 시끄러운 곳이거나… 원래가 평화로운 곳과는 거리가 멀어 평온을 방해한다고 나에게 따질 수 없는 곳이어야 했다. 나는 밖으로 나갔다. 30분 정도 떨어진 지점에서 나는 그런 곳을 발견했다. 허드슨 강 주변의 건설 현장이었다. 도처에 압축 공기식 드릴, 굴착기, 트럭 등이 있었다. 시끄럽지 않은 순간이 없었다. 애석한 부분은 그곳에도 강변 사회가 존재한다는 것이다. 언제나 지나가는 사람들이 있었다. 달리는 사람들, 도보로 산책하는 사람들, 개를 데리고 나온 사람들, 벤치 위에 앉아 있는 사람들. 그들이 건설 소음은 어쩔 수 없이 받아들였을지는 모르지만 .44 매그넘 권총이 발사되는 소리가 반복적으로 들리는 것은 참고 들어주지 않았다. 게다가 앞에서 언급한 것처럼 내 연주 솜씨가 형편없다는 것이 문제였다. "더럽게 못하네." 그들은 내 옆을 달려가며 그렇게 소리쳤다. **닥쳐!** 나는 되받아치지 못했다. 내가 정말 소심한 사람이 되어 있었기 때문이다. 나는 어설픈 뉴요커 노릇을 하는 것이 매우 부끄러웠다. 건설노동자인 캔자스 사람들이 내 쪽으로 걸어온다. 그들이 내 옆에 있었다. "헤이, 터프 걸." 그들은 이렇게 소리치며 내게 용기를 주었다. "드럼 소리 좋은데."

그럼에도 내가 강변으로 더 깊이 들어갔을 때는 나 혼자뿐이었고 나를 중단하게 하는 것이없었다. 내가 사는 세계의 사람들이 존재하지 않았다. 오직 드럼뿐이었다. 나는 햇살이 비친다는 것을 알았다. 눈살이 찌푸려졌기 때문이었다. 바람이 분다는 것을 알았다. 내 머리카락이 입속에 들어갔기 때문이었다. 짠 물에서 뭔가 죽은 냄새 같은 것이 났다. 나는 그 냄새가 정말 좋았다. 롱아일랜드 사운드에서 자랄 때 참 많이 맡은 냄새였다. 나는 강변에 쪼그리고 앉아 조류가 빠져나간 다음에 고인 물에 물고기가 남아 있지 않은지 찾아보았다. 정말 달콤한 고독이었다. 강변 사회는 음악을 비평하든 말든. 관광객들은 내 주변을 지나다니면서 내 사진을 찍었다.

허드슨 강변의 모든 생명체를 의식하지 못하고 연습에만 집중한 지 두어 달 후에 도저히 나로서는 믿기지 않은 소리가 내 의식을 뚫고 지나갔다. 이 소리가 만들어지기까지 얼마나 오랜 시간이 걸렸는지 모른다. 하지만 그것은 흡사 혼수상태에서 깨어나듯 불현듯 나타나 너무 밝은 세계로 깊은 울림의 소리를 내며 퍼져나갔다. 오, 맙소사… 오 하느님. 이런 행복이 어디 있을까? 이제 건설 노동자 친구들이 내가 가는 곳마다 나를 따라다녔다. 그들은 파이프건 연장이건 주변에서 찾아낼 수 있는 온갖 것을 사용하여 열정적인 함박 미소를 머금은 표정으로 트럭을 두드리거나 통을 치고 있었다. 그들은 내가 카이샤를 두드리며 내는 드럼 소리의 삼바 리듬에 장단을 맞추어 가능한 한 온갖 것으로 풍요롭게 하려고 애썼다. 나는 그들의 얼굴을 결코 잊지 못한다. 그들은 자신들이 줄 수 있는 최고의 선물을 주었다. 그들은 알았다. 그것은 SOB의 무대나 다른 어떤 무대에서 느꼈던 것 못지않은 기분 좋은 느낌으로 다가왔다.

핼러윈 날 아침에 그들은 반원으로 날 둘러쌌고, 핼러윈 퍼레이드에서 드럼 연주를 하는지 내게 물었다. 정말 뜻밖이었다. 첫째는 그들이 퍼레이드가 있다는 것을 알고 있는 것이 그랬고 둘째는 드럼 연주가 퍼레이드의 큰 부분을 차지한다는 것을 알고 있는 것이 그랬다. "제가 몇 달 연습한 것이 그것 때문이에요." 내가 그들에게 말했다. 어쩌면 그들은 그곳에 올 것이다. 그들은 몇 달 동안 날 응원해 주었고 이제 그곳에 올 것이다. "Fuckin'A." 내 대답이었다. (저속하게 들릴지 모르지만 이 말은 나의 롱아일랜드 어린 시절에 흔히 사용하던 대중적인 표현이기에 버릴 수가 없다.) 나는 인생의 막간에 존재하는 짧은 영광의 순간을 잠깐 만끽했다.

판타지

루벤 블레이즈

나는 루벤 블레이즈(Ruben Blades: 미국의 배우 겸 가수)에게 다가가는 상상을 한다. 그는 마을의 한 옥외 음식점에서 점심을 먹고 있다. 나는 그와 이런 대화를 나눈다.

나: 20년 전에 로이터 통신에 실을 당신 사진을 제가 찍었어요. 그때 당신에게 너무 정신이 팔려 사진이 제대로 나오지 않는 바람에 그들이 다시 나를 쓰지 않았어요. 생각해 보면 그 이후로 직업 사진가로 활동을 전혀 하지 못했어요.

루벤: 이야기를 지어내는군요.

나: 아니, 사실이에요. 그때 당신과 인터뷰한 사람은 내 친구인 알리 수조였어요. 그는 당신과 인터뷰하는 동안 나에게 사진을 좀 부탁했어요. (알리가 그와 인터뷰한 것은 사실이다.)

루벤: 하지만 아가씨는 20대로 보이는데요. 그렇다면 아이였을 때 사진을 찍었다는 건가요?

나: (얼굴을 조금 붉히고 말을 더듬으며) 오, 고마워요. 저는 마흔두 살인데요. 어쨌거나 잊지 못했다는 말을 하고 싶었을 뿐

이에요. 점심을 방해해서 미안해요.

나는 걸어간다. 그는 따라온다. 우리는 사랑에 빠진다. 결혼한다. 나는 베라 왕(Vera Wang) 웨딩드레스를 입는다.

뷰티

외모

중년이 되면 외모는 내리막길로 간다. 나는 외모에 크게 신경을 쓰지는 않는다. 실로 위대한 자유다! 화장을 한번 해 보라. 나는 화장을 거의 하지 않는다. 하는 것이 귀찮다. 파운데이션, 블러시, 아이섀도, 아이라이너, 마스카라, 아이브로 펜슬, 립스틱. 진짜 한두 가지가 아니다.

실제로 귀찮아서 안하는 건 아니다. 얼굴은 화장을 하지 않아도 크게 신경이 쓰이지 않는다. 하지만 신경이 쓰이는 것은 다른 사람이 별것 아니라고 해도 나에게는 전부나 다름없다. 내가 좀 유난히 집착을 하는 것이 있는데 달리 큰 수술 외에 할 수 있는 것이 많지 않다.

내 뱃살이 그렇다. 내 배는 임신 6개월 임산부의 배처럼 불룩하다. "넌 배가 없어 보여." 내 친구들이 말한다. "너는 아직 여자다워." 하지만 그러고 나서 나는 백화점 탈의실 거울에서 내 모습을 힐끗 보았다. (백화점 거울에만 가면 베일이 벗겨지는 건 무슨 연유일까?) 내가 본 것은 여자다운 것과는 거리가 멀다. 오호 통재라.

나는 가는 곳마다 배를 비교한다. 거리에 나가면 다른 여자들의 배를 바라본다. 그들의 배가 나만큼 나왔는지 보지 않을 수가 없다. 아니구나. 아니구나. 아니구나 아니구나. 나는 이것을…. 줄이려고 책에 나오는 운동이란 운동은 다 해보았다. 나는 내 배를 내려다본다. 별 개의 뭉치가 달린 것 같다. **제발 좀 떨어져 나가!**

하루에 윗몸일으키기를 오백 개씩 했지만 눈에 띄게 달라지지 않았다. 누군가가 윗몸일으키기가 효력이 없는 것이 아니라 "제대로" 하지 않아서 그렇다고 말했다. 그래서 나는 제대로 하는 법을 배웠고 즉시 차이를 느꼈다. 제대로 윗몸일으키기를 하면 지방층 아래의 근육이 바위처럼 단단해진다.

또 달리 집착하는 것은 내 치아이다. 20대에는 같은 치아였어도 별로 신경이 쓰이지 않았다. 치아가 대부분 가지런한 편인데 한두 개가 삐뚤하게 튀어나온 모양새를 하고 있다. 이제는 신경이 쓰인다. 지금은 이 모든 것이 문제가 된다. 신발만 해도 그렇다. 성인이 된 후로 나는 언제나 스니커즈만 신었다. 스타일와 편안함 사이에서 선택을 해야 한다면 어디든 갈 수 있다는 이유 하나만으로 편안함을 선택했다. 생각하지 않았다. 생각할 필요도 없었다. 나는 젊었고 귀여웠다. 스니커즈나 힐이나 별로 차이가 없었다. 그래서 신경 쓸 필요가 없었기 때문에 신경을 쓰지 않았다. 지금은 노력을 해야 할 필요를 느낀다.

지난여름 나는 친구 리즈에게 몇 년 동안 수집한 에코 회원들의 사진을 보여 주었다. 그 속에는 10년 전의 내 사진도 하나 있었다. 나는 그것을 계속 들여다보았다. 10분 동안 응시했다.

겨우 10년 전인데. 별로 오래된 것도 아닌데.

무아지경에서 정신을 차리자 리즈가 물었다. "왜 그래?"

"이때는 정말 좋았구나." 내가 말했다.

그녀는 즉시 '너는-아직-괜찮아 보여….'식의 말을 하기 시작했다. 하지만 내 말은 아직 괜찮아 보이지 않는다는 것이 아니다. 그때의 좋은 모습이 아니라는 것이다. 소파 위에 앉아 십년 전의 사진을 바라보면서 나는 그것을 알았고 앞으로도 알 것이다. 그런 자각은 되돌릴 수 없는 것이다. 서른둘-'좋아 보인다.' 마흔둘-'여전히 괜찮아 보인다.' 쉰둘-'쉰둘 치고는 나쁘지 않다.' 예순둘-'무엇?' 더 이상 피해 갈 수 있는 방법이 없다. 내 외모가 가고 있다. 나를 보며 저런 표현조차 나오지 않을 때까지 내 외모는 계속 내리막길을 걸을 것이다. 나도 안다. 아름다움이란 보는 사람의 눈에 달려 있다는 것을… 아니 그렇게 어쩌고저쩌고… 하는 말을, 그리고 중요한 것은 내면이란 것을… 아니 그렇게 어쩌고저쩌고… 하는 것을, 하지만 사람들은 상대방의 내면을 파악할 정도로 오래 머물지 않는다. 외모가 전부가 아니라고 말하지 말라. 나는 안다. 그것이 아무것도 아니지 않다는 것을. 내가 알고 싶은 것은 항상 신경을 쓰고 살까 아니면 그냥 접어버릴까 하는 것이다. 마치 금연하는 것과 같다. 남은 생을 담배 피우고 싶은 갈망으로 하루하루 고문하는 것보다 차라리 암으로 죽는 것이 더 낫지 않을까 생각한 적이 있다. 하지만 욕구가 사라지기 시작했다. 마지막으로 좀 더 나은 모습을 보이겠다고 끝없는 교정을 고려하면서 남은 인생을 나 자신을 괴롭히며 보낼까?

그래.

아니, 이제 결정해야 한다. (두 가지 모두 할 정도로 여유가 없기 때문이다.) 치아 교정에 수천 달러를 들여 나의 눈부신 미소가 사람들이 나의 툭 튀어나온 배로 시선이 가는 것을 돌려세우게 해달라고 기도할까? 아니면 복부가 날씬하고 멋지면 내 치아를 볼 일이 없으니 지방 흡입술을 할까? 마음을 정할 수가 없다.

황혼기 인터뷰

베아트리스 리체[*]

　인생의 황혼기에 있는 사람들은 내가 모르는 뭔가를 알아야 한다. 그래서 나는 노인들과 인터뷰를 한다. 누군가의 고미다락이나 지하실에 부서진 공예품이나 유리병의 맹장만 남기 전에 나는 알아내고 싶다. 알아낸 것이 별것 아니라면 어쩌지? 나는 어떤 책에 실린 황혼기 로맨스에 대한 다큐멘터리의 한 기사에서 멋진 구절을 발견했다 개복 수술을 하고 회복 중인 어떤 남자가 이렇게 말했다. "삶은 실제로 그런 것보다 더 큰 의미가 있어야 하는 것 같아요." 나는 두려움과 위안을 동시에 발견한다. 그것은 드럼 연주를 하고, 고양이를 기르고, 고인들의 사진을 들여다보는 내 삶을 더도 덜도 아닌, 다른 사람의 그것만큼 의미가 있게 만든다.

　그래서 나는 오래 산 사람들에게 몇 가지 질문을 해보고 싶었다. 나이가 들면 치아나 뱃살 같은 사소한 관심이 사라질까? 죽음에 대한 생각을 해도 공포가 줄어들까? 나는 나 자신

---

[*] 베아트리스 리체는 내 친구 엘리자베스 짐머의 어머니다.

을 위해 꼭 그것을 알고 싶다. 정말 궁극적으로 중요한 것은 무엇일까?

베아트리스 리체는 1915년 9월 1일에 뉴욕에서 태어났다. 우리가 전화로 처음 이야기를 나누었을 때 베아트리스는 자신의 특수 교육 학생들에 대한 이야기를 시작하면서 눈물을 흘렸다. 그녀는 경영 대학원을 나와 루스벨트 선거 캠페인에서 일했고 마운트 시나이(Mount Sinai) 대학의 조직학 학과장을 역임했다. 하지만 그녀는 그런 이야기는 거의 하지 않았다. 그녀는 자신의 학생들에 대한 이야기를 하고 싶어 했다. "내가 은퇴한 지 20년이 더 되었는데도 아직도 부모들이 나한테 전화한다오." "정말 멋진 삶을 사셨군요." 내가 말했다. 그녀는 소파 옆의 테이블에 점토로 학생의 형상을 만든 점토 조각상을 놓아두고 있다. 11살 정도 되어 보이는 남자아이다. 아이의 눈이 감겨져 있다. 점토로 눈을 뜨게 만드는 것이 어렵기 때문이 아닐까 한다.

1939년, 20대 중반에 베아트리스는 파상열을 앓았다. 그로 인해 머리카락이 가늘고 길고 지저분했고 피부가 누렇게 변하고, 그리고 5.8피트 체격이 112파운드로 줄어들었음에도 프랭크 리체라는 남자가 펜실베이니아 호텔에서 토미 돌시의 밴드에서 그녀를 보고 댄스를 신청하여 춤을 추면서 그녀와 사랑에 빠졌다. 그들은 1942년 12월 20일에 결혼했다. 베아트리스는 혼자 신혼을 보내야 했다. 프랭크가 군에 입대하여 훈련에 들어갔기 때문이었다. 그들은 자녀를 셋 두었고 1993년 프랭크가 죽을 때까지 행복한 결혼 생활을 했다.

내가 베아트리스와 이 이야기를 나누었을 때는 그녀의 오빠가 세상을 떠난 지 몇 주 후였다. 그녀의 오빠는 95살이었고 그녀에게 인생의 등대 같은 사람이었다. 그녀가 어렸을 때 그녀의 오빠는 그녀에게 춤추기, 수영하기, 그리고 색소폰 연주를 가르쳤다. 그녀의 오빠가 죽었을 때 그녀는 장례식에 가서 하염없이 울었다고 했다. "내가 정말 많이 운 유일한 장례식이었어요." 그녀는 그렇게 말했다. "내 남편이 죽었을 때도 그렇게 울지는 않았어요."

이제 그녀는 지난 45년간 살아온 집에서 펜실베이니아 알렌타운의 한 은퇴촌으로 거주지를 옮길 것이다. 그녀는 삶에서 처음으로 두려움을 느끼고 있다.

나이가 들었다는 생각이 드나요? (그녀는 80대 초반이다.)

늙었다는 생각이 이제 막 들기 시작했어요. 82살이 지났죠. 그리고 갑자기 쇼핑하는 것과 요리하는 것이 어려워졌어요. 그 이전까지는 늙었다는 생각을 하지 않았어요. 이전에는 혼자 식사를 하는 것도 괜찮았어요.

나는 대부분 혼자 식사를 한다. 그것을 별로 개의치 않는다. 나는 베아트리스가 말한 것에 대한 응답으로 생각한다. 나도 더 나이가 들

면 저런 변화가 올까?

어렸을 때와 지금의 가장 큰 차이는 뭔가요?

아이였을 때 일은 별로 기억이 나지 않아요. 내가 다섯 살이었을 때 어머니가 나를 학교에 넣고는 학교에다 여섯 살이라고 말했어요. 학교에서 그것을 알았을 때, 나는 자리에서 일어나 학교를 나갔죠. 겨우 다섯 살이었는데 렉싱턴 가를 가로지르고 파트 애비뉴를 가로지르고 108번 거리에서 111번 거리로 걸어가 어머니에게 말했죠. "엄마는 거짓말을 했어요." 그리고 다음 해에 정말 여섯 살이 될 때까지 학교를 가지 않았어요.

중년의 위기를 느낀 적이 있나요?

아뇨. 그러기에는 너무 정신없이 살았어요.

거울 속에서 자신의 몸을 보면 어떤 생각이 드나요?

다른 사람들은 내가 아직은 괜찮아 보인다고 해요. 체중이 15킬로그램 정도 빠졌어요. 나에게 만족하는 편이에요. 약간 키가 줄었어요. 나이가 들면 누구나 줄어요.

그녀는 5피트 8에서 5피트 4까지 줄어들었다. 그녀의 모습은 곱지만 약간 흔들림이 있다. 그녀의 머리가 떨린다.

두려운 것이 있다면 무엇인가요?

모든 것이 두려워요. 이전에는 두려운 것이 없었어요. 하지만 여기에 있는 가구가 나가는 것을 보았을 때 내 마음이 아팠어요. 울지 않으려고 한 것이 내가 할 수 있는 전부였어요. 어머니가 물려준 것들이죠. 식당방의 식기 세트도 있고. 이제 내 삶에 없어요. 이 집 전체가 내 삶에서 사라질 거예요.

그녀의 말을 듣고 있으니 내 마음도 아팠다.

더 이상은 두렵지 않은 것이 있나요?

동물이에요. 아홉 살 때 경찰견에게 물린 적이 있었어요. 그 개는 내 살점을 2~3인치 뜯었어요. 스물한 살에는 쥐에게 주사를 놓는 일을 했어요. 두려웠어요. 그것을 하려면 이를 악물어야 했어요. 하지만 했죠. 동물이 주변에 있으면 아직도 마음이 완전히 편하지는 않아요.

더 이상은 신경 쓰지 않게 된 것이 있나요?

불가능한 것을 동경하거나 갈망해 본 적이 없어요. 불만스러운 점도 많지만 그렇게 한다고 나한테 도움이 되지는 않잖아요. 나는 여전히 모든 것이 신경 쓰여요.

관심이 가는 젊은이들에게 조언을 해야 한다면 이 문장의 끝에 어떤 말을 하고 싶으세요? "너희가 …만 안다면."

… 삶이 얼마나 멋진지 알았다면 좋겠어요. 두려워할 필요가 없다구요. 지금 나는 두려워요. 왜그런 두려움을 가지게 되었을까요? 분명 내가 뭔가 잘못한 거예요. 내가 무엇을 잘못했죠? 삶의 순간순간을 계산에 넣어야 해요. 왜 내가 미지의 것을 두려워하게 되었죠?

그녀는 울며 내게 묻는다. "내가 뭘 잘못했죠?" 나는 그녀의 기분이 좀 더 나아지기를 바랐다. "잘못한 거 없어요." 나는 그녀에게 말한다. "없어요. 이전에 두려움을 느낀 적이 없는 것만 해도 놀라운 거예요."

임종시에 친구들과 사랑하는 이들에게 작별 인사를 하고 있어요, 살아가는 동안 말하고 싶었지만 미처 전하지 못한 것이 있을까요?

변함없이 사랑한다구요. 내 아이들이 자랑스러워요. 하나는 판사고 하나는 교수고 또 하나는 유명 언론사의 편집장이에요. 잘 살아야 한다. 두려워 말고.

그녀는 다시 울었다. 그녀는 내게 두려움을 느끼는지 물었다. "난 언제나 두려움을 느껴요." 내가 말했다.

버려지지 않기를 바라는 소유물이 있다면 어떤 것인가요?

없어요. 모든 것을 버릴 거예요. 내가 모아둔 것을 모두 버렸어요. 두려워요.

마지막으로 경험해 보고 싶은 것은 뭔가요?

내 손주들에게 일어나는 일들을 보고 싶어요. 아이들이 커가면서 변하는 모습들이죠. 내 손주들을 통해 보고 싶어요. 하지만 힘들 것 같아요. 언제까지 내가 살아있을지 모르는 일이니까 말이죠.

삶을 뒤돌아보았을 때 가장 그리운 것은 무엇인가요? 이 세상에서 가장 좋아하는 것은 무엇인가요? 일상에서는 무엇으로 즐거움을 얻는 편인가요?

그녀가 이 질문에 대한 답을 생각해내는 데는 많은 시간이 걸렸다. 그녀는 자신을 행복하게 해준 일들을 생각해내는 데 어려움을 겪었다.

깨끗한 시트. 운동하는 것. 내가 바닥에 엎드렸다 일어날 수 있고 움직일 수 있는 충분한 에너지가 있다는 것에 만족해요. 국영 라디오 방송, 장미, 초콜릿 등을 좋아해요. 좋아하는 음식은 이제 먹기가 힘들어요. 식도 문제 때문이에요. 레코드는 더 이상 틀지 않아요. 영국 코미디, '키핑 업 어피어런스(Keeping Up Appearances)'를 매우 좋아해요. 시트콤은 귀찮아요. '세인필드'는 별로 좋아하지 않아요. 사람들이 삶에서 어떤 것도 하지 않죠.

가장 그리운 사람은 누구인가요?

내 아이들. 내 남편. 그는 다정다감하고 멋진 남자였어요. 그는 아주 멋졌어요. 지미 스튜어트를 닮았어요. 그럼에도 그가 원망스러워요. 그가 나이가 들었을 때 나는 도움을 줬는데 그는 세상을 떠나 내게 도움을 주지 않아요. 내 앞날은 나도 모르겠어요. 언제 죽음이 닥쳐올지 누가 알겠어요?

보람이 있었나요? 이유는요?

그래요. 나는 주어진 일을 잘 했어요. 내가 가르친 아이들이 여전히 살아있고 그들은 여전히 나에 대한 이야기를 해요. 그들은 50대예요. 예전에는 그렇게 오래 살지 않았죠. 하지만 지금은 더 오래 살고 있고 알츠하이머에 걸리기도 해요. 이유는 아무도 몰라요. 괜찮은 사람들이 약해지는 것이 보여요. 나도 90대로 가고 있는 것이 조금 걱정이 되기도 해요. 그리고 약해지는 것도 그래요. 예전에는 늙었다고 느끼지 않았어요.

베아트리스와 처음 통화를 했을 때 나는 가만히 있을 수가 없었다. 그녀를 만나보고 싶었다. 나는 그녀에게 별 일이 없기를 바랐다. 서윈 B. 눌랜드 덕택에 노년에는 결국 괜찮은 사람이 거의 없다는 것을 알지만 말이다. 하지만 나는 그녀에게 괜찮아질 것이라고 했고 내 말이 거짓말이 되지 않기를 바랐다. 만약 베아트리스가 잘 이겨나간다면 나도 그럴 것이다. 여기서 "이겨나간다"는 말은 인생 말년을 완전한 패닉 속에서 보내지 않는다는 뜻이다. 죽는 것이 더 이상 나쁘지 않는 사람처럼 말이다.

그녀가 알렌타운으로 이사하고 3주 후에 나는 그녀에게 전화를 걸었다. 그녀는 더 행복해 보였다. 하지만 그녀가 "걷는 사람들과 휠체어를 탄 사람이 많이 보이죠? 왜 그렇게 될 수밖에 없는지 깨닫고 있어요."라고 말했을 때 그녀의 말투에는 약간의 패배감이 묻어났다. 지난주에 나는 그녀의 딸과 차를 몰고 그녀를 방문했다. 그녀는 루터 교회를 좋아한다고 말했다. "하지만 디너에는 정장 차림을 해야 해요." 그녀는 자신의 팔로 자신의 옷차림을 가리켰다. "이런 식으로 갈 수는 없어요." 그녀는 올리브 그린색 실크 바지와 수놓인 셔츠를 입고 있었다. 그녀의 차림은 고급 평상복으로 보인다. 베아트리스는 격식에 얽매이지 않는 유대인 가정에서 양육되었지만 그녀는 지금까지 찾아낸 세 사람보다 더 많은 유대인 친구를 찾기를 바라고 있다. "왜 이곳을 선택하셨나요?" 내가 물었다. 그녀는 교수인 아들을 방문하기 위해 20년을 다닌 곳이라고 했다. 아들 가족이 이곳에 정착해 살고 있었다. 그래서 그녀에게 친숙한 곳이었다.

내가 그녀를 보러 갔을 때 그녀는 한 번도 눈물을 보이지 않았다. 내가 아무리 그녀에게 불만을 털어놓게 하려고 해도 그녀는 거부했다. 나는 그렇게 해야 한다고 생각했다. 모두 털어놓으세요. 하지만 베아트리스 리체는 용감해지기로 결심한 모양이었다. 그녀는 친절하고 상냥했다. 나는 그녀와 알렌타운의 대로를 걸으며 묘지를 한 바퀴 둘러보았다. 그녀는 비석에 무슨 내용이 적혀 있는지 자신에게 읽어달라고 했다. 그녀는 마지막 순간까지 예의를 잃지 않았다.

고양이

당뇨병

얼마 전에 비츠와 비머를 데리고 동물병원으로 갔을 때 카운터 직원이 큰 소리로 말했다. "여러분, 다들 고양이 잘 지켜요. 고양이가 저 여자분에게만 가면 당뇨병에 걸리거든요." 농담이 분명한데도 사람들은 신기하게 몸을 사렸다. 그들은 고양이 캐리어를 잡아당기며 나를 주시했다. 언제나 한결같은 비난을 받는 내가 유죄로 보였을 것이다

이 모든 일의 시초는 비머였다. 비머는 실제로 동물병원에서 거의 살다시피 했다. 처음 몇 년간은 한두 달에 한 번씩 병원으로 데리고 갔다. 당시에 나는 완전히 망가져 있었다. 아니 정확히 말하면 우리 모두 그랬다. 나도 그랬고 비츠도 그랬고 비머도 그랬다. 병원에서는 비머를 일정 기간 병원에 두고 관찰을 해야 한다고 했고, 그렇게 했는데 결국 일이 년 만에 당뇨병 진단을 받았다. 나는 평정심을 잃고 말았다. 떨어진 고양이는 떨어져서 심란했고 혼자 남은 고양이는 혼자 남아 심란했고 난 나대로 속이 상했다. 나는 동요하기 시작했고 울기 시작했다. 그때 의사가 한 마디 했다. (영화였다면 나를

호되게 나무랐을 것이다.) "이봐요… 진정해요. 고양이가 겁을 집어먹잖아요." 나는 떨고 있는 비머를 내려다보았고 그의 말이 옳다는 것을 깨달았다. 나는 평정을 되찾았다. 즉시 비머에게 진정 효과가 나타났다. 내가 겁에 질려 있었기 때문에 비머도 질려 있었다. 그 후로는 평정심을 찾을 필요가 많이 없었다. 일단 당뇨병 진단이 내려지자 비머의 병원 방문 횟수가 일 년에 두어 번으로 줄어들었다.

고양이 당뇨병은 인간 당뇨병과 비슷한 방식으로 관리된다. 특수 합성수지 스트립(길고 가느다란 띠 같은 것)에 고양이 소변을 묻혀 30초 정도 기다렸다가 색깔이 변하면 차트의 색깔과 맞추어 보고 인슐린 수치를 확인한다. 한두 달 후에 비머의 스트립은 짙은 갈색이 되었는데 당 수치가 높다는 뜻이었다. 그 밖에 다른 문제는 없었는데 유독 스트립만 지속적으로 짙은 갈색이었다. 그래서 나는 인슐린 양을 늘렸다. 그것은 도움이 되지 않았다. 스트립은 계속 검은 색에 가까운 짙은 갈색을 나타냈다. 그것도 15초 만에 말이다. 스트립에 문제가 있는 것이 아닐까 하는 미심쩍은 느낌이 들었다. 그래서 다른 곳에 테스트를 해보자는 생각을 했다. 비츠의 소변으로 해보고 비츠의 소변도 그런 색이 나온다면 내 생각이 맞을 수도 있었다. 비츠로 테스트한 결과 역시 양성이었다. **이제 알았어.** 나는 그렇게 생각하고 동물병원에 전화하여 스트립이 잘못된 것 같다고 말했다.

"그 스트립은 잘못된 것이 아닙니다." 수의사가 말했다. "비츠를 데려와 보세요."

나는 비츠를 데려갔다. 이런 세상에, 비츠도 당뇨병이었다.

나: 어떻게 이런 일이 있을 수가 있죠?

수의사: 나도 잘 모르겠어요.

나: 비츠는 비머와 전혀 혈연이나 관계가 없어요. 어떻게 둘 다 당뇨병에 걸릴 수가 있죠?

수의사: 나도 놀랍다는 말 밖에는 할 말이 없네요.

잠시 침묵

나: 한두 달 전까지만 해도 나는 고양이가 당뇨병에 걸릴 수 있다는 사실조차도 몰랐어요. 그런데 지금 선생님이 하시는 말씀은 내가 당뇨병에 걸린 고양이를 두 마리씩이나 기르고 있다는 것 아닌가요?

수의사: 에… 음.

이 안타까운 상황에서 나는 충분한 위로를 거의 받지 못하고 있었다. 젠장. 당뇨병 고양이를 기르는 것을 대단치 않게 말했기 때문이었다. 말하자면 이렇다. 먼저 고양이를 동물

병원에 며칠 입원시켜 개체에 맞는 인슐린의 적절한 양을 알아내야 하고 하루에 주사를 몇 번 놓아야 하는지도 알아내야 한다. 그게 결정될 때 천 달러 정도가 깨진다. 그것이 끝이 아니다. 때로는 인슐린이 효과가 없다. 그러면 전 과정을 다시 밟아야 한다. 다른 인슐린, 다른 양, 다른 빈도. 또 천 달러가 깨진다. 또 포도당 검사 스트립으로 인한 문제가 있다. 신선도가 떨어지는 오줌보다는 고양이가 오줌을 누는 시작과 끝 지점의 중간에 검사를 하는 것이 좋다. 세상에⋯ 이것은 고양이가 오줌 눌 때를 기다렸다가 오줌 누는 동안 스트립을 고양이 엉덩이 아래에 대고 있어야 한다는 말이다. 고양이는 사람 이상으로 이런 것을 좋아하지 않는다. 그놈들은 점점 오줌을 누지 않고 주인이 외출 중이거나 자고 있을 때 오줌을 누는 달인이 되어간다. 생활의 중심이 고양이가 오줌 누는 것을 지켜보는 것이 된다. 무엇을 하고 있던, TV를 보고 있건 책을 읽고 있건 항상 한쪽 눈으로 고양이를 주시하고 있어야 한다. 어떤 순간이든 고양이가 오줌 누는 기색만 보이면 바로 일어나 달려가 당 스트립을 엉덩이 아래로 밀어 넣어야 하기 때문이다. 때로는 벌떡 일어나 달려가지만 착각하는 경우도 있다. 그냥 고양이가 자는 포즈를 바꾼 것뿐이다. 때로는 허둥지둥한다. 주인이 스트립이 담긴 용기를 찾지만 제때 꺼내지 못한다. 때로는 그놈들이 자신들이 집사를 하루에 몇 번 점프하게 만드는지 그냥 구경할 속셈으로 놀려먹는 것 같기도 하다. 분명히 내가 잠자리에 든 후에 비츠와 비머는 하루 종일 몇 번이나 날 속여 먹었는지 자기들끼리 키득키득 웃고 또 웃고 또 웃을 것이다. 어쨌건 고양이의 남은 생명은 주사나 검사에 달려 있다. 철저히 할수록 더 오래 산다.

　때로는 혈액검사를 할 필요가 있다. 소변 검사는 불완전하다. 인간은 더 이상 소변 검사로 당뇨병을 확인하지 않는다. 혈액검사가 더 정확하기 때문이다. 고양이의 피를 뽑으려면 그놈의 귀에 있는 정맥을 찾아야 하고 그 동안 꼼짝 못하게 해야 한다. 그리고 피를 뽑는 중에 고양이의 몸이 움직이지 않게 해야 한다. 그런데 나는 이 모든 일을 두 번씩 해야 한다. 당뇨병 고양이가 두 마리이기 때문에.

　나는 수의사를 바라보고 목청을 높였다.

　나: 다른 시기에 입양한 고양이 두 마리가 동시에 당뇨병에 걸릴 확률은 어느 정도인가요?

　수의사는 여기서 공감을 표할 필요가 있다고 생각한 모양이다. 그는 그렇게 한다.

　수의사: 천문학적이죠!

　하지만 나는 받아들일 수가 없었다. 수의사가 뭘 잘못 안

것이 아닐까 하는 생각이 자꾸 들었다. 아하. 문득 어떤 생각이 떠올랐다. 내 소변으로 테스트를 한번 해보자. 내 소변이 양성 반응이면 그 스트립에 문제가 있는 거야. 수의사의 검사는 잘못된 것이고 나는 당뇨병에 걸린 두 고양이의 주인이 아닌 거야. 나는 집으로 와서 테스트했다. 결과는 음성이었다. 깨끗했다. 이제 나는 누워서 두 고양이가 오줌 누기를 기다리고 있다. 생각지도 못한 이 경험이 나로 하여금 비츠와 비머와 훨씬 더 부자연스럽게 가까워지게 만들었다.

죽음

남자들이 가장 많이 자살하는 나이는 75세 이상이다. 여자들의 자살률은 45세와 54세 사이에서 피크를 이룬다.

중년은 여성에게 더 힘들어 보인다. 유독 나만 그런 것 같지는 않다. 빨리 죽고 싶은 생각이 없다고 해도 여기서 공개적으로 말하고 싶은 것은 연명은 싫다는 것이다. 그 문제만큼은 단호한 조치를 취해 주기를 바란다.

여성들은—미안하지만 중년의 여성들이이라고 밝혀야 한다.—죽음을 원할 때 총을 사용한다. 정확히 40.5%가 그렇게 한다. 독극물이 그 다음으로 26.1%이다. 그 다음에 목매달기, 그 다음에 고층에서 뛰어내리기다. 중년 여성들은 월요일 12시와 오후 6시 사이에 자신의 머리에 총을 겨눌 가능성이 제일 높고 토요일에 그럴 가능성이 제일 낮다. 만약 독신이라면 봄날의 월요일에 죽음을 택할 가능성이 제일 높다. 다행히도 뉴욕은 나라 전체에서 자살률이 제일 낮은 곳이다. 내가 가진 차트에 따르면 네바다, 뉴멕시코, 아칸소, 그리고 애리조나가 자살률이 높은 편이다. 그런데 고양이도 자살을 하는

지 전문가들조차 분명한 결론을 내리지 못했다. 어떤 사람은 불가능하다고 말하는데 무엇이든 죽음에 대한 성숙한 개념이 없기 때문이라는 것이다. 또 다른 전문가의 말로는 동물에게는 자살의 동기가 다양한 형태의 간접적이고 은밀하고 무의식적인 방법으로 나타날 수 있고, 따라서 자살을 할 수 있다고 한다. 잘 모르겠다. 우울증은 고양이도 걸린다. 나는 비츠와 비머를 바라본다. 오, 젠장 나도 내가 싫다. 그놈들을 보면 살리겠다고 수천 달러를 쓴 것이 먼저 떠오른다. "괜한 짓을 했나…." 내가 그놈들에게 말한다. "밥이나 줘." 그놈들의 답이다.

나? TV가 있는 한 썩 나쁘지 않다. 좋은 프로라면, 다른 어떤 일을 할 때만큼이나 TV 보는 것이 만족스럽다. 나는 그렇게 깊지 않다. 나는 그것을 인정한다. 90세가 되어도 TV를 즐기고 있는 내 모습이 보인다. 나의 고양이들 모습도 보인다. 슬픈 일이라는 것을 안다. 내 어린 시절이 그랬다. 나는 언제나 아팠다. 나는 내 삶의 첫 5년을 주로 혼자 보냈다. 결과적으로 고독은 아무 문제없다. 혼자인 것에 익숙하며 혼자서도 잘 즐긴다.

이상적이라고 말하는 것은 아니지만 TV 보는 것을 삶이라고 부르고 싶다.

노스탤지어

나는 '재향군인의 날' 퍼레이드가 끝날 무렵에 도착했다. 하늘에는 여전히 비가 조금 추적거리고 있는 듯했지만 비바람은 그쳐 있었고 마지막 행진자들이 모퉁이를 돌아 매디슨 스퀘어 파크 앞에서 멈춰 있었다. 나는 드러머들이 하나 빼고는 모두 여자라는 것을 알아차렸다. 내가 그곳에 간 이유가 드럼 때문이 아니라고 해도 확인을 하지 않을 수 없었다. 나는 언제나 식전 행사에 시간을 보내는 것이 별로 내키지 않아 퍼레이드에 늦게 도착한다. 하지만 어느 정도 시간이 지나면 거의 길 잃은 것처럼 헤매는 노령의 퇴역 군인들을 옅은 미소를 띠고 바라보곤 했다. 내게서 5피트 정도 떨어진 곳에서 있던 창백하고 불안한 늙은 재향군인 하나가 식이 시작되고 얼마 되지 않아 쓰러졌다. "우리가 데리고 나갈게요." 그의 동료들 중 하나가 그를 의자에 앉혔고 그는 결국 실려 나갔다.

나는 소개되는 사람 모두에게 박수를 쳤다. 심지어 시장에게까지도. 작은 제스처라도 불손하다고 해석될 여지가 있는 것은 하고 싶지 않았기 때문이다. 옷도 평소에 거의 입지 않는 스커트를 입고 있었다. 내 나름대로 최대한 예의를 갖추어야 한다고 생각했다. 재향군인 일부는 참전용사라고 하기에 너무 젊어 보였다. 나는 걸프전을 떠올렸다. 내 오른쪽으로는 "베트남(Vietnam)"이라는 문구를 재킷이나 모자의 캡에 박아넣은 한 무리의 참전용사들이 서 있었다. 가짜인가, 하는 생각이 들었다. 그들 또한 재향군인이라고 하기에는 너무 젊어 보였기 때문이다. 혹시 내가 잘못 아는 것이라면 어쩌지 하는 생각에 그들 중 한 사람에게 가지고 있는 프로그램을 좀 봐도 되는지 물었다. 그는 나를 위해 필요한 사인을 해주겠다고 했다. 나는 난처하고 혼란스러웠다. 나중에 그 또한 제복을 입고 있지는 않았지만 참전용사가 맞다는 생각이 들어 마음이 편치 않았다. 나는 "예."라고 답했어야 했고 고맙다는 말을 했었어야 했다.

오전 11시에 묵념이 끝나고 항공방위군 기지(177th Air Fighter Wing)에서 전시 비행을 했다. 마치 하늘 한쪽 끝에서 다른 쪽 끝으로 폭탄이 터진 것 같았다. (이 폭발이 무엇인지에 대해서는 나중에 에코에서 사람들이 올려놓은 글을 읽었다.) 재향군인들이 깃대 옆에 화환을 놓기 시작했다. 한 아나운서가 각 화환의 기증자 이름을 낭독했다. 마이크 옆에 서 있던 사람이 아나운서에게 서두르라고 말했다. 그는 그렇게 했다. 화환을 놓는 재향군인들이 달려가야 했다. 왜 이렇게 촉박하게 하는 걸까? 헌정식이 30초 만에 모두 끝났다. 그러고 나자 잘 보존된 갈색 유니폼을 입은 릭 캐리어라는 한 재향군인이 우리에게 노래를 부르자고 했다. 나는 그의 미소가 마음에 들었다. 나는 그가 마흔 살 혹은 그보다 더 젊었을 때는 어떻게 생겼을지 상상해 보았다. 어쩌면 그는 한국전에 참전한 사람임이 틀림없었다. 많아야 60살 정도 되어 보였기 때문이다. 갈색 유니폼을 입는 군대가 어딜까 궁금했다.

누군가가 "사람들이 부르기를 좋아하는 101가지 노래"라는 제목의 복사물을 건네주었다. 이때는 거의 대부분이 자리를 뜬 후였다. 나는 계속 머물며 수십 명의 남녀 노인들과 노래를 불렀다. 주변에는 질서 유지 업무를 하는 경찰들, 거리의 흡연자들 정도가 지켜보고 있었다. 우리는 "아메리카, 더뷰티풀", "마이 버디", "바이, 바이 블랙버드", "브로드웨이에안부를", "더 양키 두들 보이", "유 아 어 그랜드 올드 플래그"를 불렀고 나는 "무도회가 끝난 후에"에서 멈추어야 했다. 나는 충분히 불렀다고 생각하고 화환이 있는 곳으로 자리를 옮겼다. 내게 사인을 해주겠다고 했던 남자가 그곳에 있었다. 그가 재향군인이 아닐지도 모른다는 생각이 여전히 멈추지 않았다. 그래서 아무 말도 하지 않았다. 우리는 함께 조용히 서서 공원 관리부에서 나온 사람이 거대한 미국 국기가 깃대의 반 정도까지 내려진 후에 나무에 걸린 것을 풀고 있는 것을 지켜보았다.

무도회가 끝난 후
아침 동이 튼 후에
댄서들이 떠난 후에
별들이 사라진 후
많은 가슴이 아픔을 느낀다.
만약 그대가 그들에게 그 모든 것을 읽어 줄 수 있다면
사라져버린 많은 희망을
무도회 후에

판타지

러시아 출신의 미국 무용가 겸 안무가 게오르게 발란친 (George Balanchine, 혹은 조지 발란신, 1904~1983)은 언젠가 말 했다. "남자는 자신의 이상적인 여자를 위해서라면 무엇이든 한다." 최근에 나의 자동 응답기 작동이 중단되어 내가 그걸 고쳐 보겠다고 잭 안의 붉은 선으로 거슬러 올라갔을 때 문 득 이런 생각이 들었다. 나는 생각했다. 나의 이상적인 남자는 내가 이것을 할 수 있다는 것을 인정해 줄 거야. 그는 브라질 음악을 매우 좋아할 것이고 내가 그것을 연주할 수 있다는 데 설렐 것이고 극장에서 음향 시스템이 매우 중요하다는 데 동의할 것이고 맨해튼 에서 어떤 극장이 최고의 음향 시스템을 가지고 있는지 내가 알고 있 다는 사실을 고맙게 여길 거야.

내 판타지 속에서 나는 나의 이상적인 남자에게 이상적인 여자이다. 나는 이것이 어떻게 작동하는지 보여 주는, 특히 쑥스럽지만 소중하게 간직한 판타지가 하나 있다.

나는 나에 대해 반감이 많은 The WELL이라는 다른 온라 인 서비스를 이용하는 사람들이 가득 모인 켈리포니아의 큰 강당에서 사이버 공간에 대한 강의를 한다. The Well의 많은 사람들이 실제든 상상으로든 온갖 이유로 나를 싫어한다. 하지만 현실 세계에서 The WELL 사람들은 대부분 나에 대해 들어본 적이 없을 것이다. 하지만 내 판타지 속에서 그들은 나에 대해 들어본 적이 있다. 그들이 그곳에 온 이유는 오로지 내게 불편한 심기를 표출하기 위해서이다.

내가 말을 시작하자마자 강의는 적대적인 질문으로 즉시 중단된다. 그때 가장 앞줄에 앉아 있는 한 노인의 모습이 내 눈에 들어온다. 그는 휠체어를 타고 있고 생명 유지 장치를 달고 있다. 그는 떠날 채비를 한다. 그는 기색이 언짢아 보인다. 40대 혹은 50대 정도 되어 보이는 친절하고 온화해 보이는 남자가 그를 돕고 있다. 어쩌면 그의 아들일 것이다.

"혹시 뭐가 잘못됐나요?" 내가 노인에게 묻는다.

그는 나를 바라보고 이렇게 말한다. "나는 아가씨가 누군지 모르지만 여기 있는 사람들이 왜 아가씨를 이렇게 싫어하는지도 모르겠소. 좋은 여자 같아 보이는구먼. 하지만 내가 여기 온 것은 〈펜잔스의 해적들(Pirates of Penzance)〉이라는 공연을 보기 위해서였다오. 내가 날짜를 착각한 것이 틀림없소. 나는 죽을 날이 머지않았소. 그런데 이런 판타지 같은 것이 언제나 있었다오."

내 판타지 속에 나오는 사람들은 모두 소중한 판타지를 가지고 있다.

"이를테면 무대에서 젊고 예쁜 여자가 '가엾은 방랑자(Poor Wandering One)'를 부르고 나는 청중들 속에 있소. 그녀가 무심코 날 바라보는데 우리는 한순간 뭔가 찌릿하면서 서로 연결이 된다오. 그녀는 몸을 돌려 나를 바라보며 오직 나만을 위해 노래를 부른다오. 마치 그 홀에 나 혼자만 있는 것처럼 말이오."

"오늘 밤 여기서 〈펜잔스의 해적들〉 공연이 있다는 말을 들었을 때 난 이렇게 생각했소. 살날이 얼마 남지 않았는데 잃을 것이 뭐가 있나? 어쩌면 기적이 일어날 거야. 삶이 너무 힘들고 현실에서 판타지가 이루어지기에는 시간이 없어. 젠장, 그건 바보 같은 판타지야. 인생은 나에게 뼈다귀를 던질 거야. 그래서 여기 온 거요. 아가씨를 보니 아직 꽃다운 나이인데—그 노인에게 나는 꽃다운 나이이다.—어쩌면 그런 일이 일어날지 모른다고 잠시 착각에 빠졌소. 너무 작은 것이라 어쩌면 죽기 전에 갑자기 이루어질지도 모른다고 말이오. 하지만 당연히 그런 일이 일어날 리 없지. 바보 같은 판타지요. 나는 바보 같은 남자요. 죽을 날이 눈앞에 있는."

그는 울기 시작한다. 그 남자와 함께 있는 젊은이는 내게 난처함과 미안함의 시선을 던지며 떠날 채비를 한다. 나는 무대의 그 노인이 있는 쪽으로 걸어간다. 그리고 안경을 벗고 그의 눈을 응시하며 노래를 부르기 시작한다.

가엾은 방랑자!

비록 당신이 서두르더라도.

은혜의 마음을 가져라,

그대의 발걸음은 되돌아간다.

가엾은 방랑자

가엾은 방랑자

내 사랑처럼 불쌍한 사랑이라면

진정한 마음의 평화를 찾는데 도움을 줄 수 있다.

가져가, 네 거야!

나는 여기서 멈춘다. 이것이 내가 아는 가사의 전부이기 때문이다. 아무리 현실과 동떨어진 것이라도 내가 상상하는 것들이 기술적으로 일어날 수 있는 가능성이 어느 정도는 존재해야 한다. 그렇지 않으면 판타지는 만족스럽지 않다. 나는 그 노인과 입장이 비슷하다. 마음 속 깊은 곳에 내 판타지가 실현될 수 있는 가능성이 조금은 있을지도 모른다고 생각한다. 그래서 판타지는 현실의 제약을 받아야 한다. 그래야만 실현 가능성이 조금이라도 더 높아진다. 나는 노래를 잘 부르지 못하지만 중요한 것은 그것이 아니다.

그 노인을 도와주는 남자는 정말 그의 아들이다. 당연히 그는 나의 이상형이다. 나는 걸어 내려가 그 노인의 손을 잡고 입을 맞춘다. 그의 아들이 속삭인다. "고마워요." 그리고 내 이름이 적힌 광고지를 꽉 쥔다. 그는 후에 내게 전화를 걸 것이고 나는 그와 사랑에 빠질 것이다. 그들은 떠난다. 나는 다시 청중들에게 돌아와 말을 이어가려고 애쓴다. 하지만 대신 내 눈에 눈물이 흐른다. 그 노인도 죽을 것이고 우리도 언젠가 죽을 것이지만 적어도 인생의 막간에 있는 영광의 순간을 만끽했기 때문이다. 청중들의 적대감은 사라지고 없다. 여기서 다시 현실성 제약을 받는다. 그들의 적대감이 사라진 것은 나를 더 이상 싫어하지 않아서가 아니다. 그 노인이 죽을 것이고 그들 역시 죽을 것이기 때문이다. 그리고 여전히 내가 여전히 싫어도 그것이 인생의 막간에 있는 영광의 순간이란 것을 알고 망치고 싶어 하지 않기 때문이다.

나는 이 판타지가 정말 감상적이라는 것을 안다. 하지만 그래도 싫증나지 않는다. 내 친구 마리안에게 이 이야기를 해주었다. "그래서 결국 너를 싫어하는 The WELL 사람들이 어떤 반응을 보여?" 그녀가 물었다. "네가 노래를 하는 동안 그들이 확 타오를 수 있을까?"

고양이

비츠와 비머의 성격 프로파일

비츠

비츠는 친근하고 외향적이며 사람들을 좋아한다. 비츠는 누구에게나 잘 다가간다. 비츠는 입양이나 안락사를 위해 동물관리 및 통제센터에 버려지기 전에 사랑을 많이 받은 것이 분명했다. 나는 비츠를 캐리어에 넣어 내 친구 오토바이의 뒷자리에 함께 타곤 했는데 그놈은 개의치 않았다.

비츠는 똑똑하다. 그는 냉장고를 열 수 있고 아파트에 있는 서랍이나 벽장문을 잘 연다. 비츠는 냉장고를 뒤져 우유곽이 나오면 발톱 중 하나로 그것을 찔러 구멍을 내고 우유가 쏟아져 바닥에 고이면 핥아먹는다. 문을 달아놓으려면 걸고리를 달아놓아야 했다. 하지만 때로 내가 그것을 거는 것을 잊는다. 비츠가 냉장고를 뒤질 때마다 나는 이렇게 말한다. "이 나쁜 녀석." 하지만 그 말에는 그런 의미가 없다. 나는 비츠가 그렇게 하는 것이 자랑스럽다.

비츠는 변화를 두려워한다. 나 때문에 그렇게 된 것 같다. 언젠가 한번 비츠가 밖에 나가 본 적이 없다는 사실을 깨달고 비츠를 데리고 스태튼 섬(Staten Island)의 공원에 갔었다. 나는 깔개를 펼쳐놓고 읽을 책을 꺼내고 비츠를 주변 잔디 위에 내려놓았다. 내려놓는 순간 마치 자석의 같은 극을 갖다 대는 것 같았다. 비츠는 두려움에 몸을 떨며 풀밭에서 잽싸게 몸을 날려 깔개로 돌아왔다. 나는 비츠를 들어 나뭇가지 위에 올려놓았다. 아니나 다를까 비츠는 순식간에 나무에서 뛰어 내려 풀밭을 뛰어 결국 깔개로 돌아왔다. 나는 포기했다. 자연과 비츠는 서로 거부한다.

비츠는 비머와 다르다. 비츠가 소파 위에서 내 옆에 몸을 웅크리고 누워 있을 때 비머가 점프하면 비츠는 가버린다. 나는 이렇게 말하곤 했다. "비머에게 자리 뺏기지 마." 하지만 나는 비츠가 돌아오게 만들 수가 없다. 비츠는 언제나 자리를 선점해 놓고도 비머가 오면 포기할 것이다. 비츠는 함께 있는 것이 훨씬 더 만족스러운 고양이이다. 일단 비츠는 자리를 잡으면 주인이 있는 한 떠나지 않는다. 비머만 주변에서 어슬렁 거리지 않으면 말이다.

비츠는 차분하고 위로가 되며 믿음직하다. 내가 밤에 집에 돌아오면 나를 제일 먼저 반겨주는 것도 비츠이다.

비머

비머는 한 곳에 오래 머물지 않는다. 그놈은 소파 위로 점 프하여 내게 몸을 기대고 누워 있다가 5분 뒤에 의자로 간다.

그리고 얼마 후 바닥으로 간다. 그리고 침대로 간다. 비머는 비츠보다 더 부드럽고 더 다정다감하다.

하지만 나와 함께 있을 때만 그렇다. 비머는 진짜 겁쟁이다. 사람들이 다가오면 비머는 일단 숨는다. 이전 주인에게 사랑을 받지 못하고 버려진 것이 분명했다. 비머는 비츠보다 애정에 굶주려 있고 내 관심을 더 필요로 한다. 비머는 내가 가는 곳마다 따라다닌다. 내가 있는 공간에 같이 있어야 하고 내가 작업하는 서류 위에, 내가 읽는 책 위에 앉아 있어야 한다. 그리고 내가 소파에 누워 TV를 보고 있을 때 내 머리 위에 있어야 한다. 비머는 골칫덩이다. 하지만 비머는 내가 더 좋아하는 고양이다. 비머는 나의 아기다. 나는 마치 자식을 편애하는 것을 인정하고 싶어 하지 않는 부모 같다. 하지만 초기의 건강 문제 때문이라고 나는 생각한다. 비머를 처음 집에 데리고 왔을 때 일주일 동안 안약을 넣어 주어야 했다. 그때 우리는 서로를 각인했다.

언젠가 책에서 고양이는 사람이 응시하는 것을 좋아하지 않는다고 읽은 적이 있다. 하지만 내가 그놈들의 눈을 바라보고 천천히 깜박이면 그놈들은 좋아한다. 내가 비머를 바라보고 눈을 천천히 깜박이면 비머도 천천히 눈을 깜박이며 응답을 한다. 비츠 또한 이것을 좋아한다. 하지만 비머가 다가오면 눈을 깜박이는 우리 의식이 시작된다. 어떤 일이 있어도 내가 비머와 눈 맞춤을 하는 행사를 뒤로 제쳐둘 수 없다.

각각 13살, 14살인 비머와 비츠는 인간으로 치면 황혼기에 있다. 그놈들의 몸놀림이 느려지고 있다. 한때는 복도를 갈 때 인디 500(인디애나폴리스에서 개최되는 500마일 자동차 경주)도 문제없었다. 이제는 어슬렁거리며 걸어 다닌다. 한 살 더 아래인 비머는 그래도 부엌 조리대 위로 점프한다. 비츠는 하지 못한다. 그놈들은 내가 탁구공을 던지면 날렵하게 날아 그것을 잡곤 했었다. 이제는 쳐다보지도 않는다. 하지만 그놈들은 전혀 우울해하지 않는다. 비머는 여전히 내게 와서 나와 눈 맞춤을 한다. 비츠는 소파에서 나와 함께 있을 때 방해를 받지만 않으면 기분 좋은 소리를 낸다. 그놈들은 여느 때보다도 행복해한다. 내 고양이들이 나이 먹는 것을 나보다 더 잘 다스리는 것 같다. 역시 마흔이 된 것을 역시 탐탁지 않아하는 나의 남자 친구 조는 우리의 미성숙이 문제라고 말한다. 우리는 성장하지 않았기에 나이 먹는 법을 모른다.

일

청구서에 돌아버린 남자

돈 문제가 엮이면 기본적으로 괜찮은 사람과 위험할 정도로 돌아버리는 사람을 구분하는 것이 때로 어렵다. 완전히 정상적인 사람조차도 청구서 지불 문제에 직면하면 돌아버릴 수 있다. 이 남자를 한번 보라. 몇 달 동안 에코 회원으로 활동해 놓고 요금을 내지 않았다. 내가 마지막으로 청구서를 보냈을 때 그것은 앞장에 연필로 이렇게 휘갈겨진 채 돌아왔다.

빌어먹을! 코딱지만 한 네 클럽에 가입한 적 없다. 따라서 너한테 지불해야 할 돈 따윈 없다. 협박해 봐야 난 끄떡도 하지 않는다. 여기서 물러서지 않으면 언젠가 후회할 날이 올 것이다. (빈말이 아니다.) 당신이나 그 누구도 이런 같잖고 하찮고 터무니없고 짜증나는 이런 것 더 이상 보내지 마라. 내가 진짜 충고하는데 생각 잘하고 결과가 무엇이든 간에 이것이 너한테 65.35달러의 가치가 있는지 결정해야 할 거야. 네가 이걸 걸고넘어지면 나와 오줌 누기 시합을 시작해야 할 거야. 그리고 내가 개인적으로 도전을 받아들이는 것은 다른 어떤 남자보다 더 힘차게, 더 멀리, 더 오래 오줌을 갈길 수 있다는 말이야. 그리고 나는 절대 그만두지 않아.

나는 지금 이것을 개인적으로 받아들일 거야. 도전으로 받아들일 거야.

very truly yours

(이름, 전화번호 지움)

오줌은 당신이 더 힘차게, 더 멀리 더 오래 갈길 수 있다고 인정하지. 적어도 다른 남자들은 "자, 보이지? 보이지?" 소리치며 정말 오줌을 갈겨대는 그런 유치한 일은 안하니까. 그것이 내 반응이었다. 그러자 이런 생각이 들었다. 어떻게 여기까지 왔을까? 이런 사람들과 싸우는 일을 하는 지경까지 왔지? 나는 이 남자의 계정을 살펴보았다. 그는 서비스를 많이 이용하지 않은 상태였다. 그래서 나는 이 문제를 깨끗이 접기로 했다. 이런 남자들과 정면 대결을 해봐야 나만 손해다. 나는 제자리에 못 박힌 채 서서 세상에 그런 사람들이 있고 그들의 관심이 나를 향하고 있다는 것에 충격을 받았다. 만약 그가 총을 들고 오거나 방광에 오줌을 가득 채워 찾아오면 나만 망가질 것이다. 중요한 점은 내가 놀라운 오줌싸개 남자를 칵테일파티에서 만난다면 그런 글을 쓸 수 있으리라고는 감히 의심하지 못하는 사람일 것이다. "이런!, 정말 미안해요 내 계정을 정말 사용하지 않았어요. 그것을 닫으려고 했어요."라고 말하면 되는데 그렇게 말하는 사람이 드물다. 그들은 당신에게 지불해야 하는 돈을 주지 않는 데 그치지 않고 욕까지 한다. 그러고 나면 그들은 그 적대감을 정당화할 구실을 찾아야 한다. "에코가 이번 달에 속도가 너무 느렸어. 접속이 여러 번 끊겼거든." 같은 것이다. 그들은 자신들이 개떡 같은 존재가 아니라 우리가 돈만 아는 속물이라는 것을 증명하기 위해서라면 물불을 가리지 않는다. 하지만 나는 이것이 돈을 지불해야 하는 사람들이 돈을 내기 싫을 때 흔히 사용하는 방어책이라는 사실을 결국 받아들였다. 이를테면 그들의 자구책이다.

오케이, 난 인간이다. 난 성자가 아니다. 난 그들에 대한 생각은 가급적 안하려고 한다. 나는 더 나은 행동을 할 생각이다. 모두 그렇게 생각한다.

다음에 어떤 일을 하더라도 죽었으면 죽었지 비용 청구가 관련된 일은 절대로 하고 싶지 않다.

음악

투명 인간

　"SOB에 한시까지 와. 아래 위 모두 흰 복장으로." SOB의
운영자인 아이보가 긴 시간 후에 나에게 말했다. 알았어, 젠
장. 나는 SOB의 무대로 갔다. 크리스마스가 따로 없었다. 온
사방에 형형색색의 조명이 번쩍거렸다. 모두 내 손을 잡고 행
운을 빌어 준다. 무대에서의 다음 40분이 눈 깜짝할 사이에
지나가 버렸다. 하지만 나는 괜찮게 했다. 실수라고 할 만한
것이 없었다. 내가 기억하는 한, 아이보는 처음으로 내게 미
소를 지었다. 그런데 불운하게도 나의 의기양양함은 얼마 가
지 않았다. 인생의 모든 것들이 그렇듯이 그것이 전부가 아니
었고 국면은 순식간에 바뀌었다.

　아이보가 우리에게 10분 내에 다시 오라고 한 다음 내게
다가와 날 훑어보았다.

　그: 제일 끝에서 드럼 친 여자가 당신이야?
　나: 그래. (내가 밴드에서 유일한 왼손잡이로 내 왼쪽에 서 있는
누군가를 후려친 이후로 제일 끝에 선다.)

그: 내 친구가 널 만나보고 싶어 해. 너무 수줍음이 많아 앞에 나서지를 못해. (그는 나를 가까이서 살펴본다.) 정말 끝에서 연주한 사람 맞아?

나: 그래.

그: 안경 벗어 봐.

나: 하지만 연주하는 동안 안경 쓰고 있었어.

그: 분명히 끝에 있었던 사람 맞아?

나: 내가 분명히 끝에 있었던 사람 맞아. **도대체 하려는 말이 뭐야!**

그는 주위를 둘러본다. "아, 쟤가 그 여자구나." 그는 내 오른쪽에 서 있던 여자 하나를 가리킨다. 다들 들어본 적이 있을 것이다. 투명 인간이라고. 그녀는 매우 키가 크고 귀여운 갓 스무 살 정도 되는 여자애였다. 그들이 생각하는 한, 제일 끝에 있는 여자는 그녀였다.

그리고 이것이 내가 '주름은 세월이 주는 훈장이니 나는 괜찮아'라는 사고방식을 가진 사람들에게 "젠장, 빌어먹을!"이라고 말하고 싶은 이유이다. 나는 나 자신에게 용기를 잃지 않게 하려고 애쓴다. **이 세상에 영원한 건 없어,** 나는 나 자신에게 말한다. 나쁜 일이 일어날 때 나 자신을 위로하기 위해 사용하는 표준 출발선이다. 아무리 좋은 것도 영원하지 않다는 말이다. 다만, 중년의 삶이 영원하지 않다는 것은 황혼기로

들어간다는 것이고 황혼기가 영원하지 않다는 것은 죽는다
는 것일 뿐.

황혼기 인터뷰

수잔 로젠

1923년 11월 12일 뉴욕 브루클린에서 태어난 수잔 로젠은 결혼하자고 나에게 툴툴거리는 내 남자 친구 조의 어머니이다. 내가 고양이를 잘 돌보는 걸 보고 자신의 황혼기를 생각하고 결혼을 하자는 건 아닐까 몰라. 어쩌면 그럴 수도 있다.

수잔 로젠은 권위 있는 예술 고등학교에 들어갈 생각을 했을 정도로 드로잉과 수채화를 잘 그렸다. 하지만 그 학교는 시내에 있었고 그녀는 지하철 타는 것을 두려워했다. 그래서 그녀는 그곳으로 진학하지 않았다. 그녀는 대학을 가면서 그림을 그만두었다. 그녀는 대학에서 교육학을 전공했다. 그녀는 임시 교사로 일하다 임신 후에 일을 그만두었다.

그녀는 크리스마스가 있는 주에 캣스킬(Catskills)의 그로싱어 호텔(Grossinger's Hotel)에서 남편인 맥스를 만났다. 그는 소파에서 앉아 「뉴욕 타임스」를 읽고 있었다. 수잔은 그에게 신문을 다 읽으면 좀 빌려서 읽을 수 있는지 물었다. 그는 오케이라고 답했다. 하지만 그는 다 읽은 후에 자신에게 돌려 줘야 한다고 덧붙였다. 그녀는 오케이라고 답했다. '여기 쿠션 아래에 넣어둘게요. 나중에 가져가세요.' 그는 자신의 농담을 진지하게 받아들이는 그녀가 정말 귀엽다고 생각했다. "그 여자하고 결혼할 거야." 그는 그녀의 친구들에게 말했다. 두 달 후 밸런타인데이에 그는 프러포즈를 했고 그 해 6월에 결혼했다. 그들은 딸과 아들을 낳았다. 레아와 조였다. 조는 컴퓨터 프로그래머로 일하고 있고, 레아는 어머니가 간 길을 그대로 따라갔다. 대학에서 교육학 관련 전공을 했지만 아이들이 어렸을 때 가르치는 일을 그만두었다.

수잔 로젠은 브루클린을 떠나지 않았다. 그녀는 언제나 유럽을 가보고 싶어 했지만 가지 못했다. 그녀가 맥이라고 부르는 그녀의 남편 맥스는 지난해에 세상을 떠났다. 수잔은 이틀동안 그의 옷장을 정리했지만 여전히 가득했다. "그는 살아생전 뭘 버릴 줄을 몰랐어요."

내가 조와 10년 이상 친구로 지내고 있고 그녀가 D전철로 한 시간 거리에 살고 있었지만 한 번도 그녀를 직접 만난 적은 없었다. 내가 수잔과 인터뷰를 하는 동안 조가 계속 전화를 했다. 내가 전화를 받지 않자 그는 이메일이나 컴퓨터의 채팅창으로 나와 접촉하려고 애썼다.

나이가 들었다는 생각이 드나요? (그녀는 70대 후반이다.)

나이가 들었다는 느낌이 들기 시작해요. 버스에서 내릴 때 여러 가지 배려를 해줘요. 내가 늙어 보인다고 생각하지는 않지만 조가 내가 좀 혼란스러워 보인다는 말은 해요. 조는 나의 그런 모습 때문에 사람들이 내게 잘해 준다고 말해요. 알츠하이머 증상도 좀 있어요. 모든 것이 점점 느려지고 있어요. 피곤함을 쉽게 느껴요. 지금은 죽음에 대해 말할 때가 많아요. 준비를 하고 있어요.

조와 있을 때 그런 것처럼 그녀와도 금방 편안해진다.

한창 때와 지금의 가장 큰 차이는 뭔가요?

나는 기분 좋게 아침에 일어나곤 했어요. 하지만 지금은 별로 기대할 것이 없다고 느껴요. 한창 때는 항상 뭔가 더 있다고 느꼈어요, 또 항상 앞에 더 많은 것이 있었죠. 지금은 그런 느낌이 들지 않아요. 더 기상 기회가 없다는 생각이 들어요.

나는 불안해지기 시작한다.

중년의 위기를 경험한 적이 있나요?

아뇨. 나는 너무 바빴어요. 내 삶 전체가 다른 생각을 할 여력이 없을 정도로 가족들 챙기기에 바빴어요. 다른 사람을 챙길 필요가 없어지자 내가 하고 싶어 하는 일들을 하기가 어려워졌어요. 언제나 박물관에 가보고 싶었어요. 하지만 지금은 가지 않아요. 지금은 별 일이 없어도 모든 것이 생각뿐이에요.

거울 속에서 자신의 몸을 보면 어떤 생각이 드나요?

이전에는 괜찮다고 생각했어요. 내 남편도 내 몸매가 좋다는 말을 언제나 했어요. 하지만 최근에는 줄어드는 것 같아요. 내 몸이 별로 좋아 보이지 않아요. 이전에는 내 몸을 내려다보면 멋진 몸매가 보였어요. 이제는 몸이 곧게 펴지지도 않고 내려다보면 패인 곳이 보여요. 일이 년 전부터 특히 그래요. 그래도 좀 나아 보이고 싶어요.

그녀가 말한 '패인 곳'이라는 말의 의미를 모른다. 그녀가 내게 설명해 주려고 애를 써도 선명하게 다가오지 않는다. 내가 내 몸을 내려다보면 불룩한 배가 있다고 상상하는 것과 (친구들이 내 상상이라고 말한다.) 비슷하게 패인 곳을 상상하는 것이 아닐까 하는 생각이 든다.

두려운 것은 무엇인가요?

누구라도 내 집에 오는 것이 별로 내키지 않아요. 사람들이 내 집에 와서 청소해 주는 것이 싫어요. 몸이 편치 않은 사람들의 집으로 와서 모든 것을 해주는 도우미들이 있잖아요. 나는 그것을 원치 않아요. 나는 아픈 것, 의존하는 것, 병원에 가는 것, 그리고 내가 내 힘으로 나 자신을 돌보지 못하게 될까봐 두려워요. 그리고 나는 특별한 조치로 삶을 연명하고 싶지 않아요.

이제 더 이상 겁나지 않은 것이 있나요?

나이가 들면서 좀 공격적이 되었어요. 이전에는 매우 소심했거든요. 내가 공격적이 된 것은 남편 때문이라고 생각해요.

더 이상 관심이 없어진 것은요?

더 이상 그림을 그리고 싶지 않아요. 그런 욕구가 이젠 없어요. 나이가 점점 더 들어간다는 생각이 나를 두렵게 해요. 원하는 것은 그냥 기분이 좀 좋아졌으면 하는 것뿐이에요. 내가 하고 싶은 것을 무엇이든 할 수 있도록 말이죠. TV를 많이 보는 편인데 그건 별로예요.

"나도 TV를 많이 봐요." 나는 그녀에게 그렇게 말한다. 그러고 나서 나 역시 더 이상 하지 않은 것들이 있는지 생각해 본다.

아끼는 젊은이들에게 편지를 쓴다면 이 문장을 어떻게 완성하고 싶으세요?

"너희들이 …만은 알았으면 한단다."

무슨 말을 해도 그들에게는 별 의미가 없어요. 뭐든지 자신이 직접 경험해 봐야 해요. 매일매일이 소중하다고 말할 수 있겠지만 그것이 크게 중요하지는 않아요. 누구나 한창 시절이 있고 전 세계가 바로 눈앞에 있는 것 같을 때가 있어요. 그리고 누구나 자신이 자라 특별한 존재가 되는 것을 꿈꾸죠. 누구나 그런 꿈이 있어요. 그러고 나면 실망이 오죠. 누구나 그런 꿈을 이루는 것이 아니라는 사실을 깨닫게 되죠. 어느 날 아침에 깨어나 이렇게 깨닫죠. 이제 끝이야. 더 이상은 갈 곳이 없어. 내가 있을 곳은 여기뿐이야. 그제야 진짜 철이 드는 거죠.

오, 맙소사.

임종을 가정하면 부인께서 친구들과 사랑하는 이들에게 작별 인사를 하고 있어요, 여전히 기회가 있는 동안 말하고 싶었지만 전하지 못한 것은 어떤 것이 있나요?

조는 그렇게 다정다감한 아들은 아니에요. 정말 그를 많이 사랑한다는 것을 말할 거예요. 그리고 그 아이는 언제나 내 예상을 빗나가지 않았어요. 달리 말은 하지 않을 거예요. 그 애가 나를 보러 온 후에 떠날 때마다 내가 차타는 데까지 내려와 작별 인사를 하는 것을 하지 못하게 했어요, 그것을 해 줄 거예요.

버려지지 말았으면 하는 물건이 있다면 어떤 것인가요?

나의 사진 앨범이에요. 고등학교 기념 앨범. 내 어렸을 때 사진들, 내 부모님 사진, 아버지가 전쟁 중에 어머니에게 보낸 편지, 아버지가 1912년 이 나라로 왔을 때 여권, 그리고 아버지와 남편의 군대 제대 서류 그런 것이죠.

마지막으로 경험해 보고 싶은 것은?

우리 집안의 대가족 모임이죠. 남편이 죽어가고 있었을 때 그것을 알았지만 이야기를 꺼내지 못했죠. 개인적인 어떤 것에 대한 이야기를 전혀 하지 못했어요. 그냥 메일이나 아이들에 대한 이야기는 하지만 내가 어떻게 느끼는지는 이야기하지 못했어요. 나는 자식들과 손자들에게 내가 어떻게 느끼는지 이야기하고 싶어요. 내 여동생과 내 딸에게도 그렇게 하고 싶어요. 나한테는 태어나자마자 죽은 아이가 있어요. 미셸이라고. 남편은 그 이야기를 하면서 울었어요. 하지만 그는 화가 나면 말을 안 해요. 그는 우리 중에 누구라도 아프면 속상해서 그러는 건지 말을 잘 안했어요.

되돌아보았을 때 가장 그리운 것은 무엇인가요? 이 세상에서 가장 좋아하는 것은 무엇인가요? 일상에서는 무엇에서 즐거움을 얻는 편인가요?

음식, 초콜릿 아이스크림, 따뜻한 샤워, 그리고 독서. 나는 고전 작품을 읽곤 했어요. 하지만 지금은 로맨틱 책이나 가벼운 읽을거리를 더 선호해요. 나는 M가(Avenue M.)를 걷는 것을 좋아해요. 내가 필요로 하는 모든 것이 M가에 있어요. 뷰티 살롱, 약국, 정육점, 가정용품 할인점, 옷가게, 서점. 잡화점.

가장 그리운 사람은?

지금 가장 그리운 사람은 남편 맥이죠. 나는 테이블 맞은편에 앉아 있던 그가 그리워요. 레스토랑에 가서 그와 함께 있던 것이 그리워요. 음식점이 저녁 식사 시간은 항상 최악이었죠. 남편 다음에는 내 아이들과 내 손자들이죠.

보람이 있었나요? 이유는요?

때로 내일은 오지 않았어요. 내가 바라던 것들이 오지 않았어요. 나는 삶에서 로맨스가 이보다는 많을 것이라고 생각했어요. 좀 더 흥분된 연애를 했더라면 좋았을 텐데요.

오 맙소사, 오 맙소사, 오 맙소사.

죽음

조의 여동생과 하트 아일랜드

수잔 로젠은 내가 두려워하는 것을 상기시켜 주었다. 우리는 인생의 종착지로 가면서 시간이 다 됐다는 것과 무엇보다도 간절하게 바라던 일이 이루어지지 않을 것임을 깨닫는다. 나는 이것에 대한 생각을 멈출 수가 없다. 어릴 때 우리는 자신만큼은 다를 것이라고 생각한다. 나는 지하철 플랫폼에 있는 사람들을 바라본다. 그들도 나와 다르지 않다. 그들도 하나같이 내가 갈망하는 것과 같은 것을 갈망한다. "우리는 누구나 자랄 때 특별한 존재가 되는 것을 꿈꾸죠." 수잔이 말했었다. 록 스타, 영화 스타, 노벨상 수상작가 등 무엇이든 말이다. 나는 다른 이들이 나처럼 거창한 꿈을 가지고 있는지는 잘 모른다. 하지만 분명하게 말할 수 있는 것은 우리 중에서 성공하는 사람은 극소수에 불과하다는 점이다. 수백만 명 중에서 극소수만이 록 스타가 된다. 때로는 원하는 존재가 되지 못하는 데 그치지 않고 좋지 않은 일을 당하기도 하며 때로는 상상할 수 없는 끔찍한 일을 당하기도 한다. 추락할지 모른다는 두려움을 가지고 비행기를 탄 사람이 실제로 기체 앞부분이 가라앉으면 이런 소리밖에 외칠 수 없다. "오 마이 갓, 정말 이런 일이 일어나는구나! 안 돼! 안 돼! 안 돼! 안 돼!"

다이앤 키튼(Diane Keaton: 영화배우)은 최근에 40년대와 50년대의 오래된 신문에 실린 사진으로 책을 냈다. 매 맞는 아내들, 행방불명된 아이들의 가족들, 유죄 선고를 받은 살인자들, 그리고 그들에게 희생된 시신들의 사진이었다. "그들은 자신들이 누구인지 모르고 그것을 알아낼 기회를 갖지 못한 사람들입니다." 그녀는 그렇게 적었다.

때로 드라마틱한 끔찍한 일들만 있는 것은 아니다. 별것 아닌 작은 악몽 같은 일이 우리를 정말 힘들게 할 수도 있다. 조는 자신의 어머니가 죽은 채 태어난 자신의 여동생에게 이름을 지어준 것을 처음에는 몰랐었다고 했다. 그는 내가 정말 알고 싶어 하는 것을 말해 주었다. 죽은 자신의 여동생 이름은 미셸 로젠이며 하트 아일랜드에 묻혀 있다고 했다. 하트 아일랜드는 브롱크스와 롱아일랜드 사이의 롱아일랜드 사운드에 있다. 하트 아일랜드는 뉴욕의 무연고자 공동묘지다. "도공의 땅"이라고 불리기도 하는데 마태오복음에서 따온 명칭이다. 예수를 배신하고 비참함을 느낀 유다가 자신이 받았던 30개의 은화를 한시바삐 없애버리고 싶어 신전에 던져버렸다. 사제들은 피 묻은 돈을 귀하게 여기고 싶어 하지 않았다. 그래서 그들은 논의 끝에 그 돈으로 지역 도공의 땅을 사서 낯선 이들을 위한 묘지로 사용했다. 오래 전부터 "도공의 땅"이라고 불리는 이곳에는 가난한 사람, 무연고자, 그리고 신원이 확인되지 않은 사람들이 묻혀 있다. 하트 아일랜드는 42년 동안 수잔 로젠에게 가슴 아픈 곳이었다.

내가 묘지에 많이 매료된다는 것을 아는 조가 미셸에 대한 이야기를 해주었다. 그는 내가 여러 해 동안 하트 아일랜드는 가보려고 애쓴다는 것 또한 알았다. 그것은 뉴욕의 가장 잊힌, 마지막 안식처였다. 만약 내가 하트 아일랜드에 있는 죽은 자들을 기억할 수 있다면 나의 승리일 것이다. 내가 하트 아일랜드로 가장 근접해 본 것은 내 친구가 보트로 서쪽으로 데려갔을 때였다. 우리는 섬에 오르지는 못했다. 해변의 큰 표지판에는 이렇게 적혀 있었다. "교도소. 접근 금지." 하트 아일랜드는 뉴욕시의 교정과에서 관리를 맡아하고 있었다. 무턱대고 방문 허가를 받는 것은 거의 불가능했다. 그곳에 가려면 이유를 댈 만한 근거가 있어야 했다.

조가 자신의 여동생이 그곳에 묻혀 있다고 했을 때 나는 마침내 보트에서 내려 하트 아일랜드 해안을 덮고 있는 바위와 홍합껍데기를 밟을 수 있다는 것을 알게 되었다. 한두 주 후에 일이 바쁠 때 섬에 가는 누군가가 같이 가지고 했다. 더 이상 일이 집중이 되지 않았다. 나는 즉시 백일몽에 빠져들었다. 강한 바람이 불 것이고 롱아일랜드 사운드는 헌팅턴 쪽에서 나는 냄새와 같은 것이 나야 했다. 하트 아일랜드에 바람에 사그락거리는 소리가 들릴 정도로 잎이 많을까? "네 동생이 그곳에 묻혀 있는 것을 내가 아는 것에 대해 너의 어머니가 어떻게 생각할까? 괜찮다고 할까?" 내가 미셸을 의미하며 조에게 물었다. "당연하지. 궁금하면 전화해 봐." 하지만 나는 즉시 그의 어머니에게 전화하지 않았다. 전화해서 뭐라고 할까? "당신의 아기가 도공의 땅에 묻혀 있는 것이 어떤가요?" 나는 일단 가본 후에 그녀에게 전화를 하기로 했다. 하트 아일랜드가 어떤 묘지보다 더 좋은 곳이고 작은 꿈으로 드러날 것이라는 확신이 들었다. 그것을 권위 있게 말할 수 있기 전까지는 그녀에게 말하고 싶지 않았다.

나의 할 일 목록

- 에코 백업 테이프 교체
- 전화 요금 청구서 지불
- 이메일 답장

421개의 메시지가 와 있다. 그래서 이 마지막 항목이 목록 상위에 있다. 대신 나는 에코에 로그인하여 시크릿 스페이스로 들어간다. 시크릿 스페이스는 내가 하루 종일 많은 친구들에게 계속 이야기를 할 수 있는 에코의 개인 공간이다. 그 순간에는 많은 사람들이 음식에 대한 이야기를 하고 있다. 구체적으로 그들은 건포도가 나쁜지, 그리고 왜 그것을 베이글 속에 넣는지 알고 싶어 한다.

다음으로 나는 "왜 내 메일에 아직 답을 주지 않나요?"로 시작되는 백여 통의 이메일에 답을 보낸다. 그 후에 나는 다시 시크릿 스페이스로 가서 이메일을 보내는 동안 미처 보지 못한 글을 살펴본다. 그들은 자신들의 꿈의 집을 이야기하고 있다.

- 앵거스에서 청구서 프로그램 버그를 수정하라고 요청하기
- 세 개의 새로운 고양이 관련 글을 써 벳시에게 팩스로 보내기

벳시는 나의 에이전트(작품 대리인)이다. 나는 고양이 관련 글 한 편을 쓴다. 그리고 시크릿 스페이스로 다시 들어가 작품을 업로드하고 그것이 너무 우울하다고 여기지 않는지 확인해 본다. 그들은 그렇게 여기지 않는다.

- 사용 불가능한 신용카드 번호를 가진 사람들에게 전화를 걸어 제대로 된 번호를 받기
- 비머가 지난밤에 이상한 소리를 낸 것에 대해 수의사에게 전화로 물어보기
- 조와 크리스에게 전화하기. 내 머리를 짧게 잘라야 할까?
- 젠에게 우리의 도구 목록 업데이트를 하게 하기
- 엄마에게 전화하기

나는 엄마 전화의 답신 전화를 한다. 나는 엄마에게 모두 어떻게 지내는지, 내 오빠들, 더글러스와 피터, 그리고 그들의 가족이 어떻게 지내는지 물어본다. 그들 모두 잘 지낸다고

한다. 나는 역시 잘 지낸다고 엄마에게 말한다. 엄마도 잘 지낸다고 한다. 그러고 나서 양어머니에게 전화를 걸어 안부를 묻고 아버지도 잘 지낸다는 답을 듣는다.

• 음성 사서함 열기

일곱 명이 모뎀에 문제가 있다고 한다. 20명이 청구서 관련 문의를 하고 있다. 벳시는 지난주에 보낸 나의 새 글이 마음에 든다고 한다. 친구 크리스가 롱아일랜드로 자신을 찾아와 줄 수 있는지 알고 싶어 한다. 다시 시크릿 스페이스로 돌아가 보니 '버피 더 뱀파이어 슬레이어'의 어떤 캐릭터와 자고 싶은지, 이를테면 스파이크인지 엔젤인지 묻고 있다. 나는 스파이크라고 답한다.

• 신용 카드가 거절된 사람들에게 지로 청구서 우편으로 보내기
• 요금을 내지 않아 계정이 종료될 사람들에게 이메일 보내기
• 뉴욕 대학의 수업을 위한 보조 게스트 스케줄 잡기

나는 뉴욕 대학에서 온라인 사회에 관한 과정인 '가상의 문화'를 가르친다. 나는 한 시간 가량을 게스트 연사를 선정

하는 데 보내고 그들에게 초청 이메일을 보낸다. 한편 시크릿 스페이스에서는 홈스쿨링에 대한 찬반양론으로 열기가 뜨겁다. 뉴욕시 공립 대학 시스템에서 일하는 두 사람이 홈스쿨링의 단점을 이야기한다. "그렇게 하면 아이들을 어디서 사회에 적응시킬 건가요?" 그 중에 한 사람이 묻는다. 여러 사람이 이렇게 대답한다. "우리 모두 학교라는 곳을 다녔어요. 우리 자신을 봐요."

- 은행 입출금 내역서를 회계사에게 보내기
- 고양이 용품, 내 일상용품 구입하기
- 밥 너츠에게 나의 집주인에게 전화 좀 해줄 수 있는지 묻기

나는 나의 집주인이 겁난다.

- WellEngaged 보기

에코의 소프트웨어는 폐물이다. 그것을 대체한다는 이야기를 몇 년 동안 하고 있지만 아직 마음에 드는 것을 찾지 못했다. The WELL 사람들이 만든 WellEngaged라고 불리는 프로그램이 있다. The WELL은 내가 에코를 만들 때 벤치마킹한 온라인 서비스이다. 하지만 이 글을 쓸 때까지도 필요로 하는

것을 여전히 찾지 못하고 있다. 그것은 우리에게 죽음이 될 것이다.

- '작가 조 코널리와 라이브 채팅'에 대한 언론 보도 자료 팩스로 보내기
- 스텝 미팅에서 질문: "그 무서운 곤충 학자에 대해 우리 가 어떻게 해야 하죠?"

에코에는 기억의 필름이 끊기는 일로 고통 받는 남자 하나 가 있다. 그는 자신의 그런 문제를 알고 있지만 그런 일이 일 어날 때 인정하지 못한다. 예를 들어 그는 밤에 로그인을 하 여 글을 마음껏 올려놓고는 다음날 아침에 로그인하여 묻는 다. "이 글 누가 썼나요?" 우리는 어떻게 해야 할지를 모른다.

- 복사집에서 물건 가져오기
- 앨리슨에게 필 오크 앨범에 대해 감사의 쪽지 보내기

나는 에코에서 필 오크 앨범 '항구의 기쁨'을 찾고 있다는 이야기를 했다. 며칠 후에 앨리슨이 그것의 카피본을 내게 보 내 주었다. 앨범이다. 그 앨범의 테이프가 아니다.

나는 시크릿 스페이스를 확인한다. 이제 그들은 진화에 대 한 논쟁을 하고 있다. 그리고 어린 회원들 중 하나에게 경력

에 대한 조언을 하고 있다.

• A회사와 B회사의 회신 전화하기

이 두 회사가 얼마 전에 에코를 인수하고 싶다고 내게 접촉을 해왔다. 사실 나는 에코를 팔고 싶다. 물론 당장 팔겠다는 생각은 아니다. 여가 시간에 대신 TV를 보면 되지 않을까. 점점 전화요금 청구서를 지불하는 일이 어려워지고 있다. 여전히 에코 없는 삶은 상상할 수가 없다. 그것이 사라지는 것은 나를 위한 보조 바퀴가 사라지는 것과 같다. 나는 언젠가는 요양원에 있게 될 것이고, 어쩌면 몸을 제대로 가누지도 못할 것이며, 열기가 가득 찬 더운 방의 닫힌 창문 밖을 내다보며 지금의 하루 스물네 시간의 동지애를 나의 황금기로 기술할 것이다. 하지만 지금까지 에코를 사겠다고 연락한 모든 사람들의 눈에는 어마어마한 인터넷 달러가 보인다. 내 눈에는 그들이 역기능 가족을 보완하는 역할로서의 에코에 대한 기능보다는 미국의 온라인 시장을 바라보고 있는 것이 보인다. 우리의 시크릿 스페이스는 어떻게 될까?

• 뉴저지 공연을 보러 가자고 마우로에게 전화한다.
• 아이보에게 전화해 뉴저지 공연에 대해 묻는다. 시간은?

나는 시크릿 스페이스로 가서 묻는다. 뉴저지 공연을 보러 가기 위해 새 옷을 사야 할까? 어쩌면 내 꿈속의 남자가 그곳에 있을지 모르기 때문에.

나는 잠시 생각하고 리스트에 한 줄 더 추가한다.

• A회사와 B회사에 보여 줄 에코에 대한 자료 준비하기

로맨스

불임꽃

크리스마스로 구원받을 날이 6일밖에 남았는데 전망이 별로 좋아 보이지 않는다. 지금까지 과거에 언제나 실패한 것을 그냥 그대로 답습하고 있다. 먼저 '호두까기 인형'을 보러 간다. 정말 지루하다고 생각했던 것이 언제부터였을까? 1막에는 모든 아이들이 댄스를 하지 않고 무대에는 크리스마스 트리가 세워져 있다. 별로 흥미롭지 않다. 예전에도, 내가 일곱 살이었을 때에도 별로였다. 그 모든 것에 열광하기를 간절히 바라는 것처럼 보인 할머니를 위해 재미있는 척했을 뿐. 할머니는 나를 통해 구원을 받았던 것이 틀림없다. 뉴욕 극장의 박스 오피스가 겨울만 되면 이렇게 북적거리는 것은 해마다 학습하지 못하고 때만 되면 다시 오는 우리 같은 사람들 때문이라고 장담한다. 그들은 이 시즌만 되면 자식들과 손주들의 손을 끌고 끝없는 관객의 흐름을 만들어낸다. 전통치고는 별로다.

다음에는 성 누가교회(St. Luke's Church)의 '메시아' 합창단에 갔다. 이것도 실수다. 나는 무반주 소프라노들에게 둘러

128

싸여 있었다. 내가 노래를 정말 잘 부른다는 것이 아니라 적어도 언제 조용히 불러야 되는지는 안다. 나는 좀 더 나은 사람이 되고자 했다. 나는 내 주위에 있는 지독한 소프라노들에게 그들이 아무리 짜증나게 해도 개의치 않는 사람처럼 미소를 지어 보였다. 하지만 그들은 가식적인 미소로 되돌려 주었고 나의 가식적인 관대함은 바로 쓰레기통으로 들어갔다. 자신의 목소리가 저리도 안 들리는 걸까? 순간적으로 나는 생각했다.

　문제는 '호두까기 인형'도 아니고 '메시아'도 아니고 심지어 크리스마스도 아니다. 톨스토이의『전쟁과 평화』다. 겨울만 되면 나는『전쟁과 평화』소설 중반부에 나오는 눈 속의 삼두마차(트로이카) 장면이 떠오른다. 이 장면에는 내가 꿈속의 남자를 찾을 수 있는 기회를 어떻게 무력화시킬 수 있는지 정확히 보여 주는 부분이 있다. 실제로 내가 평생 혼자 살 가능성이 있다는 것을 실감한 것은 톨스토이의 이 작품을 통해서였다. 어느 밤에 누군가와 자는 것이 평생 누군가와 자는 마지막 밤이 될 수도 있다. 그 이후로 크리스마스만 되면 나는 아무 일 없다는 듯이 그냥 넘어가지 못한다. 나는 톨스토이 작품 속에 나오는 소냐라는 캐릭터에 완전히 꽂혔다. 내 기억에 소냐는 이름만 기억날 뿐 성이 있었는지조차 모르겠다. 그녀는 같은 집에 사는 사촌이자 꿈속의 남자인 니콜라이에 대한 희망과 사랑으로 젊음과 활력을 얻는다. 니콜라이는 그녀에게 결혼을 약속한다. 디너파티에서 그녀는 너무 설레어 단 몇 초도 다른 사람에게 집중하지 못한다. 니콜라이가 소냐가 그곳에 앉아 있는 것을 알아차리지도 못하고 멋진 여주인 줄리 카라기나와 시시덕거릴 때 소냐는 그 모든 것을 지켜보다가 억지로 미소를 지어야 하는 것을 참지 못하고 자리를 피한다. 니콜라이는 그 직후에 군대에 간다.

니콜라이가 군대에서 첫 휴가를 받아 집에 왔을 때 그의 여동생인 나타샤는 소냐가 했던 희생과 헌신의 말을 들려준다. 처음으로 사랑에 빠진 젊은 여자만이 할 수 있는 말이다. "오빠, 소냐가 '나는 영원히 그를 사랑할 거야. 하지만 그를 자유롭게 해주고 싶어.'라고 했어. 정말 훌륭하고 고귀한 말이지 않아?" 나타샤는 그 말을 하면서 니콜라이의 생각을 묻는다. 니콜라이는 약속을 어기지는 않을 것이라고 말한다. 잘못된 답은 아니다. 그러자 나타샤는 그가 자신의 말을 완전히 이해하지 못했다고 설명한다. 그녀는 이렇게 말한다. "만약 오빠가 약속했으니 지켜야 한다는 생각으로 결혼할 것이라고 한다면, 소냐의 진심과는 달라. 그렇게 하면 오빠가 의무감으로 소냐와 결혼하는 것처럼 보여. 그것은 별로야."

뭘 잘못 알고 있는 사람은 나타샤다. 나는 소냐의 생각을 정확히 안다. 그녀의 말이 빛나는 순수함에서 나온 것이라고 해도 그것은 갈망과 그리움이 깔린 일종의 희생이었다. 마음 깊숙이 그녀는 자신의 고상한 뜻이 보답받기를 바라고 있었을 것이다. 그녀는 그것으로 자신의 사랑을 입증했다. 이에 니콜라이는 결혼을 고집함으로써 그녀에 대한 자신의 사랑을 입증해야 했다. 그리고 소냐에게 의무감 때문이 아니라 진심으로 원하기 때문에 결혼을 하겠다고 말했어야 한다. 하지만 니콜라이는 소냐의 말을 곧이곧대로 받아들인다. 그는 언젠가 소냐와 결혼할지도 모른다는 가능성만 남긴 채 다시 군대로 돌아간다. 그리고 당연히 그녀는 희망을 품는다. 어떻게 희망을 품지 않을 수 있을까?

하지만 소냐는 니콜라이를 놓아준다. 그녀가 그 다음에 어떻게 했어야 했는지는 나도 잘 모른다. 내 마음에는 그냥 그녀의 진심이 아니라고 느껴진다. 그런데 이걸 단지 니콜라이가 소냐의 마음을 몰라주는 것으로 받아들이기에는 뭔가 중요한 것 하나가 빠졌다는 생각을 버릴 수가 없다. 다시 말하면 소냐의 치명적인 실수이다. 나는 그것을 반드시 알아내야 한다. 소냐에 대한 부분이 나오기 시작한 순간부터, 내 인생이 그녀와 왜 다르고 어떻게 다른지 생각하기 시작했다. 하지만 나는 정확히 그녀와 같은 길의 같은 위치에 있다는 것을 안다. 그리고 그것을 알아내지 못한다면 나도 그녀처럼 끝나고 말 것임을 안다. 그녀는 끝이 좋지 않았다.

나는 아직 그것을 정확히 확인하지 못했다. 지금 그것이 더 어려워진 이유는 나의 고양이 중 하나가—추측건대 더 나이가 많고 더 살도 찌고 아무리 치료를 해도 피부염을 달고 사는 비츠라고 추측할 뿐이다.─『전쟁과 평화』책을 온통 긁어놓았기 때문이다. 오래된 책이다 보니 페이지가 부스러져 버렸다. 한 챕터 전체가 말이다. 비츠와 비머가 발톱 깎는 것을 하도 싫어해서 잘 깎아 주지 않는다. 나는 그 빠진 페이지에 답이 있을 것이라고 확신한다. 하지만 나의 로맨틱한 삶을 구제하기 위해 한 권 더 사러 나가야 하나? 당연히 가지 않았다.

나는 그녀의 첫 번째 실수를 알았다. 그녀는 비극적 여주인공으로서의 자신의 이미지에 너무 집착한 나머지 니콜라이에게 그녀의 판타지가 대단한 것이 아니라는 점을 놓친다.

"나는 쿨하고 고귀해요, 그리고 당신은 자유로워야 해요!" 그러자 그는 생각한다. **오케이.** 그가 그녀를 진심으로 사랑했다면 오히려 그녀가 해방되고 싶어 그에게 자유를 준다고 생각하고 고뇌에 **빠졌을** 것이다. 그녀는 이것을 알아차렸어야 했다. 하지만 그녀는 자신이 고아라도 고상하다는 (그녀는 달리 갈 곳이 없어 친척인 그들의 집에 더부살이를 했다.) 판타지에 빠져 있는 동안 니콜라이에게 그녀를 구하는 판타지가 없는 것을 보지 못한다. 그들의 판타지는 상호 보완이 되지 않았다. 그는 그녀가 비극적인 여주인공이 되기를 원한다. 그의 가족 모두 그렇다. 집안은 경제적인 어려움에 빠져 있었고 그는 그들 모두를 구해야 한다. 그들 중 어느 누구도 그가 돈 한 푼 없는 고아(소냐)와 결혼하는 것을 원치 않는다.

톨스토이는 처음부터 끝까지 그녀를 (혹은 나를) 고문한다. 그들이 모두 분장을 하고 삼두마차를 타고 가는 장면을 기술하는 페이지에서 니콜라이는 여전히 분명한 태도를 취하고 있지 않다. 소냐의 의상이 제일 근사하다. 소냐는 가짜 콧수염과 눈썹을 붙이고 완전히 다른 사람이 되어 있다. 그들은 그녀가 정말 핸섬해 보인다고 계속 이야기를 한다. 그들의 관심이 그녀의 긴장을 풀어 준다. 소냐는 이전 어느 때보다도 더 활기찬 모습을 보여 준다. 그녀는 둘도 없는 기회라고 알았는지 그것을 최대한 이용한다. 니콜라이는 즉시 그 변화를 알아차린다. 그가 모피를 입은 그녀를 보기 위해 몸을 돌릴 때 그의 눈에는 달빛 아래서 새롭게 빛나는 소냐가 보인다. 그는 그녀에게서 눈을 떼지 못한다.

"그녀가 이런 사람이었나. 지금까지 내가 정말 바보였군!" 그는 그녀의 총총한 눈과 콧수염 아래로 이전에 본적이 없는 미소, 즉 그녀의 볼에 보조개가 생기게 하는 행복하고 황홀한 미소를 응시하면서 생각했다.

"나는 아무것도 두렵지 않아요." 소냐가 말했다.

글쎄… 그녀는 그렇게 하지 말았어야 했다. 니콜라이는 두 번 다시 그녀를 그런 시선으로 바라보지 않는다. 그는 그녀와 결혼하지 않는다. 그리고 그녀는 꿈속의 남자를 찾지 못한다.

니콜라이는 전장에서 알게 된 프린세스 마리아와 결혼한다. 소냐는 그들과 그들의 아이들과 사는 곳으로 따라가 평생 동안 사랑이 없이 산다. 톨스토이는 마리아를 별로 예쁘지도 않고 매력적이지도 않지만 선량한 영혼을 가진 여자로 기술함으로써 사건의 반전을 무리 없이 끌고 간다. 마리아에게는 돈 때문에 결혼하고 싶어 하는 남자들이 많다. 그래서 니콜라이가 그녀와 사랑으로 결혼한 것은 일면에서는 다행스런 일이다. 또한 부유한 상속녀와 결혼함으로써 그는 자신의 가문을 구한다. 하지만 톨스토이가 소냐에게 한 일은 용서받을 수 없다. 나타샤와 마리아는 자신들은 꿈속의 남자와 살면서 소냐의 사랑 없는 운명에 대해 이야기한다. 나타샤는 그녀를 "불임꽃"*이라고 부른다. 딸기꽃의 어떤 품종과 같다고 그녀는 말한다.

그들은 소냐를 이용해먹고는 자신들만이 그녀의 비극을 이해하고 느낄 수 있다고 말한다. 톨스토이고 뭐고 젠장, 빌어먹을. 소냐도 감정이 있다. 천 페이지가 넘는 내용 속에서 그녀는 느낀다. 하지만 그들은 그녀가 감정이 없다고 이야기해야 한다. 그렇지 않다고 믿는 것은 견딜 수가 없기에. 자신의 꿈이 마침내 이루어지기 직전에 있다고 생각했을 때 황홀

---

* 불임꽃: 종자식물의 꽃에서 암술, 수술이 모두 퇴화되어 없거나 발육이 불완전하고 불임성인 꽃.

한 미소로 얼굴이 빛난 여자로 하여금 한 번도 떨어져 본 적이 없는 남자의 집에서 끝까지 사랑 없는 운명을 의식하고 가혹한 삶을 살게 하는 것? 절대 No.다. "그녀는 불임꽃이 되어도 괜찮아."라는 식의 톨스토이 마무리는 좋지 않다. 그들이 모두 싫다. 정말로.

몇 번의 크리스마스를 지나야 비로소 소녀의 운명을 피하는 법을 알아낼 수 있을까? 그녀는 자신을 고귀한 희생자로 꿈꾸었고, 삶은 그녀의 운명을 그녀의 말대로 박제해 버렸다. 만약 내가 그것을 알아내지 못하면 삶은 내가 고양이들과 고독사하는 판타지를 현실로 만들어 버릴 것이다. 소녀가 열여섯 살 때는 모든 가능성이 앞에 있었다. 내 앞에는 그 가능성이 여전히 있는 것이 분명하다. 지금 이 순간이 중요하다. 내가 하기에 따라 원하는 것을 얻을 수도 있고 영원히 얻지 못할 수도 있다. **내가 놓치고 있는 것이 뭘까?**

그래서 크리스마스만 되면 나는 나를 구해 줄 뭔가를 찾으려고 애쓴다. '호두까기 인형'과 '메시아'는 아니다. 에코에서의 휴일 파티에서 한두 번 좋은 기회가 있었지만 모멘텀의 부족으로 그냥 타닥거리다 꺼졌다. 비츠와 비머에게 선물을 사줘야 되지 않을까 생각했지만 그놈들은 고양이라 그 차이를 모른다.

나는 **'멋진 인생이야, 버피'**(미드 '버피 더 뱀파이어 슬레이어'의 크리스마스 에피소드 '멋진 인생이야It's wonderful life, Buffy')와

성탄절 특별 방송을 보았다. 나는 한해 내내 모아둔 여러 가수들의 크리스마스 노래를 들었다. 스누피 크리스마스 송을 여섯 번이나 반복해서 들었다. '이번 크리스마스가 날 구해 줄 거야'를 포기해야 하지만 포기하지 못한다는 것을 안다. 아, 다시 소냐가 생각났다. 나는 소냐의 문제가 그녀가 니콜라이와는 끝났다는 것을, 그리고 결과적으로 삶 전체를 기다림으로 소비했다는 것을 인정하지 않거나 못한 것이라고 생각한다. 그녀는 상실감을 버리고 정리를 했었어야 했다. 나는 꿈같은 판타지를 내려놓기를 거부함으로써 나 자신을 오히려 망치고 있다. 그 판타지를 내려놓지 않으면 나는 어떤 것도 현실화하지 못할 것이다.

크리스마스를 포기해, 크리스마스를 포기해. 그렇다면 대신 무엇을 받아들일까? 나는 참전용사들의 병원에서 자원 봉사하는 것을 생각했다. 지난 전몰장병 기념일에 참석이 저조했던 퍼레이드 후에 누군가가 일어나 말했다. "여러분이 참전용사들에게 조금이라도 감사를 느낀다면 공휴일에 그들을 방문해 주십시오."

나는 이미 알고 있었다. 내가 흥분하여 YES!라고 생각했을 때 결국 다 잊어버리고 가지 않으리란 것을.

곧 나는 어머니에게 줄 크리스마스 선물을 사러 나갈 것이다. 어머니는 내가 올해 크리스마스 선물을 하려고 생각하는 유일한 사람이다. 내가 외출할 동안 〈34번가의 기적〉이 녹화될 것이다. 나의 어머니는 내가 무엇을 사주든 별로 행복해하지 않을 것이다. 〈34번가의 기적〉이 나를 구해 주지는 않을 것이다. 크리스마스를 포기해, 크리스마스를 포기해. 하지만 난 그렇게 못한다. 나는 구원의 판타지를 포기한 척 할 수 없다. 형편없는 소프라노들에게 가식적으로 관대한 척할 수 없는 것처럼,

제발 너무 늦지 않게 해줘요, 크리스마스 영혼들이여, 나는 진짜 삶을 사는 사람이지 소설 속의 인물이 아니에요. 나는 불임꽃이 되고 싶지 않아요. 나는 알아요. 톨스토이가 잘못 했다는 것을, 나는 그것을 느껴요. 그리고 그것이 상처가 된다는 것을 알아요.

고양이

고양이도 갈망을 경험한다. 그 증거가 있다. 10년 전에 어디서 나왔는지 쥐 한 마리가 부엌 바닥을 가로질러 달려가며 스토브 아래로 사라졌다. 겨우 몇 피트 떨어져 있던 비츠가 그것을 잡으려고 순간적으로 돌진하다 스토브와 충돌했다. 하지만 비츠가 한발 늦었다. 쥐는 사라지고 없었다. 그 이후로 비츠는 밤마다 스토브 옆에 앉아 그곳을 주시하고 있었다. 내가 새벽 3시에 잠을 깨 화장실을 갈 때에도 여전히 그곳에 앉아 주시하고 있었다. 쥐는 두 번 다시 나타나지 않았다.

10년이 지난 후에도 비츠는 여전히 경계 태세를 하고 있다. 해가 지나도 거의 매일 밤마다 그 쪽으로 가서 자리를 잡고 앉아 쥐를 뒤쫓다 스토브에 머리를 부딪친 지점을 정확히 응시하고 있다. 언젠가는 그 쥐가 반드시 돌아올 것으로 확신하는 모양이다. 그놈은 절대 포기하지 않는다. 그놈은 마치 RCA dog* 같다.

그것이 내 마음을 아프게 한다. 나는 비츠의 변치 않는 믿음에 대한 보상으로 쥐를 사서라도 주고 싶은 심정이었다. 하지만 고양이가 쥐를 잡았을 때 어떻게 하는지 본 적이 있을 뿐만 아니라 작은 뼈들이 부서지는 소리가 어떤 것인지도 안다. 그리고 완벽한 만족감을 느낀 고양이가 내는 반쯤 으르렁거리고 반쯤 야옹거리는 소리의 원시성도 별로 내키지 않는다.

언젠가 한번은 내가 비츠에게 진실을 말해 주었다. "쥐는 절대 돌아오지 않아." 내가 말했다. 하지만 그놈은 내 말을 믿지 않았다. 비츠는 죽는 날까지 그 바람을 놓지 않을 것이다. 나도 그렇다. 내 꿈속의 남자는 이 세상 어딘가에 있을 것이다. 하지만 때로 비츠나 나나 결국 혼란과 실망의 도돌이표 속에서 '미스 해비셤(Miss Havisham)'*처럼 영원한 기다림의 운명 속에 갇힐까봐 걱정이 된다.

---

* RCA dog: 주인이 세상을 떠난 지 3년이 지나서까지 주인이 잘 들었던 축음기에 귀를 기울이는 '니퍼'라는 개를 RCA 사에서 축음기 판매 전략으로 사용한 데서 유래한 말.

* 미스 해비셤: 찰스 디킨스의 소설 『위대한 유산』에 나오는 인물로, 막대한 유산을 받은 부유한 여인이지만 결혼식 당일 버림받은 충격으로 인해 집안의 모든 것을 결혼식 당일로 맞추어놓고 웨딩드레스를 입고 자신만의 세계 속에서 살아가는 여인이다.

가족

가족묘지

데이지 할머니가 어디에 묻혀 있는지 어머니에게 말해달라고 했지만 생각보다 쉽지 않았다. 먼저 어머니는 데이지 할머니가 세상을 떠난 병원 이름을 정확히 기억하지 못했다. "퀸즈(Queens)의 글렌데일(Glendale)에 있었어." 그런데 알아보니 롱아일랜드의 브렌트우드(Brentwood)에 있는 병원이었다. 어머니는 데이지 할머니가 어디에 묻혀 있는지도 잘 기억하지 못했다. 비록 이번 경우는 어머니의 말이 진실에 더 가까웠지만 말이다. "퀸즈에 있는 이머큘레이트 컨셉션인가 뭔가였던 것 같은데." 이머큘레이트 컨셉션은 아니었다. "그럼 메트로폴리탄 애비뉴(Metropolitan Avenue)에 있는 묘지를 한 번 찾아보렴." 결국 나는 미들 빌리지(Middle Village)의 메트로폴리탄 애비뉴에 있는 세인트존스 묘지(St. John's Cemetery)에서 할머니의 무덤을 찾아냈다. 그곳은 할머니가 묻힌 1951년 이후로 거의 달라진 것이 없었다. 내가 그곳을 갔을 때 아침 먹을 만한 곳을 찾을 수가 없을 정도였다. 내가 메트로폴리탄 애비뉴를 따라 세인트존스로 걸어갔을 때 거대한 묘지

들만 연이어 나타났다.

외할머니, 데이지 암스트롱은 묘 3, 플롯 21, 레인지 B, 섹션 15에 누워 있었다. 뉴욕의 사망자들이 많았다. 할머니의 무덤에만 17명이 묻혀 있었다. 1941년에 묻힌 이름 없는 사산아에서부터 79살에 사망한 사산아의 어머니인 헬렌 크라벤에 이르기까지 넓은 나이층이 매장되어 있었다. 매장은 1928년에 생후 7개월 만에 죽은 제임스 크라벤으로 시작되어 1991년에 태어나 일주일만 살다 간 켈리 코터로 마무리되어 있었다. 얼마나 많은 무덤에 이렇게 많은 사람들이 들어 있는 것일까? 묘비만 보고는 안에 이 모든 사람들이 들어 있는지 모른다. 두 사람만 목록에 있을 뿐이다. 1938년에 71세의 나이로 죽은 토머스 크라벤과 1929년에 60세의 나이로 죽은 그의 아내 로즈 안나 크라벤이다.

뿐만 아니라 이 모든 사람들이 이 작은 면적의 묘에 모두 묻혀 있다는 것 또한 알 수가 없다. 다른 묘만큼이나 좁다. 나는 어떻게 이것이 가능한지 궁금증을 떨쳐낼 수가 없다. 깊이에 비밀이 있음이 틀림없었다. 처음에 제임스 크라벤의 매장이 시작되었을 때 그 위로 16구가 더 매장될 것을 예상하고 매우 깊이 파고 묻은 것일까? 아니면 새로 파묻을 때마다 일단 매장한 관을 다시 꺼내어 더 깊이 파묻은 것일까? 후자라면 어느 정도는 엉망이 되지 않았을까? 시간이 지나다 보면 부패가 진행되어 있을 수밖에 없기 때문이다.

나와 얼굴이 닮아 외할머니 사진과 함께 책상 옆에 사진을 붙여둔 또 다른 직계 혈육인 증조할아버지가 아내인 제니와 함께 그곳에 묻혀 있다. 나는 남북전쟁에 참전한 제니의 아버지 제임스 린치의 단서를 찾아보았다. 내 가문에 잊힌 참전용사가 있다는 것을 알았을 때 나는 믿을 수가 없었다. 그는 오랫동안 기억될 것이다. 내가 그를 기억하고 찾을 것이다. 내가 참전용사들에 대해 가지는 이런 감정의 정체는 뭘까? 하지만 제임스 린치는 우리 가문의 집단 묘에 묻힌 17명 중에 들어 있지는 않았다.

세인트존스 묘지는 어둡고 푸르고 조용했다. 나는 머리를 비석에 기댄 채 웅크리고 앉아이 모든 사람들, 즉 땅 가장 아래에서부터 차곡차곡 묻힌 모든 사람들의 삶을 그려볼 수 있었다. 내가 기억하는 두 가지 기도문(주님의 기도와 성모송)을 낭독하는 동안 다른 영혼은 보지 못했다. 성모송(슈베르트의 "아베 마리아")은 라틴어로 불렀다. 내가 묘지 위에 무릎을 꿇고 노래를 불렀을 대 내 심장이 빠르게 고동쳤다. 그 지점은 클라우드와 데이지의 안식처로 여겨지는 곳이었다. 그것은 내 마음을 흥분시켰다. 그들은 내가 언제나 기도를 드리는 두 사람이었다. 그들의 사진이 지금도 바로 내 옆에 있다. 그리고 내가 그곳에 가는 데 42년이 걸렸다. 나는 마치 보물찾기를 한 것 같았고, 그들의 유해는 상금과도 같았다.

판타지

　나는 한때 존 F. 케네디 주니어*의 목숨을 구하는 판타지에
빠지곤 했다. 내 백일몽 속에는 언제나 덜덜 떨며 겁에 질린
한 미치광이가 그에게 총구를 겨누고 있었다. 나는 그 미치광
이가 원하는 것이 무엇인지 모른다. 내 판타지 속에서 그것은
별로 중요하지 않았다. 중요한 점은 내가 영웅이라는 것이다.
또 다른 케네디가 총에 맞도록 놔두지 않을 것이기 때문이다.
그의 어머니인 재키(재클린 케네디)가 나에게 감사의 뜻을 표
시하려고 할 때 나는 쑥스러워 어쩔 줄 모르며 이렇게 말한
다. "아뇨, 아뇨. 그런 말 마세요. 제발, 그런 말 마세요."

　물론 지금은 너무 늦었다. 그는 자가용 비행기 추락 사고
로 죽었다. 하지만 그가 영원히 구조될 수 없다는 것을 알기
전에, 나는 추락하는 비행기에서 그를 구해내는 방법을 알
아냈다. 모든 전문가들이 무엇이 잘못되었는지 갑론을박하

---

*존 F. 케네디 주니어: 미국 대통령 존 F. 케네디의 아들로 1999년 사촌인 로리
케네디의 결혼식에 참석하기 위해 부인인 캐롤린 버셋 케네디와 형수인 로렌 버셋
과 자가용 비행기로 이동하던 중 항공 사고로 인해 사망하였다.

고 있었다. 한동안 그의 비행기가 묘지행 나선비행(추락비행)을 했다는 데 의견 일치가 있었다. 그래서 나는 에코로 들어가 정확히 묘지행 나선비행이 무엇이며 어떻게 하면 벗어날 수 있는지 물었다. 이미 말한 것처럼 내 판타지는 적어도 어느 정도 현실성이 없으면 작동되지 않는다. 내가 묘지행 나선비행에서 벗어나는 방법을 모른다면 케네디를 구할 수가 없다. 알아내야 한다. 추락하는 비행기에서 나 자신과 다른 사람들을 구조하는 것은 나의 가장 소중한 판타지 중의 하나로 남아 있기 때문에라도 알아두어야 한다. 이 정보는 구조 판타지에 빠질 때 유용할 것이다. 이 부분이 준비되면 내 비행기의 조종사가 심장마비를 일으킨다. 나는 비행기가 하강할 때 안전벨트를 하고 있지 않아 몸이 급속하게 쏠리며 앞으로 고꾸라진다. 내 몸이 내동댕이쳐진 곳은 하필 조종사 바로 옆이다. 오 마이 갓, 조종사는 죽어 있다. 나는 우리 비행기가 추락을 하고 있는 것을 알아차린다.

하지만 나는 지시 사항을 이해하지 못한다. 그들은 제일 먼저 해야 될 일이 "날개 수평을 맞추는 것."이라고 말한다. 무슨 수평? 계기판에서 확인할 수 있는 것일까? 에코의 조종사들은 동의하지 못한다. 먼저 해야 되는 것은 날개 수평이 아니다. 제일 먼저 해야 되는 일은 통제를 완전히 내려놓고 비행기가 추락하도록 내버려두는 것이다. 그러면 비행기는 저절로 어느 정도 양력을 되찾을 것이다. 그런 다음 서서히 정지시키면 된다. 하지만 TV에 나온 사람들은 서서히 정지시키면 나선형 추락이 더 가속화될 것이라고 반박한다. 알고 보니 누가 옳고 틀린 것이 아니라 나선형 추락인지 회전 추락인지 전제하지 않은 것이 문제였다. 나선형 추락은 그냥 놔두면 추락이 더 가속화된다. 회전 추락이라면 잠시 그냥 놔두어야 한다. 그래서 비행기가 추락하면 일단 무슨 추락인지 먼저 알아야 한다. 그것을 위한 지시 사항이 있다. 하지만 내 머리로는 그 차이를 잘 모른다. 그런데 케네디 구조 판타지와 관련해서 더 중요한 점은 어떻게 타이밍을 놓치지 않고 어떤 추락인지 알아내고 최종적으로 어떻게 해결하는가 하는 것이다. 그가 탄 비행기가 추락하기 시작했을 때 가정컨대 2천 피트 상공에 있었다. 레이더는 14초 만에 대략 1천 피트 추락한 것을 나타냈다. 남은 시간은 겨우 14초인데 돌이키기에 너무 늦은 시점은 언제일까?

나는 14초 만에 1천 피트를 추락하는 작은 비행기 안에 있는 사람들에게 무슨 일이 일어날지 잠깐 상상한다. 그들은 원통형 같은 공간에 갇혀 이리저리 튕겨나가는 것을 느낄 것이다. 정확히 알 수도 없고 확인할 수도 없는 모션이다. 모든 것이 암흑 속에서 일어나기 때문에 처음에는 전문가조차 어쩔 줄 몰라할 것이고 결론적으로 전문가에게조차 난이도 높은 작업이 될 것이다. 너무 늦기 전에 이 혼란이 어떤 것인지 — 나선인지 회전인지? — 제대로 평가하고 적절한 액션을 취하는 데 집중해야 한다.

내 판타지에서 유일하게 그럴듯한 시나리오는 내가 패닉에 빠지는 것이다. "기다려요!" 나는 케네디에게 소리친다. "여기서 잠깐만 생각할 시간을 줘요!" 케네디 또한 패닉에 빠져 얼어붙어 있는데, 그것은 정확히 옳은 행동으로 판명된다. 컴퓨터 괴짜들이 흔히 하는 말이 있다. "그것은 버그가 아니라 기능이야." 그들은 나쁘게 보이는 것도 제대로 보기만 하면 실제로 좋은 것이라고 확신시키기를 좋아한다. 나는 판타지 속에서 버그(공황 상태)를 기능으로 전환한다. 이때 공황 상태에 있지 않다면 비행기가 회전 추락을 하건 나선형 추락을 하건 비행기를 올릴 때 죽을 정도로 충격을 받을 것이다. 차라리 공황에 빠져 있는 것이 더 낫다. 현실성 요건이 충족된다.

내가 처음에 어떻게 이 자가용 비행기를 타게 되었는지에 대한 상상을 설명하면 이렇다. 나는 공항에서 비행기들을 바라보며 누군가를 구조한다는 꿈에 젖어 있다. 그때 존(존 케네디 아들)과 캐롤린(그의 부인)과 로렌(그의 형수)이 누군가와 함께 걸어가고 있었다. (그들은 실제로 사촌의 결혼식에 가기 위해 자가용 비행기를 탄다.) 알고 보니 그는 나의 친구이기도 한 사람이다. 그는 손을 흔들며 내게 걸어와 이렇게 묻는다. "이젠 비행기 타는 두려움 극복했어?" 나는 말한다. "아니. 나는 작은 비행기를 한번 타보고 싶은데 한번 타게 해줄래?" 이것은 사실인데 나는 비행기를 타는 것에 대한 두려움이 있다. 하지만 나의 가장 큰 두려움은 제트기이지 싱글 엔진 파이퍼 사라토가(Piper Saratogas)가 아니다. 그 순간이 존이 자신의 어깨너머로 뒤를 돌아보다가 나를 보고 아름다운 함박웃음을 지으며 활기찬 음성으로 이렇게 말한다. "빨리 올라타요."

케네디 구조 판타지에서 그 다음에 내가 할 일은 나선형 추락을 하고 있다는 확인이 되면 비행기의 자세계(attitude indicator)를 보고 날개를 수평으로 맞추는 것이다. 아니면 비행기가 회전 추락을 하고 있다면 비행기의 양력이 어느 정도 회복될 때까지 추락하도록 내버려두는 것이다. 그렇게 한 후에 모두 서서히 상승시키는 것이다.

판타지는 모두 가족 품으로 돌아가는 것으로 막을 내린다. 로리(로리 케네디)의 결혼식이 열린다. 존 케네디는 이 모든 보도에 당혹스러워하지만 품위를 잃지 않는다. 그리고 나는 혼자 뉴욕으로 돌아간다. 케네디 가문에 나의 진짜 친구가 없기 때문에 이 부분에 대한 것은 판타지에 없다. 그 세계의 일부가 되고 싶은 생각 또한 없다. 내가 원하는 것은 그냥 모든 것을 원래 자리에 돌려놓는 것뿐이다.

죽음

베이 쇼어

내가 만약 베이 쇼어(Bay Shore)에서 죽는다면, 그리고 앤서니 스카티(Anthony Scotti)가 그때까지도—나는 적어도 2050년까지는 살 계획이기 때문에.—여전히 장례업을 하고 있다면, 그에게 모든 것을 맡기고 싶다. 앤서니 스카티는 베이 쇼어의 장례식장 책임자이다. 나는 주인이 나서지 않아 장례식장에 남겨진 유해에 대한 TV 티저 방송을 본 다음날 아침에 바로 그를 만나러 갔다. 많은 유해 상자가 그곳에 쌓여 있고 버려져 있다. 저렇게 끔찍한 짐짝으로 잊히고 남겨지다니. 몇 년 전에 뉴욕 마블 시메트리(Marble Cemetry)의 창고에서 발견된 아기의 관에 대한 기사를 읽은 적이 있다. 아기 부모는 1960년대 쿠바로 날아갔다. 그들은 카스트로 정권이 몰락하면 아기를 데리고 고향으로 돌아가 묻어 주고 싶어 했지만 그런 날은 오지 않았고, 그들은 결국 아기 유해를 옮겨가지 못했다.

다음날 아침에 나는 주인이 나서지 않는 유해에 관한 방송을 한 TV 방송국에 전화를 걸었다, 그들은 앤서니 스카티라는 사람을 찾아가 보라고 했다. 나는 그를 〈판타즘 (Phantasm)〉이라는 영화에 나오는 앵거스 스크림(Angus Scrimm)의 톨맨(Tall Man) 같은 인물로 예상했지만 전혀 딴판으로 그는 달콤한 미소를 가진 롱아일랜드의 멋진 청년이었다. 그는 프랭크 캐리 고등학교에는 영안실 과학에 대한 교과과정이 없어 장례 관련 일에 종사하게 되었다고 했다. 앤서니는 요양원에 갈 바에는 차라리 죽는 것이 낫다고 생각한다고 말했다. 그리고 다시 모든 것을 시작해야 한다면 포렌식 과학에 종사할 것이라고 말했다.

앤서니가 1994년에 베이 쇼어 장례식장을 샀을 때 오크우드 샤펠의 보관실에 있는 유골함 외에도 상당히 많은 유골함이 남아 있었고 유해는 1940년대로까지 거슬러 올라갔다. 그당시의 유골함은 지금 같은 플라스틱이 아니고 금속으로 만들어져 있었다.

몇 년 전에 한 남자는 전화를 걸어 1949년에 죽은 여자의 유골을 요청했다고 한다. 그 유골함은 실제로 보관실에 보관이 되어 있었다. 하지만 요청자는 결국 나타나지 않았다. 일년이 지나면 (법적으로는 적어도 3개월은 기다려야 한다.) 앤서니는 배를 타고 바다로 나가 대서양 몇 마일 지점에 버려진 유해를 뿌린다. 그는 다음번에 배를 타고 나갈 예정인 유골함 하나를 보여 주었다, 그것은 짙은 갈색으로 하얀 종이가 붙은 상자 안에 들어 있었다. 그리고 무게는 3파운드(1.5kg) 정도로 내가 생각했던 것보다 더 무거웠다. 재는 잿빛을 띠고 있는데 앤서니에 따르면 하얀 알갱이가 뼈라는 것을 제외하면 일반적인 재와 구분이 되지 않았다.

"왜 사람들이 유골함을 가져가지 않고 그냥 여기에 둘까요?" 내가 물었다. "너무 슬픔에 찬 나머지 처리하고 싶지 않은 경우도 있겠죠." 그가 말했다. 때로는 정반대의 경우도 있다고 했다. 그는 자신에게 전화하여 이렇게 말한 한 남자의 이야기를 해주었다. "내 아버지가 굿사마리탄 병원에서 방금 죽었소. 그 개자식을 묻고 청구서나 보내 주시오." 나는 베이 쇼어에서 잊힌 고인들 전부에 대한 궁금증이 생기기 시작했다. 앤서니가 가장 오래된 장례식 명부를 보여 주었다. 베이 쇼어에는 부유한 거주자들이 있다. 하지만 이 장례식장에서는 언제나 그들의 하인들, 그들의 기능사들, 그들의 정원사들의 장례가 치러졌다. 나는 그들이 살아생전 무슨 일을 했고, 배우자가 누구고, 출생한 곳, 사망한 곳—전쟁에 나가 싸웠는지 아닌지—그들의 인종과 종교, 그들의 사망 원인, 그들의 장례식 비용과 누가 지불했는지 등을 적은 장례 명부를 쭉 한번 훑어보았다. 장례식 비용의 많은 부분이 서포크 카운티 복지부(Suffolk County Department of Public Welfare)에 청구되어 있었다. 나는 1930년대에 백인 주부 한 명을 매장하는 데는 200달러가 들었지만 흑인 가정부에게는 75달러가 들었다는 사실을 알게 되었다. 사산아는 거의 이름이 없었을 뿐만 아니라 개인적인 기록 없이 베이비 섹션이라는 부분에 뭉뚱그려 넣어져 있었다. 사산아 장례식은 유골함 비용만 청구하는 것이 전통이었다. 그래서 사산아 매장 비용은 대개 20달러 안팎이었다. 30년대에는 대부분의 사람들이 병원이 아니라 집에서 세상을 떠난 것처럼 보였다. 사망 원인은 대개 오늘날의 경우보다 훨씬 더 다채로워 보였다. 이를테면 자살자도 많았고 선로에서 기차에 치여 죽은 사람도 많았다. 1937년과 1946년 사이에 있었던 장례식 사례 몇몇을 직접 명부에서 발췌한 것을 보면 이렇게 되어 있다. 때로 지역 신문 기사가 기록되어 있었다.

잡부, 43세, 사망 원인: **전신 마비**. 배우자나 아이 없음. 어머니 신원 미상. 장례비용 259달러

노동자, 87세, 사망 원인: **탈진**, 부차적 원인: **노환**, 장례비용 185달러

뉴욕 병원 은퇴 직원, 47세, 제1차 세계대전 퇴역군인, 사망 원인: **가스 중독 자살**. 배우자 없고 부모 신원 미상. 장례비용 419달러

주부, 71세, 사망 원인: **체온 저하**. 31번가와 체리 스트리트

모퉁이에서 발견됨. 아일랜드 미망인. 장례비용 75달러

은퇴한 변호사, 58세. 사망 원인: **5번가 횡단보도에서 일어난 열차 충돌로 인한 두개골 골절**. 청력 장애가 있었다. 아일랜드 홀아비로 혼자 살았고 다섯 딸이 있다. 장례비용 325달러

여성 상체, 백인, 나이 미상, 사망 원인: 불명. 신문 기사에 따르면 캠프 치어풀의 바다 한쪽에서 발견되었다고 함. 장례비용 30달러

흑인, 21세, 사망 원인: **샌즈 포인트에서의 익사**. 타운 플롯에 매장됨. 장례비용 75달러

운전사, 42세 사망 원인: **두개골 골절 에지우드 건널목에서 열차와 충돌**. 기사에 따르면 그의 트럭에는 물고기가 많이 실려 있었음. 장례비용 35달러

다음은 6년 동안에 사망한 해티(Hattie) 가문의 8인이다.

해티 1: 48세, **심혈관 심장질환**, 장례비용 75달러
해티 2: 3개월, **급성 화농성 신우염**, 장례비용 25달러
해티 3: 21세, **익사**, 장례비용 75달러

해티 4: 1개월, **장폐색**, 장례비용 20달러

해티 5: 6개월, **폐결핵**, 장례비용 40달러

해티 6: 1시간 37분, **조산**, 장례비용 25달러

해티 7: 1시간, **조산**, 장례비용 15달러

해티 8: 21살, **심혈관 질환**, 장례비용 75달러

건설업자, 67세, 사망 원인: **3번가 건널목에서 기차와 충돌로 두개골 골절**. "비 오는 날이었다."고 신문 기사에 보도. 장례비용 35달러

주부, 50세, 사망 원인: 낚시 중에 **그레이트 사우스 베이에서 익사**. 남편은 그 아래쪽 캐빈에 잠들어 있었음. 부모 신원 미상. 장례비용: 이동과 준비에 15달러

배우자가 여전히 살아있는데 부모가 어떻게 신원 미상으로 기록되어 있을 수 있는지 이해가 되지 않는다. 배우자의 부모가 누구인지 어떻게 모를 수 있을까? 그리고 이 명부는 구체적으로 세례를 받지 못한 가톨릭 사산아들을 왜 기록해 놓았을까? 가톨릭에서는 세례를 받지 않고 죽으면 천국에 갈 수 없고 림보(천국과 지옥 사이에 있는 변방)로 가며 축복받은 땅에 묻힐 수 없다고 말해 왔다. 이런 관행을 배우고 알게 되면 어린이들은 처음에는 놀라움으로 이렇게 반응한다. "그러

면 이런 아기들이 어떻게 되죠?"

주부, 니그로, 34세. 그리고 사산아. 사망 원인: **임신중독증**, 부차적 원인: **사망한 태아**. 명부에는 이것이 그녀의 일곱 번째 아이로 되어 있다. 둘 다 타운 플롯에 묻혀 있다. 장례비용 75 달러

노동자, 제1차 세계대전 참전용사, 42세. 사망 통지서에는 심장마비로 진술되어 있고 장례식장 기록에는 '매독'으로 되어 있다. 참전용사협회에서 그가 '유색인 구역'에 묻히도록 비용 지불. 100달러

점원, 19세. 사망 원인: **가스 중독, 자살**. 붙어 있는 신문 기사에는 최근에 정신적으로 회복했음에도 불구하고 2년 전의 류머티스성 열의 결과로 남은 심장 상태에 대해 우울해했다. 그는 고등학교에서 인기가 있었다. 6월에 졸업했고 9월에 자살했다. 장례식 비용에 대해서는 목록에 없다.

주부, 56세. 사망 원인: **정신 착란 상태에 있던 중에 베이 쇼어에 있는 집의 가스 스토브의 가스 흡입으로 자살**, 장례비용 387달러

노동자, 40세. 사망 원인: 3번가 건널목에서 열차와의 충돌로 인한 두개골 골절. 경비가 경고했지만 그는 곧바로 철로 위로 걸어가다가 변을 당함. 장례비용 345달러

유아, 1년 10개월. 사망 원인: 그레이트 사우스 베이에서 어머니에 의한 익사. 그녀는 정신 이상이 발견되어 필그림 스테이트 병원에 입원. 신문 기사에 따르면 그녀의 남편은 그녀가 아이를 조산한 이유로 신경과민 상태에 있었음을 증언. 그녀는 아기와 수영복을 입고 허리 깊이의 물에 들어갔음. 그리고 이후에 남편에게 아기를 잃어버렸다고 말함. 기소되었을 때 그녀는 세 가지 질문을 함. 자신의 어머니와 집으로 돌아갈 수 있는지? 일급 살인에 대한 처벌이 무엇인지? 그리고 자신의 아기를 볼 수 있는지? 장례비용 204.19달러

목수, 59세. 사망 원인: 정신적 혼란 중에 22구경 라이플총으로 자살. 기사에 따르면 그는 작업 중에 사고로 손가락 세 개를 잃었음. 집과 아내와 저축한 돈을 잃은 후에 그는 도와주려는 양계농장을 하는 누이와 매형과 함께 살러 감. 장례비용 133달러

노동자, 29세. 사망 원인: 그레이트 사우스 베이로 고속도로에서 가져온 트럭의 눈을 내다버리는 중에 익사. 장례비용 360달러

주부, 70세. 사망 원인: **목매달아 질식으로 사망**. 기사에 따르면 그녀의 딸이 계단 서까래에서 그녀가 목매단 것을 발견.

흑인 여성 노동자, 사망 원인: **복강, 폐, 콩팥, 그리고 비장 종양, 29일 전에 인공 유산을 한 것으로 알려짐**. 장례비용 557달러

유아(여자). 사망 원인: **기형**.장례비용 15달러

리스트는 끝이 없다. 정신이상 상태에서 조명 가스를 흡입하여 자살, 침대에서 숨 막혀 하는 아이들, 불난 건물에 갇힌 사람들, 신생아의 사망 원인이 목록에 '비만'으로 되어 있는 경우도 있었다. 다른 소도시도 다르지 않을 것으로 상상이 되지만 자살자 숫자가 많아 보였고 간경변으로 사망한 사람도 많았다. 그런데 기차에 치여 죽은 사람들은 뭐지? 도대체 어쩌다 그렇게 되었을까? 그 시절의 반영이라는 생각이 들 뿐 참으로 상상하기가 쉽지 않다.

일

플랜 B

방금 새로 빠져든 '버피 더 뱀파이어 슬레이어'의 세스 그 린에 대한 소름끼치는 사실을 발견했다. 그는 스물네 살이다. 스물넷. 이게 내가 기대할 일인가? 여든다섯이 될 때까지 스 물네 살짜리에 빠지는 것이? 내가 스물네 살이었을 때는 스 물네 살 된 남자를 좋아하지 않았다. 그리고 이건 내 생활이 다. 화요일 아침이면 나는 기분 좋게 잠에서 깬다. 그날 밤에 '버피 더 뱀파이어 슬레이어'를 하기 때문이다. 텔레비전 방 송이 삶에 활력소가 된다. 단지 그뿐만이 아니다. 앞에서도 말한 것처럼 나는 TV로 사는 사람 같다. 그렇게 얕다. 깊은 곳에는 좋은 것이 없기 때문에 표면적인 삶을 택한다. 좋은 것은 제일 위에 있다. 그곳은 내가 존재하기를 원하는 곳이고 계속 시선을 보낼 수 있는 곳이다. 너무 가까이 들여다보거나 너무 오래 들여다보는 것이 싫은 모든 것은 그 아래에 숨겨 놓고 있다. 그렇다보니 TV 방송이 나의 한 주의 하이라이트 라고 해도 과언이 아니다.

다행히도 나에게는 삶의 플랜 B가 있다. 제대로 된 인수자를 찾기 전에 에코가 망하면 다음 차례로 내가 하고 싶어 하는 일이다. 알고 보면 나에게 안성맞춤인 일이다. 그것은 두 가지 문제를 해결해 준다. 먼저 새로운 미디어에 신물이 나는 문제를 해결해 주고 두 번 다시 사람들에게 돈을 내라는 청구서를 보낼 필요가 없어야 한다는 새로운 일에 대한 요구 조건을 충족시킨다. 그것은 조금 전에 말한 표면적인 삶과도 관련이 있다. 텔레비전 방송 작가로 일하는 것이다. 나는 에코와 사이버 공간에 대한 프로그램을 만들 것이고 '버추얼리 유어즈'(가상 공간의 당신)라는 제목을 붙일 것이다. 나는 온라인과 사무실로 돌아가 그것을 처리해야 하는 사람들의 이야기를 다루는 사이코드라마를 쓸 것이다. 인터넷상의 앨리 맥빌일 것이다. 텔레비전 관련 일은 나에게 완벽하다. 나는 텔레비전을 좋아한다. 내가 그것을 만들어야 한다. 얼마나 나이브한 생각으로 들릴지 나도 안다. 한 번도 그림을 그려본 적이 없는 사람이 '별이 빛나는 밤'(Starry night: 고흐의 그림)을 그리겠다고 나서는 꼴이다. TV 가이드 인터뷰에서 '더 소프라노스'의 제작자 데이비드 체이스는 "텔레비전은 비참해지기로 마음먹은 사람들을 끌어들인다."고 말했다. 또 어쩌면 TV에서 일하는 것은 오랫동안 나를 꽉 잡고 있는 낮은 수준의 패닉을 다른 것으로 대체할 것이다. TV는 에코와 달리 없어지지 않는다. 케이블 요금 청구서를 보냈다고 나에게 오줌 누기 시합을 하자는 위협을 가하는 일도 없을 것이다. 이제 그런 일은 내 인생에 없을 것이다. 또 달리 이것이 좋은 점은 TV 나라에서 나 같은 사람들과 동료가 될 수 있다는 것이다. 어쩌면 그들 중 하나는 나의 꿈속의 남자일지도 모른다. 괜찮다. 세스 그린은 아니다. 세스 그린은 너무 어리다. 하지만 '버피 더 뱀파이어 슬레이어'의 제작자 조스 웨던은 어떤가? 아니면 공동 프로듀서인 데이비드 그린왈트는 어떤가? 도대체 세스 그린과 조스 웨던 그리고 데이비드 그린왈트가 누구길래? 왜 나는 그들에 대한 글을 쓰고 있을까? 내가 바보기 때문이고 나 자신이 싫기 때문이다. 그리고 내가 상상의 머나먼 세상 속에서 편안함을 느끼는 부류이기 때문이다.

TV에서 일하는 것은 나의 고향 행성에서 일자리를 얻는 것과 같을 것이다. 모든 것이 제자리를 찾을 것이다. "죽은 자들이 구원을 받을 것이고, 정의가 회복될 것이며, 삶의 의미와 목적이 모든 균형 잡힌 영광 속에서 드러나게 될 것이다."

실제로 그 방송에 출연하는 남자 배우들 중에 내 또래가 있는지 보려고 나는 '버피 더 뱀파이어 슬레이어'의 홈페이지로 가보았다. 그들이 모두 매력적이기 때문에 거부하고 싶은 사람은 없다. 왜 이런 일을 할까? 왜 내 판타지가 현실에 뿌리박고 있어야 할까? 세스 그린이 몇 살인지가 뭐가 그렇게 중요할까? 어차피 현실성이 없는데. 하지만 나는 그들이 몇 살인지 알아내려고 그 프로그램에 나오는 모든 남자 등장인물의 사진을 하루 종일 클릭했다.

이런 말이 어떻게 들릴지 안다. 하지만 실제로는 더 안 좋다. 내가 파티에 가서 TV 방송 일을 하는 사람을 만날 때면 대화는 대개 이런 식으로 흘러간다.

나: 오! 최고의 직업을 가지셨군요.

그들은 처음에 별 말이 없다. 말이 없지만 좋은 침묵은 아니다.

나: 그런데 TV를 좋아하지 않나요?
그들: 좋아하시나요?
나: 글쎄요. 예. 버피!
그들: 그런데 실례 좀 해도 될까요? 인사를 해야 하는 친구가 보이네요.

언젠가 한번은 FBI가 내 사무실을 방문했다. 한 해커가 우리 컴퓨터를 캘리포니아의 다른 컴퓨터 침투를 위한 출발점으로 사용하고 있다는 것이었다. 그들은 전화로 방문 약속을 잡았다. "이야기할 것이 있어 사무실로 찾아가려고 합니다. 괜찮으신가요?" 그들이 나에게 물었다. "머더나 스컬리(X파일 주인공) 같은 분이라면요." 내가 대답했다.

나의 현실 감각이 문제가 있다. 하지만 내가 완전히 미친 것은 아니다. 나는 텔레비전 일을 하는 것이 나의 모든 문제를 해결하거나 나의 모든 두려움을 사라지게 만들지 못한다는 것을 안다. 바라는 것은 그 일이 그런 문제들과 두려움을 재빨리 수면 아래로 스며들게 하여 내가 그 존재를 거의 알아차리지 못하는 것이다. 그렇게만 된다면 얼마나 좋을까. 중년의 저주 중 하나가 이것이다. 같은 실수의 반복을 몇 년 동안 공포로 지켜보고도 어디로 가건 어떤 일을 하건, 처음에 잠시 달라진 것처럼 보여도 때가 되면 또다시 같은 자리로 돌아온다는 것이다. 나는 배우지를 못한다. 내 삶은 영원한 재방송이다.

다른 한편 내가 TV에서 일을 한다면 나는 파열될지도 모른다. 나는 낙하산을 타고 곧장 백일몽 속으로 들어갈 것이고, 안전한 거리로 떨어져 있던 것을 가까이 가져올 것이며, 백일몽을 현실로 만들 것이다. 스테이시(실제 스테이시)와 반스테이시(상상의 스테이시)가 만날 것이다. 스테이시와 반스테이시는 서로 전멸시킬 것이다. 그 둘이 서로 녹아들 수만 있다면. 그래야만 '그 후로 영원히 행복하게 살았다'는 좋은 엔딩이 나오지 않을까?

내가 완전히 나 자신을 속이고 있다는 것을 감안할 때 나처럼 반은 현실 속에, 그리고 반은 백일몽 속에 사는 사람이 TV 일을 하게 되면 어떤 문제가 일어날까? 텔레비전은 판타지 속의 판타지이기에 밑에 숨어 있는 나의 본질로부터 나를 훨씬 더 멀어지게 할 것이다. 나는 표면조차도 아닌 표면 몇 인치 위에 떠 있을 것이다. 자각이 얼마나 고통스러울까?

여론 조사
Q

에코의 회원 136명에게 물었다.

죽기 전에 이루고 싶은 일 한 가지만 적어 보세요. 그것을 하지 않으면 임종시에 괴로울 것 같은 것으로 말입니다.

16%가 책 출간이라고 말했다.
13%가 자식을 가지는 것이라고 말했다.

모든 사람이 삶의 대단한 것을 요구하는 것은 아니다. 한 두 가지는 이렇다.

"다시는 DC(워싱턴 DC)에 가고 싶지 않다. 그곳에 다시 안 가고 죽는 것이 소원이다."
"어차피 죽으면 빛에서 벗어나는 것이기 때문에 내가 가진 것을 다 써버리고 죽고 싶다."

8%는 "사랑할 사람을 찾는 것."이라고 말했다. 혹은 어떤 사람은 이렇게 대답했다. "위험하거나 사이코, 혹은 불구가 아닌 사람이 자신에게 홀딱 빠지게 만들기."

고양이

나는 빔에게 9% 염화나트륨 피하주사를 놓는 동안 비츠와 빔과 이런 대화를 한다.

나(빔에게): 이 세상에서 가장 대단한 고양이가 누구게?

빔: (침묵)

나: (둘 다에게) 글쎄 투표가 있었어. 전 세계적인 투표였어. 세상에는 대단한 고양이가 정말 많거든. 그런데 결국 동점이 나왔어. 너와 비츠.

나(빔에게): 그리고 너는 세계에서 피하주사를 가장 잘 맞는 고양이상을 받았어.

나(둘 다에게): 이 상을 받았다고 절대 다른 고양이에게 말하지 마. 기분 나빠하면 안 되니까.

비츠/빔: (침묵)

(비츠가 관심을 좀 가져달라고 더 다가온다. 나는 비츠를 쓰다듬는다.)

나(비츠에게): 너도 주사를 맞았다면 피하주사를 제일 잘 맞는 고양이상을 받았을 거야.

비츠: (침묵)

그리고 나서 나는 내가 크리스마스 때마다 보는 영화 〈번들 오브 조이(Bundle of joy)〉의 데비 레이놀즈와 에디 피셔의 노래를 빔에게 불러준다. 그것은 일종의 블루스 같은 자장가이다. 데비 레이놀즈가 자신의 집 문 앞에 버려져 있는 아기에게 불러주는 노래다. 이렇게 시작된다. "내가 이 예쁘고 앙증맞고 귀한 아가를 얼마나 사랑하는지…." 비츠와 빔이 내가 노래를 불러주는 것을 좋아한다는 어떤 신호도 없다. 하지만 순전히 이기적인 이유로 나는 그놈들이 노래 불러주는 것을 좋아한다는 쪽을 선택한다.

나(둘 다에게): 커피 한잔 하실까요? (나는 언제나 아침에 빔에게 주사를 놓는다.)

빔/비츠: (침묵)

나(빔에게): 거의 다 됐어.

나(비츠에게): 동생이 용감하지 않아? (그들은 친형제는 아니지만 나는 그렇게 부른다.)

166

비머는 일어나려고 한다. 주사액이 오늘 아침에 유달리 느리게 들어간다. 비머의 피하주사 인내심이 한계에 도달했다. 나는 빔을 진정시키려고 몸을 숙여 그의 머리 위로 따뜻한 공기를 불어 준다. 그러고 나서 그놈의 눈 위쪽과 얼굴 옆 부분을 어루만져 준다. 비츠가 다가와 비머의 머리를 핥아준다. 비츠는 언제나 필요한 순간이 되면 알아서 그렇게 해준다. 우연일 리는 없다. 비츠는 비머의 심기가 언제 좋지 않은지를 잘 안다.

인슐린 주사를 놓을 때는 고양이가 움찔거리지 않는다. 그르렁거리는 소리를 내고 있을 때 주사를 놓아도 그 소리를 멈추지 않을 것이다. 그런데 피하주사 바늘은 다르다. 일단 크기가 매우 크다. 요는 주사액이 꽤 빨리 들어가도 바늘이 너무 커 내가 비머를 찌르는 것 같은 느낌이 든다. 인슐린 주사기와는 달리 반발이 있다. 고양이를 밀치고 있어야 한다. 비머가 홱 움직인다. 그래도 일단 바늘이 들어가고 나면 괜찮은 것 같다. 하지만 여전히 어느 정도는 익숙해질 시간이 필요하다. 우리 둘 다에게 말이다.

비머의 주사 바늘이 들어간 곳 가장자리 털이 작은 공처럼 솟아오른다. 그러다 주사액이 퍼져나가기 시작하면 사라진다. 이 모양을 보면 거의 끝나 가는지 알 수 있다.

나(비머에게): 이제 거의 다 됐어.

비츠가 내 얼굴을 발로 긁는다. 비츠는 충분한 관심을 받지 못하고 있다.

나(비츠에게): 정말 참을성 많은 멋진 고양이야.

나(비머에게): 너도 정말 참을성 많은 멋진 고양이야. 전 세계에서 피하주사를 맞는 가장 대단한 고양이가 누구게?

이런 우스갯소리가 있다. 고양이는 외로운 여자가 혼잣말을 하기 위한 핑계이다. 뭐 괜찮다. 완전한 거짓말은 아니니까. 하지만 내가 수치스러워 할 이유가 있나? 나는 나의 두 고양이를 사랑한다. 그들은 나를 행복하게 만든다. 클리블랜드 아모리(Cleveland Amory: 미국 작가)도 자신의 고양이와 대화를 했다. 하지만 클리블랜드 아모리는 약간 외고집이 있는 까탈스러운 노총각이다. 까탈스러운 노총각이 자신의 고양이를 사랑하는 것은 다들 괜찮다고 여긴다. 그리고 게이들이 고양이를 기르는 것도 괜찮게 여긴다. 만약 내 나이 또래의 희극 조연남이 자신의 고양이와 대화하면 사람들은 그를 매력남으로 볼 것이다. 그들은 매력남이 되는데 내가(그리고 모든 여자들이) 왜 한심한 여자가 되어야 하는가?

나는 비츠와 비머와 대화를 하는 것이 한심하다고 생각하지 않는다. 무엇보다도 우리 대화에는 대부분의 사람들이 고양이와 나누는 베이비 토크가 들어 있지 않기 때문이다. 두 번째는 대화가 재미있기 때문이다. 어쩌면 이것이 대화를 더 한심하게 들리게 만들지도 모른다. 우리 대화가 진짜 대화에 더 가깝다면, 단순히 옹알거리는 여자들보다 더 망상적으로 보일 수 있다. 그런데 내 생각은 다르다. 그건 우리가 서로 다른 관계를 흉내 내고 있다는 뜻이라는 결론을 내린다. 옹알거리는 여자들은 고양이를 아기로 생각한다. 나는 친구로 생각한다. 오케이, 그래서 고양이는 '외로운 여자의 핑계'라는 우스갯소리가 훨씬 더 사실적이 된다. 그래서 어쩌라고? 외롭지 않은 사람 있나? 때로 남편이 있는 여자들이 이 세상에서 가장 외로워 보인다. 이것에 답을 찾은 사람은 없다. 이긴 사람이 없다. 이기는 것이 어떤 것인지 아는 사람이 없기 때문이다.

다시 한 번 나는 몸을 숙여 비머에게 속삭인다.

나(비머에게): 거의 다 됐다. 빔. 다 됐어.

일

젊은 시절의 실수

   TV 방송 대본 작가가 되지 못한다면 20년 전에 했던 실수를 바로잡기로 마음먹었다. 방송 작가 일이 잘 풀리지 않으면 나는 에코를 친구에게 완전히 맡기고 길을 떠날 생각이다. 이른바 플랜 C와 플랜 D이다. 이것은 내가 컴퓨터 관련 일에 종사할 때 흔히 쓰던 말이다. 일종의 백업(예비) 계획이다.

   내가 바로잡고 싶은 실수는 1980년 이후로 나를 내내 괴롭혀 온 것이다. 그때 나는 스물네 살이었고 대학 졸업 후에 갓 뉴욕으로 이사한 상태였다. 그리고 지금까지 친구 관계로 지내는 한 남자와 결혼을 했다. (우리는 2년간 결혼 생활을 했다.) 나는 티파니 보석 백화점에서 일을 구했다. 달리 일할 곳이 마땅하지 않았기 때문이었다. 당시는 크리스마스 시즌이었고 나는 1층의 엘사 퍼레티(Elsa Peretti: 티파니에 있는 디자이너 이름을 딴 보석 브랜드) 카운터 매장에서 보석을 팔았다. 비록 그 일에 대해 신랄한 불평을 늘어놓았어도 나는 내심 그 일을 좋아했다. 티파니는 어느 한 곳 세련되지 않은 공간이 없었다. 카운터에서 조용히 서서 주위를 조심스럽게 둘러보면

170

도처에서 온 사람들이 다니는 모습이 보였다. 관광객들, 부자들, 유명인사들, 금보다 은을 더 선호하고 엘사 퍼레티 카운터 주변을 무리지어 둘러싸고 있는 일본 여자들 등등. 크리스마스가 끝났을 때 나는 그곳에서 풀타임으로 일해 달라는 요청을 받았다. 하지만 나는 거절했다. 티파니에서 보석 파는 것을 진짜 '직업'으로 생각하지 않았다. 경력이 될 만한 일로 여겨지지 않았기 때문이었다. 대신 바보처럼 10년 동안 직장을 몇 군데 옮겨 다녔는데 하나같이 마음에 들지 않았고, 죽었으면 죽었지 두 번 다시 가고 싶지 않았다. 이 모든 것은 내가 티파니에서 일하는 것을 좋아한다고 말할 용기와 배포가 없었기 때문이다.

그러고 나서 나는 에코를 시작했다. 에코를 시작한 첫해 말에 통장 잔고가 바닥이 났고, 나는 다시 티파니의 1층 카운트에서 일을 했다. 그곳은 이전이나 다름이 없었고 여전히 근사함을 자랑했다. 집, 나는 집에 돌아온 거라고 생각했다. 하지만 이번에는 이전과 달리 크리스마스가 끝났을 때 남아달라는 요청이 없었다. 하루에 몇 번씩이나 내가 엘사 퍼레티 카운터 뒤에서 에코로 전화를 걸었기 때문이다. 그리고 모뎀 중 하나가 정상적인 작동을 하지 않으면 "잠깐만 나갔다 올게요." 하고는 달려가서 손을 보고 돌아오기 일쑤였다.

그 다음에 구한 일은 집 바로 옆에 있는 서점 아르바이트였다. 그곳에서도 나는 에코 일을 멈출 수가 없었다. 그곳에서 나는 에코 회원과 우연히 마주칠까봐 두려웠다. 에코 운영자가 사무실에 있어야 할 때 서점에서 일하고 있다면 뭔가 잘못된 메시지를 준다고 생각했다. 에코의 회원 누군가가 서점으로 들어올 때마다 나는 "안녕, 내 이름은 스테이시야!" 명찰을 잠시 떼고 책을 고르는 척했다.

마인드복스(Mindvox)의 브루스 팬처가 내가 일하는 서점으로 들어왔을 때 나는 이름표 떼는 것을 깜박했다. 마인드복스는 뉴욕의 또 다른 온라인 서비스 업체로 에코를 경쟁자로 여기는 곳이었다. 우리는 우호적인 경쟁자가 아니었다. 그들에게 나는 적이었다. 내가 서점에서 책을 쌓는 파트타임 일을 하는 모습을 들킨 것은 마인드복스에게는 호재일 수밖에 없었다. 그들은 나를 망칠 수 있는 절호의 기회를 놓칠 리 없었다. 나는 그들이 이것을 최대한 이용할 것이라는 확신이 들었다. **스테이시 혼이 서점에서 일하고 있다? 에코가 잘 안 돌아가는 것이 틀림없어.** 나는 낭패감이 들었다. 그는 악의적인 비웃음 같은 것이 섞인 표정으로 내게 물었다. "여기서 뭐하시나요?" 나는 딱히 할 말이 생각나지 않았지만 간신히 주제를 바꾸었다. 아니면 마음 깊은 곳 어딘가에서 그에게도 온정이 있어 주제를 바꾸는 것을 받아들였을 것이다.

티파니에서 일하며 나이 드는 것이 더 나을까, 아니면 몇 년 동안 미국 전역을 돌아다닌 후에 외진 곳의 주유소에 정착하는 것이 더 나을까, 아니면 〈리저렉션(Resurrection)〉이라는 영화의 엘렌 버스틴(Ellen Burstyn)처럼 독특한 공예품 박물관 큐레이터 일을 하는 것이 나을까. 말하자면 플랜 E이다.

여론 조사

Q

에코의 회원 101명을 대상으로 여론 조사를 했다.

당신은 행복한가요? 행복 지수를 퍼센티지로 나타내 주세요.

몇 가지 응답은 꽤 구체적이었다.

나는 시간의 5%가 꽤 불행하다.

나는 시간의 1%에 시티뱅크를 다녔더라면 하는 생각을
한다.

또 다른 대답은 이렇다.

"나는 일 때문에 러시아와 동유럽의 소설들을 읽었어요.
내가 어떻게 행복할 수 있을까요? 만약 내가 행복하다면, 행
복한 다른 모든 사람들과 같은 방식으로 행복할 거예요. (또
다른 사람은 톨스토이가 머리에 맴돈다고 했다.)

전반적으로 대다수가 많은 시간 행복하다고 말한다. (에코 회원 두 사람은 진짜 행복한 사람이다. 그들은 시간의 95%가 행복하다고 말했다.)

44%는 시간의 40% 혹은 그보다 약간 더 많은 시간이 행복하다고 말한다.

44%는 시간의 40% 혹은 그보다 더 적은 시간이 행복하지도 불행하지도 않은 중간이라고 말한다.

82%는 시간의 약 15% 혹은 그 이하가 비참하다고 말했다.

겨우 시간의 15%? 나쁘지 않다. 하지만 그들은 나머지 85%의 시간을 그것에 대한 이야기를 하면서 보낼 것이다.

죽음

프로스펙트 시메트리

내가 태어나기 2년 전에 세상을 떠난 엠마 스튜어트(Emma Stewart)는 황혼기에 지금 내가 황혼기에 하려고 생각중인 일을 하기를 원했다. 내게 그런 영감을 준 〈리저렉션〉이라는 영화를 그녀는 본 적조차 없었다. 그녀는 가판대나 주유소를 꿈꾸기도 했다. "그것이 안온한 삶이 아닌가요?" 그녀는 「롱아일랜드 데일리 레코드」의 1945년 신문 기사에서 그렇게 반문했다. 하지만 그녀는 프로스펙트 시메트리(Prospect Cemetery)라는 퀸즈의 버려진 공동묘지나 다름없는 곳에서 무덤을 파고 관리하는 사람이 되었다. 그녀는 프로스펙트 시메트리 협회에서 지급하는 작은 보수를 받으며(1954년에 연봉 800달러가 안 되는 액수였다.) 기꺼이 그 일을 도맡아 한 유일한 사람이었다. 결국 그녀가 가진 것은 두 손뿐이었다. 프로스펙트 시메트리에 기록된 무덤은 천여 개 정도이지만 실제 무덤 수는 3천여 개나 된다고 한다. 그것들이 4와 1/2 에이커의 넓이를 차지하고 있었는데 오랫동안 외면을 당했다. 엠마는 가판대나 주유소의 일은 해본 적이 없었다. 그녀는 1954년의 봄에

52세의 나이로 세상을 떠나는 날까지 무덤가의 풀을 뽑았다. 그녀가 죽자 프로스펙트 시메트리 협회는 그곳에서 손을 떼고 다른 관리인을 두지 않았다.

프로스펙트 시메트리는 1977년에 200주년 기념행사를 위해 부분적으로 손질이 되었지만 그 후에 다시 무명으로 돌아갔다. 새로 매장되는 경우가 거의 없었고 관리되지 않은 채로 있었다. 1988년에 에이미 앤더슨(Amy Anderson)이라는 지역의 동물 권리 운동가가 그곳에서 버려진 강아지 새끼들을 구조하면서 묘지를 재발견했다. 그곳은 이미 풀과 야생 꽃들이 무성하게 자라 그녀도 처음에는 그곳이 공동묘지인지 알아차리지 못했다. 에이미는 묘비석 위에 몇몇 이름을 노트에 적어 전화번호부를 보고 같은 성을 가진 사람들에게 무작위로 전화를 걸기 시작했다. 이 일은 그곳에 묻힌 사람의 후손인지 아닌지 확인되지는 않았지만 가능성이 높은 케이트 루들램(Cate Ludlam)으로 이어졌다. 이제는 케이트가 프로스펙트 시메트리 묘지의 풀을 뽑는다. 내가 롱아일랜드 기차로 그곳을 지나다닌 지도 수십 년이다. 대략 10년 전에 케이트가 풀을 뽑기 시작한 이후에 비로소 그곳의 무덤을 볼 수 있었다. 하지만 내가 탄 기차가 그곳을 지날 때마다 나는 프로스펙트 시메트리에 대한 백일몽에 젖었다. 언젠가는 반드시 내려서 그곳을 둘러보겠다고 맹세했다. 버려진 묘지를 돌보는 것이 진정으로 안온한 삶일지도 모른다. "무덤을 팔 때 머리 위에는 언제나 해가 있고 별이 있다." 엠마는 「롱아일랜드 데일리 레코드」에 그렇게 말했다. (내 삶의 플랜 F로 할까?)

퀸즈에 살고 있어 모든 것을 아는 친구이자 밴드 동료인 비비안의 도움으로 나는 그곳을 방문해 케이트와 악수를 했다. 케이트는 머리색이 짙은 단아한 여자였다. 묘지를 정리한 지 10년 정도 되었을 때였기에 그녀는 프로스펙트 시메트리의 모든 것을 알고 있었다. 먼저 그녀는 내 손을 잡고 정문 바로 안쪽에 있는 샤펠 오브 더 시스터즈(시신 안치실)로 데려갔다.

그 건물은 1857년에 그녀의 선조인 니콜라스 루들램이 자신의 죽은 세 딸을 위해 자연석, 사암, 그리고 검은 호두나무로 지은 것으로 1936년 이후로 사용되지 않고 있었다. 이 안치실은 작은 공간 하나뿐이었고 천장 높이가 족히 10미터는 되었다. 비둘기 한 마리가 지붕의 구멍을 통해 스테인드글라스를 깨며 날아들어온 것을 나는 가까스로 피했다. 나는 거미줄과 마루에 어지럽게 널린 깃털을 쓸어내며 한쪽 벽에서 다른 쪽 벽으로 다가가 세 자매의 출생일과 사망일을 유심히 보았다. 각각 한 살, 열세 살, 스물한 살까지 살았다고 되어 있었다. 나는 안치실을 복구하여 그곳에 사는 것을 상상한다. 마치 엠마처럼 주유소나 가판대는 버리고 말이다.

잠깐 한 바퀴 돈 후에 케이트는 내게 마음대로 둘러보라고 하면서 들개들이 나타나면 절대 도망가지 말라고 했다. "그냥 버티고 있으면 물러나요." 그녀가 내게 말했다. 나는 그 개들을 온순하고 사랑스러운 애완동물로 길들여 안치실에서 같이 사는 백일몽에 잠시 빠져들었다.

낙원은 버려진 곳들이다. 프로스펙트 시메트리에는 339년 간의 무덤이 있고 많은 것들이 자라나 있었다. 잡초, 일종의 들장미, 그리고 야생화들이 도처에 자라 있었다. 도금양, 쑥, 수선화, 그레이프히아신스, 담쟁이덩굴. 그리고 이 모든 것은 자작나무, 단풍나무, 밤나무 밑에 부분적으로 가려져 있었다. 그 한쪽으로 나 있는 도로인 비버 스트리트는 더 이상 지도에 나타나지도 않았다. 비버 스트리트 너머에는 롱아일랜드 철길의 선로가 달리고 있다. 기차를 타고 지날 때마다 나는 어렴풋하게 아른거리는 얼굴을 떠올리려고 애쓰며 이렇게 생각하곤 했다. **나는 여기 있어. 윌로비에 있어.** 그들은 뭔가에서 탈출을 하지 못했는데 나는 그것을 한 것 같았다. 다른 점이 있다면 그들은 어딘가로 가고 있고 나는 버려진 묘지에 있다는 것뿐.

나는 묘지에서 친숙한 이름을 발견했다. 1830년 4월 18일 31세, 1개월 26일의 나이로 세상을 떠난 대니얼 베일리스를 기념하며." **왜 이렇게 구체적인 기록을 남겨야 했을까?** 베일리스 가문은 내가 헌팅턴 고등학교 알룸니 디렉토리(Huntington High School Alumni Directory)에서 본 적이 있다. 이 프로스펙트 시메트리에는 여덟 명의 베일리스가 묻혀 있고 새미스 집안은 없다. 대니얼의 비석에는 이런 글이 있었다.

세상은 허망하고 고통으로 가득 차 있으니.
조심스럽게, 그리고 힘든 고통으로
하지만 그들은 휴식을 취하고 있는 가장 행복한 사람들이다.
그리스도와 함께 영원히

하지만 나는 잘 모르겠다. 사는 것이 고통인지 고통이 아닌지. 아무리 힘들어도 저승보다는 이승이 낫지 않나. 장담컨대 대니얼은 죽기 전에 술에 조금 취해 있었던 것이 틀림없다. 만약 그가 조금만 생각을 더 했더라면 좋았을 것을…. 따지고 보면 허망과 고통의 31세 1개월, 그리고 26일은 인생에서 너무 짧은 시간이다.

나는 프로스펙트 시메트리의 과거에 대한 사실 몇 가지를 분명히 알게 되었다. 예를 들어 1954년에 90년 전에 매장된 열네 살의 앨리스 조세핀 스미스의 두개골이 무덤에서 발굴되었다. 그녀의 두개골은 이날까지 여전히 행방이 오리무중이다. 그런데 내가 그녀의 무덤에서 멀지 않은 곳에서 세 개의 치아가 달린 턱을 발견했다. 하지만 케이트는 그것이 개의 두개골이라고 했다. 어머니에게 살해된 세 살짜리 아이의 시체도 1989년 무덤 정비 중에 발견되었다.

나는 또 다른 날짜 「롱아일랜드 데일리 레코드」의 다른 기사를 통해 묘지 관리인 엠마 스튜어트에 대해 조금 더 알게 되었다. 그녀가 태양과 별에 대한 이야기를 했을 때는 남편과 5년간 별거하고 있을 때였다. 나는 그녀가 무덤을 파는 데 대체로 다섯 시간 정도 걸렸다는 것을 알게 되었다. 그리고 여름이면 그녀가 콜리견인 메이어와 저녁 무렵에 산책을 다닌 것도 알게 되었다. 때로 그녀는 장남인 오언의 도움을 받았다. 오언은 당시(1947년)에 22살이었고 자메이카 워터 서플라이(Jamaica Water Supply)에서 일하고 있었다. 그녀의 막내 리처드는 PS40에 다니고 있었다. 그녀는 언젠가 이렇게 말했다. "무덤을 파는 사람들은 산 자들이 죽은 자들보다 훨씬 더 무섭다는 것을 안다."

내가 다음으로 발견한 것은 거의 100년간의 기록이었다. 독립전쟁과 남북전쟁, 그리고 스페인-미국 전쟁의 참전용사들이 프로스펙트 시메트리에 묻혀 있다는 것이었다. 우리는 참전용사를 잊는 긴 역사를 가지고 있는 것처럼 보인다. 그곳에 묻힌 베일리스 가문인 엘리아스 베일리스는 독립전쟁 중에 감옥선에서 죽었다. 그는 옵저베이션 위원회와 코레스판든스 오브 자메이카의 회원이었다. 이 위원회는 52명의 긴급소집병 부대를 만들겠다는 결의안을 통과시켰다. 이 단체의 회원은 노란 술이 달린 리넨 제복을 입고 모자에 하얀 깃털을 꽂아야 했다. 찬반이 있었다. 그들은 52명의 아버지, 아들, 형제들, 그리고 이웃을 죽음으로 이어질 수 있는 곳으로 보낼 것이다. 이것에 대한 논의를 위해 테이블 주변에 둘러앉았을 때 누군가가 그들의 모자에 흰 깃털을 꽂자고 제안한다. 그들은 투표를 한다.

"자, 그들의 모자에 하얀 깃털을 꽂자는 데 찬성하는 사람들은 손을 들어보세요."

그들이 손의 수를 센다. 하얀 깃털이 승리한다. 이 결정에는 자세한 부분이 추가된다. 깃털에 투표한 사람들은 투표가 통과될 때 잠시 만족감을 느꼈을 것이다. 그들은 S. 밀스(S. Mills)라는 사람에게 52명의 병사를 위한 노래를 쓰게 했다. 그는 그들에게 이런 시를 써 주었다.

> 내 형제인 비상 소집병들을 분발시키고
> 우리 합창을 들어보자
> 더 용감하고 더 대담할수록
> 그들이 우리를 더 흠모할 것이니
>
> 우리나라는 검과 용기를 요구하고
> 우리의 북소리는 크게 울리니
> 우리의 파이퍼들 매력은 무기를(팔을) 불발시키고
> 자유는 전투를 요구하노니

밀스는 그들의 행동을 값진 것으로 노래한다. "검과 용기"

는 낭만적이다. 그리고 그들은 이런 행진에 대해 "흠모"를 받을 것이다. 하지만 일부 병사들은 영원히 버려진 프로스펙트 시메트리가 마지막 종착지이다. 나는 그곳의 부서진 비석 사이를 거닐면서 이렇게 생각했다. **이런 영원한 안식을 얻는 것도 그렇게 나쁘지는 않아.** 나는 산 자들이 죽은 자들보다 더 무섭다는 엠마 같은 사람인 걸까? 내가 꿈꾸는 삶에 한발 더 가까이 있는 케이트 루들램은 엠마와는 달리 자신이 안온한 삶을 살고 있다고 생각하지 않는다.

나는 내 가문인 혼(Horn) 사람을 찾아보았지만 한 명도 없었다. 나는 도서관에서 기록을 찾아보았다. 혼의 성을 가진 사람 중에 프로스펙트 시메트리에 묻힌 사람이 없다. 비록 나의 할아버지 피터 메이너드 혼이 1926년에 그곳에서 엎어지면 코 닿을 거리에 2천 달러를 들여 집을 지었음에도 말이다. 나의 할아버지는 나와 많이 닮았고, 올리브 후버와 많이 닮았다. 그는 에이번 로드의 집에서 세 자녀를 키웠고, 집을 관리하기에 나이가 많이 들었을 때 비로소 그곳을 떠났다. 나는 프로스펙트 시메트리에서 혼 가문의 사람 하나만 찾을 수 있기를 간절히 바랐다. 그래야만 프로스펙트 시메트리가 내 집 같이 느껴질 것이기 때문이다. 또 그것은 내 판타지를 정신이 조금 이상한 사람의 그것이 아니라 조금 현실적인 것으로 만들어 줄 것이다. 나는 내 판타지가 현실의 제약을 받기를 원하지만 염려스러운 점이 없잖아 있다. 그 속에는 사람이 없

183

다. 내가 준비하는 미래가 불임꽃의 그것일까? "유령이 겁나면 낮에 일하면 돼요." 엠마가 말했다. 나는 유령이 겁나지 않는다. 나는 그들로부터 위안을 얻는다. 소냐는 가정에 애착을 가지고 있었다. 나는 묘지에 애착이 있다.

죽음

유령

얼마 전에 내 친구 미칼이 내 아파트에 마음의 상심으로 죽은 여자 유령이 살고 있는 것 같다고 말했다. 나는 순간적으로 미스 해비셤이 떠올랐다. 유령을 믿고 안 믿고를 떠나 흥미롭다는 생각이 들었다. 미칼이 유령을 본 적이 있고 자신의 첫 번째 책에서 그런 이야기를 하고 있음에도 자신은 유령을 믿지 않는 사람이라고 주장하기 때문이다.

미칼: 분명히 네 집에 있어. 다른 곳에서는 느껴지지 않는 것이 느껴져.

나: 유령이 아니라면 뭐지?

미칼: 이 세상에는 유령이 있을지도 몰라. 하지만 투사된 영상인 경우가 많아. 그것들은 끔찍한 비밀, 고통, 욕망의 초자연적 현상으로 나타나는 거야. 나도 잘 모르겠어. 내 어머니는 유령을 믿었어. 어머니로서는 뭔가를 자신이 이해할 수 없는 초자연적인 어떤 것으로 여기는 것이 견디기 더 쉬웠던 거지. 어머니가 내 형에게 악마가 달라붙었다고 결론을 내리

는 것이 차라리 견디는 것이 더 쉬웠을 거야. (그의 형 개리 길 모어는 두 사람을 죽이고 1977년에 사형을 당했다.)

미칼은 내가 유령을 어떻게 받아들일지 확신이 들지 않아 몇 년간 기다렸다고 했다. 그러고 나서 어느 날 밤에 마침내 전화로 말을 꺼냈다. 처음에 그와 나눈 말이다.

미칼: 유령은 너 아주 가까이 있는 것을 좋아해. 느껴진 적 없니?
나: 없는데.

나는 벌떡 일어난다.

나: 한 번도 없어.

나는 즉시 내 주변을 둘러본다. 내 옆도 보고 책상 아래도 보고 소파 아래도 본다. 그리고 주변을 둘러보고 내 뒤를 본다. 유령은 없다. 나는 유령을 믿지도 않는다. 나는 소파를 노려보며 영화 〈초대받지 않은 사람들〉에 나오는 유령 비슷한 형체인 어슴푸레한 여자애의 이미지를 그려본다.

나: 얼마나 가까이 있어? 누구야? 아니 누구였어? 왜 여기

있는 거야?

미칼: 네가 그곳에 살기 전에 그곳에서 무슨 일이 있었어. 침실과 관련이 있어 보이기도 하고.

이쯤 되면 흥미롭다. 나는 침실을 잘 사용하지 않는다. 거실에 있는 멋진 붉은색의 벨벳 소파, 정확히 말하면 카우치에서 자는 것을 더 좋아한다. 정말이지 이유는 나도 모른다. 그냥 거실에 있는 것이 더 편할 뿐이다. 그냥 카우치에서 자는 것이 더 아늑하기 때문이다.

미칼: 이전에 침실에서 자지 않는다고 말하지 않았어?
나: 침대에서는 가끔씩 잘 뿐이야.

나는 유령을 믿지 않는다. 유령을 믿지 않는다. 유령을 믿지 않는다, 정말로.

미칼: 유령이 네가 그곳에 있는 것을 편안해하는지도 몰라. 하지만 고양이는 유령이 별로 좋아하지 않아. 유령이 언젠가 동물들과 갇힌 적이 있었을지도 몰라.

고양이를 좋아하지 않는다? 나는 비츠와 비머를 바라본다. 그놈들은 침실을 선호한다. "너희들 뭐 아는 것 있어?" 나는 그놈들에게 물었다. 그놈들 반응은 언제나 그렇듯 "밥 줘."였다. 둘은 카우치에서 뛰어내려 종종걸음을 치며 부엌으로 간다. 아마 내가 먹는 것에 대한 이야기를 하고 있었기를 바라는 모양이다.

미칼: 유령은 언제나 밤에 활동해. 언젠가 내가 밤 두세 시경에 너의 집을 방문했던 것이 기억나. 내가 거실로 들어가니 네가 키보드 앞에 앉아 있었어. 그때 맹세코 어땠냐고 하면 어떤 사람 하나가 소파에 앉아 우리를 지켜보는 느낌이었어.

아하! 나는 생각한다. 이것이 내가 꿈속의 남자를 찾지 못한 이유구나. 그는 말을 잇는다.

미칼: 너의 침실에서는 유령이 구석진 곳이나 그 주변을 맴도는 것을 선호해. 침대 위에 있지는 않아. 분명히 예전에 너의 집에서 무슨 일이 있었어. 그것이 침대 위로 가지 않으려는 이유가 있어. 하지만 거실에서는 너 가까이에 앉아 있는 것을 좋아해. 그리고 너를 지켜보고 있어. 방문객이 오면 유령이 호기심을 나타낼지도 몰라. 하지만 방문객들에 대해서는 피곤해 해. 그것은 너를 특히 좋아해. 그것은 소유욕이 강해. 너에게는 해를 입히는 일은 없을 거야. 하지만 그것이 너에게 접촉을 하려고 할지도 몰라. 난 네가 유령에게 뭔가 좋

은 일을 하고 있다고 생각해. 그리고 그것은 네가 그 아파트에서 이사 가는 것을 원치 않아.

비츠와 비머 그리고 내가 가까운 시일에 다른 곳으로 옮길 가능성은 별로 없다. 상심한 유령이 날 가까이서 지켜보고 있다는 생각에 순식간에 익숙해지는 것이 좀 걱정스럽다. 10분도 되지 않아 내가 미칼에게 물었다. "유령의 기분이 좀 나아지게 할 수 있는 것이 뭐 있니?"

그는 유령을 위해 밤중에 밖에다 차가운 물 한 그릇을 떠놓으라고 했다. 그래서 나는 그렇게 했다. 그 후에 나는 문을 드나들 때마다 "안녕, 유령!"이라고 말한다. 비츠와 비머에게 '안녕'이라고 말한 후에 말이다. 미칼이 기겁했다.

미칼: 집에 돌아와 "안녕, 유령!"이라고 말하지는 마. 네가 그렇게 말하면 그 불쌍한 유령이 겁을 집어먹고 상처받을지도 몰라. 이름 하나를 지어 주고 그것이 마음에 드는지 물어봐. 이를테면 '아만다'처럼 말이지. 수수께끼 같은 친구! 라고 부를 수도 있어. 하지만 야단치거나 "안녕, 유령!" 이렇게는 말하지는 마. 유령은 낮에는 나오지 않아. 내가 보기에 밤 11시 전후에 나와.

나는 유령이 10년 동안 나와 함께 살고 있었다면 지금의

189

나에게 익숙해 있을 것이고 내가 "안녕, 유령!"이라고 말하는 것이 아주 우호적인 인사라는 것을 잘 알지 않겠느냐고 그에게 말했다.

미칼: 유령은 자신들이 유령이라는 것을 언제나 아는 것은 아냐. 특히 어린 유령들이 그래. 너의 집에 있는 유령은 50년대 후반에 그곳에 달라붙었어. 그때 그곳에서 사람이 실제로 죽었는지 누가 알겠어. 그래서 너의 유령은 20~30년간 유령으로 있었어. 유령의 관점에서 보면 어린 유령이야. 유령이 느끼는 시간은 우리 인간과는 달라. 그래서 유령에게는 부드럽게 대하는 거야, 알았지?

나: 그럼 이건 어때? "안녕, 아만다? 왜 아무도 널 볼 수 없는지, 왜 너는 먹지 않아도 되는지 궁금해."

미칼: 그건 불쌍한 유령에게 상처를 주는 일이야. 너의 유령이 매우 혼란스러워할 거야.

나는 주제를 바꾸었다. "여자 유령이 어떻게 생겼어?" 내가 물었다. 미칼도 확실히 알지 못했다. 그는 내 유령이 여자일 것이라고 확신함에도 반드시 그렇다는 말은 하지 못했다.

미칼: 그 유령은 절대 너에게 모습을 드러내지 않을 거야. 어린 유령에게 그건 쉬운 일이 아냐.

물론 그것이 내가 제일 원하는 것이다. 제일 말이다. 나의 유령은 마음에 상처를 입고 죽은 여자다. 어쩌면 고인이 된 데이지 외할머니처럼 그런 사연 때문에 유령은 나에게 동정적일지도 모른다. 다시 한 번 나는 죽은 사람들에게 어떤 힘이 있다면 나를 위해 사용해 주기를 소망한다. 이 정체 모를 친구가 자신의 얼굴을 드러내도록 할 수 있는 일이 없을까? 어쩌면 그것은 여기서 죽은 여자가 누구인지 알아내는 것일 수도 있다.

일

레드 번스가 나와 네 명의 다른 여성을 뉴욕 여성들의 연례적 커뮤니케이션 모임을 위한 강좌에 강사로 초빙했다. 레드는 내가 일주일에 한번 출강을 나가는 뉴욕 대학의 상사다. 미팅 전에 그녀는 대기실로 내려와 우리 각각에게 무엇을 주제로 강의할 것인지 물었다. 뉴미디어의 일면과 관련이 있어야 한다는 것이다.

레드: 무엇에 대한 강의를 할 거야?

나 : 중년의 위기에 대해.

레드: 중년의 위기에 대한 것은 안 돼.

나: 해도 돼.

레드: 스테이시의 중년에 대해서 사람들은 별로 관심이 없을 거야.

나: 아냐, 관심이 있어.

레드: 중년의 위기가 무엇과 관련이 있어?

나: 나도 잘 몰라.

레드: 스테이시, 그 주제는 안 돼.

나: 괜찮을 거야, 레드.

레드: 중년의 위기에 대해서는 하지 마.

나: 알았어.

레드: 거짓말하고 있어.

나: 맹세해.

레드: 마지막에 올려놓을게.

나: 좋아.

레드: 좋아.

(잠시 침묵)

레드: 중년의 위기에 대해서는 하지 마.

나: 알았어.

나는 중년의 위기에 대한 강의를 했다. 이런 세상에나, 너무 재미있었다. 나는 다음에 무슨 일을 할 것인지에 대한 불확실함과 비참함에 대한 이야기를 했고 많은 사람들이 고개를 끄덕이며 이렇게 말하는 것을 들었다. "나도 그래요." 나는 위기를 겪는 것이 좋은 면도 있다는 것을 말하고 싶다. 우리는 극복을 위한 행동을 할 것이고, 의외로 새로운 국면을 맞이할지도 모른다. 우리는 자유롭다. 그리고 혼자가 아니다.

죽음

인생 막간의 작은 영광의 순간들

〈After Life〉(한국어판 제목: 〈원더풀 라이프〉)라는 영화를 보러 갔다. 내용은 죽은 사람들이 어떤 곳에서 일주일간 머물며 가장 소중한 기억 하나를 골라야 한다. 그 한 가지 기억은 그들이 어디를 가건 유일하게 간직할 수 있는 것이다. 그것을 보는 두 시간 동안 영화 그 자체보다 나라면 어떤 기억을 고를지 깊은 생각에 빠진 것이 더 깊은 인상으로 남았다. 내 인생 전체를 돌아보며 행복한 기억을 하나둘씩 떠올리며 내 삶의 최고의 순간을 찾으려고 애쓰다 보니 두 시간이 훌쩍 지나가 있었다. 그 동안 그것에 너무 둔감해진 느낌이었다. 마치 최고의 것을 기억하는 것으로 힘을 얻는 초능력자가 따로 없었다. 먼저 나는 굵직한 사건을 떠올렸다. 첫 키스, 첫 섹스, 결혼식, 졸업식, 에코를 시작했던 날, 내 첫 저서인 『가상도시』를 서점에서 처음 본 순간 등.

누구에게나 바로 떠오르는 굵직한 사건은 그렇게 많지 않다. 영화에 빠져들면서 내가 그것을 떠올리는 데는 채 5분도 걸리지 않았다. 그래서 나는 계속 그 밑을 파내려갔다. 다음

층에 있는 행복한 기억은 더 자잘한 것이었다.

눈보라가 휘날리던 날 내 아파트에서 하버드 스퀘어로 걸어간 적이 있다. 이전에 눈보라를 경험해 본 적이 없었다. 눈보라 속으로 들어가니 바로 눈앞이 보이지 않았다. 신기하고 즐거운 경험이었다.

또 언젠가 46번가에서 드럼을 연주했던 때가 있었다. 블록을 따라 놓인 TV들 앞에서 수천 명의 브라질인들이 월드컵 최종 결승전을 앞둔 경기(준결승전)를 시청하고 있었다. 브라질이 이겼다. 분명히 이길 것이란 감이 왔다. 내가 군중을 향해 몸을 돌리는 순간 엄청난 군중이 하나처럼 몸을 돌리며 나를 바라보았다. 그들의 표정에는 '제발 이번만은, 이번만은…' 하는 염원이 간절했다. 결국 그들은 기쁨의 탄성을 질렀다. 바로 그 순간 수천 명의 감격과 승리의 전율은 하나의 욕망, 하나의 명령의 형태로 나에게 향했다. 드럼 연주였다.

이런 기억의 편린들이 더 좋았다. 흐릿한 몇 번의 굵은 기억보다 디테일이 훨씬 더 살아있었다. 이것을 기억한 후에도 여전히 한 시간 이상이 남아 있었다. 이제 나는 더 자잘한 기억이 남아 있는 층으로 내려갔다. 하지만 그것은 수천 가지였다.

열여섯 살 때 카우치에 앉아 첫 데이트를 앞두고 크리스 베이커가 날 태우러 오기를 오매불망 기다리던 일.

비머가 동물병원에 있을 때 그의 차트를 본 적이 있다. 거기에는 이렇게 적혀 있다. "비머는 주인이 방문할 때 먹이를 주세요. 주인이 있을 때 더 잘 먹어요."

조와 대화를 하던 중에 교대로 이야기를 지어 이어나가면서 배꼽이 빠질 정도로 웃었던 일.

비가 억수같이 내려 뉴욕 거리의 모든 배수구에서 물이 넘쳐흐르고 내 발목까지 차오른 날 제일 친한 친구 크리스와 폭우 속에서 거리를 마음껏 달리며 소리를 질렀던 일, 비를 맞으며 소리를 지르는 일보다 더 재미있는 일이 없기 때문에.

점점 살이 쪄서 부엌 개수대 위로 점프를 할 수 없었던 비츠가 체중이 빠져 내가 먹으려고 특별 주문해놓은 호박 파이를 훔쳐 먹으려고 그곳에 올라가는 데 성공했던 일. 나는 "굿보이!"라고 소리쳤다.

또 이런 일도 있었다. REM의 "Rockville"이라는 노래를 한 시간 동안 반복해서 듣고 있었는데 문에서 노크 소리가 들렸다.

"안녕하세요?" 나의 위층 이웃이 소리쳤다.

"미안해요!" 나는 대답했다. "이제 끌게요."

"아뇨. 그게 아니라." 그가 말한다. "그 노래 제목이 뭐예요? 정말 멋진데요!"

영화 속의 사람들이 〈After Life〉의 작가가 원하는 깨달음을 얻었을 때 나는 이런 작은 순간이 우리가 선택할 수 있는 순간임을 깨달았다. 삶의 막간에 있는 작은 영광의 순간들이다. 게다가 나는 죽은 사람도 아니요, 영화 속의 사람도 아니다. 한 가지 기억만 선택할 필요가 없다. 모든 기억을 간직하면 된다. 내가 원할 때마다 기억의 창고에서 이 모든 작은 기억들을 꺼낼 수 있다. 제일 큰 장점은 때와 장소를 가리지 않고 꺼낼 수 있다는 것이다. 행복한 순간들의 끝없는 퍼레이드가 펼쳐질 수 있다. 시간이 거의 걸리지 않는다. 나는 언제나 거창한 것이 중요하다고 생각했다. 크게 기억할 만한 일이 많지 않다면 근사한 인생을 산 것이 아니라고 생각했다. 하지만 거창한 일은 누구에게나 제한적이다. 그리고 내가 영원히 기억하고 싶은 일들은 시간이 걸리는 것이 아니기 때문에 어느 때나 일어날 수 있다.

잠깐. 이것은 매우 끔찍한 경험도 한 순간일 수 있다는 것을 의미한다. 하지만 내가 말하고자 하는 것은 내가 삶에 완전히 전념했을 때 안 좋은 기억으로 남는 것이 없었다는 뜻이다. 단 한 가지도 말이다.

나는 한잔하기 위해 몇몇 친구들을 만날 것이다. 우리는 특별한 말이나 행동을 하지 않을지도 모른다. 하지만 아주 작은 일들이라고 해도 이전에 일어난 어떤 일보다 더 낫고 더 기억에 남을 만한 것인지도 모른다.

죽음

　프로스펙트 시메트리를 방문한 지 얼마 되지 않았을 때 케이트 루들램이 그곳에 와서 잡초 제거 작업을 좀 도와줄 수 있는지 물었다. 무덤이 다시 잡초로 뒤덮여 구분하기가 힘들어졌고 그녀는 자원 봉사자들을 모집하고 있었다. 인정하기가 부끄럽지만 나는 잠시 어떻게 하면 빠져나갈 수 있을지 고민했다. 알러지가 있다고 할까. (거짓말이다.) 아니면 등에 문제가 있다고 할까. (일부 진실이다.) 그리고 당연히 고양이에 관한 것도 있다. '**그놈들이 아파서 제가 집에 좀 있어야 해요. 여차하면 병원에 데려갈 상황이라서 그래요.**'라고 말하는 것을 생각했다. 하지만 나는 묘지 내부를 거닐었을 때의 즐거움이 잊히지 않았다. 케이트는 날 그곳으로 인도한 사람이었다. 나는 가야 했다.

　나는 늦었다. 케이트가 불러 모은 자원봉사자들이 ― 소방대원과 가족들도 있었고 인터넷을 돌며 구한 사람들도 있었다. ― 이미 도착해 열심히 풀을 베고 있었다. **오, 맙소사.** 나는 생각했다. **어서 시작하자.** 나는 정문을 열고 들어가 케이트에게 무엇을 하면 좋을지 물었다. 그녀는 울타리 주변 작업을 하게 했다. 나는 긴 울타리를 따라가며 풀을 베고 나무를 정리해야 했다.전기톱을 사용해야 하는 상황이었기 때문에 정신을 바짝 차렸다. 나는 전기톱으로 뭔가를 잘라본 적이 없었다. 전기톱이 주는 느낌은 굉장히 무시무시했다. 무겁고 시끄럽고 심한 요동을 치며 뭔가를 사정없이 파괴했다. 그것으로 작은 가지 하나를 베어내는 데도 모든 체중을 실어야 하는 것이 끔찍했다.

나는 베고 자르기 시작했다. 네다섯 시간 후에 나는 무아지경에서 벗어났다. 그제야 나는 정원을 가진 친구들이 왜 이런 일에 집착하는지 알게 되었다. 그것은 일이 아니다. 뿌리와 식물과 잎 속의 일부가 된다. 냄새만으로 최면에 걸린다. 정원 손질은 땅에서의 휴식 같다고나 할까. 다만 죽음이 아니라 꿀잠을 자고 일어난 것에 더 가깝다. 상쾌한 기분이 들기 때문이다. 나는 점심을 먹기 위해 중단해야 했다. 그리고 그날은 그것으로 마쳐야 했다. "언제든 다시 와달라고 하면 올게요." 나는 케이트에게 말했다. 그녀에게서 연락이 없었을 때 나는 그녀에게 이메일을 보냈다. "요즘은 주말에 풀 뽑는 일을 하지 않나요?"

1953년의 봄에 프로스펙트 시메트리의 전직 관리자인 엠마 스튜어트는 「롱아일랜드 데일리 프레스」 신문에서 이렇게 털어놓았다. "나에게는 가위 하나밖에 없다. 마치 활과 화

살로 핵전쟁을 하는 것 같다." 46년이 지난 후에 여전히 그런 것이 느껴졌다. 그럼에도 그녀는 그 일을 내려놓지 않았다. 나는 그녀가 억지로 하지도 않았고 그럴 필요도 없었다고 확신한다. 그것은 끝나지 않기를 바라는 전쟁이다. 나는 언제나 그곳으로 돌아가 담쟁이덩굴, 포도덩굴, 들장미덩굴 속으로 들어가 모든 무덤으로 들어가는 길을 말끔히 정리하고 비석 주변의 잡초를 뽑아 누가 묻혀 있는지 읽을 수 있게 하고 싶다. 나는 그들을 다시 세상 밖으로 나오게 할 것이다. 한 번에 한 사람씩 말이다. 보관실에 남겨진 유해를 되찾는 것과 무엇이 다르랴?

내가 죽음에 탐닉하기 시작한 이후 더 행복한 것이 사실이 아니라면 프로스펙트 시메트리에서 일하는 것을 정말 좋아한다는 사실이 걱정스러울 것이다. 하느님이 보우하사, 나는 행복하다. 내 친구 리즈는 날더러 무덤을 파고 있다고 말한다. 나는 내 무덤을 준비하는 데 많은 시간을 보낼 것이다. 마치 내가 평생 묻혀 있던 나 자신을 파낸 것처럼 느껴진다. 케이트는 내게 프로스펙트 시메트리의 이사가 되어 줄 것을 요청했고, 나는 그렇게 하겠다고 대답했다.

고양이

비츠

한때는 비머를 더 좋아했지만 지금은 꼭 그런 것은 아니라고 말할 수 있어 기쁘다. 나는 비츠보다 비머의 머리 냄새를 더 자주 맡았고 조금이라도 더 오래 맡았으며 그놈이 아플 때마다 조금 더 허둥대곤 했다. 다른 한편으로 비츠는 지루성 피부염이 있었다. 그놈의 털은 기름기가 있고 거칠다. 게다가 이상한 냄새가 났다. 비츠는 비머가 병원에 있을 때를 빼면 내게 살갑게 굴지도 않았다. 비머가 병원에서 집으로 돌아오기만 하면 첫 주에 모든 것이 원래대로 돌아갔다. 비머는 너무 아파 거의 회복이 불가능한 상태였다. 나는 그놈이 다시 기운을 찾도록 돌봐야 했다. 비츠가 도움이 되었다. 비츠는 온순한 고양이기 때문이다. 비츠는 형의 역할을 즉시 받아들였다. 비츠는 비머를 핥아 주고 비머에게 원하는 자리를 먼저 선택하게 했다. 비츠와 비머가 서로 애틋함이 있고, 비츠가 그 상황을 탁월하게 대처하는 것이 더없이 좋고 고마운 일이었음에도 내 감정의 불균형이 내 마음을 편치 않게 만들었다. 불공평했다. 내게 먼저 온 고양이는 비츠였다. 나는 언

201

제나 비츠를 앞발로 긁으며 침대 한쪽을 기어오르려고 안간
힘을 쓰던 작은 고양이로 기억한다. 어린 비츠에게 그것은 긴
여정이었다. 그놈은 단지 내 옆에 눕기 위해 그렇게 하곤 했
다. 그래서 언젠가 한번은 내가 바닥으로 내려가 비츠의 시간
을 아끼게 해주었다. 내가 비츠를 사랑하지 않는다는 것이 아
니라―비츠를 사랑했다.―비머에 대한 애정이 더 강하다는
것을 부인할 수 없다는 것이다. 나는 비츠에게 더 많은 시간
을 주는 것만이 그것을 만회하는 길이라고 생각했다. 그것은
또 비츠를 그만큼 사랑하게 만들었다.

　이것이 비츠에게 활력을 불어넣었다. 비츠의 피부염이 사
라졌다. 그놈의 털이 더 부드러워졌다. 체중 또한 빠졌는데
이것은 비츠에게 주사하는 인슐린 양이 점점 줄어든다는 것
을 뜻했다. 이 모든 것은 비츠에 대한 나의 새로운 사랑을 더
강하게 만들었고, 그것은 비츠의 털의 윤기가 더 흐르게 만들
었다. 비츠에 대한 내 사랑은 새삼스러운 것이 아니다. 단지
비머가 너무 아픈 바람에 내 관심을 더 많이 필요로 했을 뿐
이다. 약 먹이고 주사 놓고, 소변검사, 혈액검사, 인슐린 주사
등을 정기적으로 하려면 한시도 가만히 있기 힘들었다.

　이제 나는 비츠의 보호자가 되었다. 나는 다른 사람들이
비츠의 진가를 몰라주면 상처를 받는다. 비츠는 언제나 병원
에서 천사처럼 군다. 누구나 이렇게 한 마디씩 하기를 주저하
지 않는다. "너는 정말 대단한 고양이구나." 누군가 비츠에게

주사를 놓고 혈액을 뽑고 어떤 것을 해도 반발하거나 말썽을 부리는 법이 없다. 비츠는 참을성이 매우 강했다. 나는 비츠가 녹색 지정 고양이가 아닌 것이 매우 자랑스러웠다.

녹색 지정 고양이라는 말은 앙칼진 고양이를 말한다. 동물 병원에서 고양이 차트에 녹색 점을 찍어 고양이를 다루는 관리자들에게 그 고양이가 앙칼지고 적대적인 면이 있음을 알려준다. 녹색 지정 고양이를 다룰 때는 아서왕에서나 볼 수 있을 법한 금속성 메탈 메시 장갑 같은 것을 끼어야 한다. 비츠와 나는 언제나 녹색 지정 고양이와 그 주인을 보면 우월감을 느꼈다. 녹색 지정 고양이가 아닌 것이 그 고양이와 주인이 정신적으로 더 건강하다는 것을 보여 준다고 남몰래 믿었다.

심한 변비로 비츠를 병원에 데려간 날에 이 모든 것이 바뀌었다. 그들은 장폐색을 치료하려고 관장을 두 번 해야 했다. 내가 비츠를 데리러 갔을 때 그들이 카멜롯의 장갑을 끼고 비츠를 캐리어에 넣는 모습이 보였다. 나는 재빨리 비츠의 차트를 보았다. 이렇게 적혀 있었다. 몸집이 크고 뚱뚱하고 윤기가 흐르는 새로운 녹색 지정 고양이. 하지만 이런, 이런. 두 번의 관장이라니? 세상에 이 상황에서 누가 비츠를 탓할 수 있으랴? 비츠는 두 번의 관장을 잊지 않고 있었고, 그것에 대해 그들을 용서하지 않았다. 그 이후로 비츠는 녹색 지정 고양이가 되었다. 그들이 비츠에게 정말 조심스럽게 접근

하는 모습을 보자 마음이 착잡했다. "원래 순해요." 내가 그들에게 말한다. 나는 그들이 "비츠가 주인에게는 매우 다정하네요."가 아니라 '정말 사랑스러운 고양이군요.'라고 말하는 것으로 돌아가 주기를 바라고 있다.

비츠와는 지금 매우 가까운 사이가 된 것이 기쁘다. 지금 그놈은 비머보다 더 건강하다. 우리가 함께 있는 시간은 더 길어질 것이다. 언젠가는 비츠가 나를 독차지할 날이 있을 것이다. 그리고 나는 비츠에게 빚이 있다. 비츠는 좋은 자리를 포기하지 않아도 되는 때를 누릴 자격이 있다. 그때가 되면 비츠는 내 옆에 몸을 웅크리고 누워 몸을 일으킬 필요가 없을 것이다.

노스탤지어

'재향군인의 날' 퍼레이드를 하고 난 몇 주 후에 나는 허드
슨 강변의 Pier63(일종의 바지선)에서 열리는 '부상당한 대머
리 독수리를 위한 기금 모금 행사'에 갔다. 그 행사는 '재향군
인의 날'에 노래를 부른 참전용사 릭 캐리어와 USA 볼드 이
글 커맨드(USA Bald Eagle Command)에서 주최하는 것이었고,
나는 두 가지 이유로 참석했다. 한 가지는 내가 찾고 있는 남
자 또한 이런 사람들과 파티에 매력을 느끼는 사람일지도 모
른다는 것이고, 다른 하나는 '재향군인의 날' 행사에 거의 텅
빈 무대에서 "바이, 바이, 블랙버드"라는 노래를 멋지게 부르
며 즐거워하던 릭 캐리어와 그의 미소가 잊히지 않아서였다.
강변은 추웠고 비가 추적거리고 있었다. 내가 도착했을 때 스
무 명 남짓 되는 사람들이 모여 있었다. 릭 캐리어는 눈에 확
띄는 제복을 입고 있었다. 저번에는 갈색이었는데 이번에는
하늘색 제복을 입고 있었다. 가까이서 보니 그는 내가 생각했
던 것만큼 젊은 사람이 아니었다. 비록 70대 치고는 아직 체
격이 좋고 건강했음에도 말이다. 그래서 그는 나이로 보면 한

국전이 아니라 제2차 세계대전에 참전한 것이 분명했다. 빅 밴드 음악이 카세트 플레이어를 통해 흘러나오고 있었지만 춤을 추는 사람은 없었다. 그들은 그릴에 연어를 굽고 있었다. 아는 사람들이 없다 보니 자리가 편치 않았다.

그런데 이제 나 자신이 싫다. 여기에는 예외 없이 중년의 문제가 있다. 기회가 주어지면 이제 마지막이나 다름없다는 것이다. 왜 그곳에 있지 못했을까? 대신 무엇을 했을까? 나는 집으로 돌아가 TV 재방송을 보았다.

몇 주 전에 릭과 나, 그리고 다른 몇몇 사람들은 '재향군인의 날' 퍼레이드 후에 무대 쪽으로 가서 흥겨운 노래를 불렀다. 우리는 그냥 우리가 좋아하는 노래를 불렀다. 경찰 몇몇이 구경하고 있었는데 주변에 달리 볼만한 것이 없었기 때문이었다. 금연법 때문에 거리에 나가 담배를 피워야 했던 사람들도 마찬가지였다.

50여 년 전에는 모든 것이 달랐다. '재향군인의 날'에 릭은 타임스퀘어의 수많은 군중들과 함께 노래를 불렀을 것이다. 그가 어떤 노래를 부르건 그들이 따라 불렀을 것이다. 이제는 그런 기쁨이 사라지고 없다. 막간에 있는 영광의 순간이 더 이상 자주 오지 않는다. 이제는 몇몇 경찰을 제외하고 몇몇의 할머니들, 그리고 중년 부인 하나, 나, 그리고 아직까지 생존해 있는 그의 친구 몇몇을 빼면 아무도 릭의 노래를 주시하지 않는다.

내가 다친 새들의 집을 지어 주겠다고 모인 몇몇 낯선 사람들의 모임에서 어색함을 느낄 일은 두 번 다시 없을지도 모른다. 영원한 것은 없다. 사랑도, 삶도, 감사도, 기회도 영원하지 않다. 이 말 취소다. 후회는 영원하다. 왜 기회가 있었을 때 릭에게 가서 인사를 하지 않았을까? 삶의 한계를 견딜 수 있게 만드는 것은 무엇인가? 나는 집에 돌아가서도 멋진 청바지에 머리를 한껏 치장한 채 그대로 앉아 있었다. 내 가슴이 희망과 갈망으로 부풀어 있었을 때 왜 집으로 왔을까?

한 달 후에 나는 부상당한 대머리 독수리들을 위한 릭 캐리어 재단에 약간의 기금을 보냈다. 나는 그의 연락처를 알아내 '노인들과 하는 인터뷰'를 하기로 마음먹었다. 하지만 그의 전화번호라고 알고 있는 번호로 전화를 했을 때 아무도 받지 않았다. 혹은 미국 재향군인협회에서 알려준 번호로 연락을 했을 때도 받지 않았다. 그가 운영하는 대머리 독수리 재단인 USA 볼드 이글 커맨드의 주소가 있었다. **직접 그곳에 가서 원하는 것을 알 수 있는지 알아봐야겠어.** 나는 생각했다. Pier63이 정말 나의 마지막 기회라면 어찌될까?

로맨스

마우로의 셔츠에서 더 이상 그의 냄새가 나지 않는다. 나는 아파트 청소하러 오는 여자가 그것을 어떻게 하지 못하도록 옷장에 고이 넣어두었다, 그녀가 씻어버릴 것 같은 느낌이 들어서였다. 그리고 모든 것을 잊어버렸다. 마우로와 나는 더 이상 같이 자지 않는다. 많은 시간이 지난 후에 그가 첫 이메일을 보냈을 때 나는 그제야 잊고 있던 그의 셔츠를 꺼냈다. 이제 더 이상 그의 체취가 나지 않았다. 놓여 있던 공간의 원목 냄새만 났다. 그러자 문득 이런 생각이 들었다. 나는 일 년 동안 누구하고도 자지 않았다. 이게 뭐하는 짓이지? 왜 남자친구 대신에 셔츠의 냄새를 맡고 있는 거지?

내가 탄 보트에 내가 아는 많은 여자들이 타고 있다는 것이 도움이 되지 않는다. 남자 친구를 찾는 것이 아무 문제가 없는 이바나 트럼프(도널드 트럼프 대통령의 첫 번째 전부인)나 말라 메이플스 트럼프(도널드 트럼프 대통령의 두 번째 전부인)를 제외하면. 그런데 그 여자들은 좀 역겹지 않나? 아니지. 돈이 있지. 거기다가 그 여자들을 역겨워하지 않는 서클의 남자들에게는 그 여자들과 다니는 것이 트로피 같은 것이 될 수도 있고…. 바로 그렇다. 나는 맞는 서클을 찾지 못했다. 나 같은 사람을 결혼상대로 여기는 남자 서클을 찾아야 한다. 문제는 나는 내가 원하는 삶을 이미 살고 있다는 것이다.—드럼을 연주하는 SOB의 무대가 그렇고 묘지가 그렇다.—그래서 기술적으로는 내 서클의 남자들에게 나는 이미 노출된 셈이다. 이바나나 말라와 데이트하는 남자들과 어떻게 해보려는 생각은 눈곱만큼도 없다.

조가 매우 실용적인 제안을 한다. "마우로에게 그 셔츠를 입혀 다시 냄새가 배이게 하면 어때?"

나는 진짜 연인을 원한다고 그에게 말했다. 후각적인 것 말고.

하지만 나는 희망적이다. 어쩌면 새로운 서클이 필요할 수도 있다. 어쩌면 내가 유령의 주인을 찾고 죽은 내 친척들을 찾고, 릭 캐리어를 찾다가 한쪽 모퉁이에서 땅을 파고 있는 남자를 만날 수도 있다.

내 머리 속에 떠오른 것이다.

그는 조지 클루니처럼 생긴 남자일 거야

아니, 조지 클루니처럼 생길 필요는 없어. 하지만 그가

조지 클루니의 이모만큼 노래를 잘 불러도 멋질 거야.

잠깐. 아니, 한 수 물리자. 그가 노래를 잘 부르지 못해도

괜찮아.

　너는 그것에 안 좋은 징크스가 있었어.

　맞아, 징크스, 그것은 내 문제야.

죽음

나이가 들어간다는 증거

우리 몸은 나이가 들면서 약물 효과로 우리를 달래는 것 같다. 우리가 죽음에 대한 준비를 서서히 하는 동안 우리 몸은 우리가 20대 때 신경 쓴 것에 더 이상 관심을 갖지 않게 하는 어떤 화학 물질을 방출한다. 물리적 변화가 너무 점진적으로 일어나 우리가 거의 알아차리기 힘들다. 기억을 해보면 20대에는 그날 밤에 가야 될 파티가 있으면 하루 종일 기분이 좋았었다. 만약 그때 지금 받는 초대를 받았다면 진정이 필요했을 정도로 매우 흥분상태였을 것이다. 어떤 차림으로 갈 것인지가 그날 하루 종일 내 생각을 지배하곤 했다. **발목까지 오는 귀여운 가죽 부츠를 신을까, 아니면 하이힐을 신을까?** 지금은 그런 초대를 물리친다. 내 친구들과 나는 예전에 가곤 하던 파티에 가지 않는 것에 진정한 자부심을 가지고 이야기한다.

나라는 존재가 끝을 향해 서서히 종료되어 가고 있다는 증거는 이것만이 아니다. 나는 시크릿 스페이스에서 젊은 친구 레이철이 살아오면서 경험하는 모든 것들에 대해 적어놓은 글을 읽었다. 모든 수업, 직업, 데이트 등. "레이철, 너는 파리가 달라붙지는 않잖아." 내가 그렇게 썼다. 나는 파리들이 온통 달라붙는다. 오죽하면 그것들을 애완동물로 만들기까지 했다. 이름도 붙였다. 그 중 17마리는 당뇨병이 있다. 규칙적으로 인슐린 주사도 놓는다. 레이철의 글을 읽고 나서야 내가 외출하지 않고 있다는 것과 이전과는 달라져 있는 것을 알아차렸다. 나의 몸이 나이를 먹자 나를 이렇게 달래고 있다. "그냥 TV나 봐." 나는 대답한다. 알았어.

나는 나의 20대를 좋아하지 않았다. 나의 20대는 비참했다. 나의 20대는 미친 듯한 감정의 핀볼 게임이었다. 울고 있을 때 아는 음악을 틀면 눈물이 홍수처럼 터져 나오기 일쑤였고 황홀할 때 춤추기 위해서 음악을 틀면 훨씬 더 큰 행복한 흥분 상태에 빠져들었다. 나는 아파트에서 나가기 전에 춤을 추곤 했다. 지금은 그렇지 않다. 이것이 다가 아니다. 증거는 더 있다.

40대가 훨씬 더 차분하기 때문에 훨씬 더 좋고 여러 면에서 더 낫다고 말할 수 있다면 좋으련만 거짓말을 할 수가 없다. 밤에 가야 할 파티가 있다는 이유 하나 만으로 하루 종일 기분이 좋았으면 좋겠다. 입는 것에 더 이상 신경 쓰지 않게 되면서 해방된 기분이고 다행인 점도 없잖아 있지만 (패션에는 손길이 많이 간다.) 그뿐이다. 일은 줄어들었지만 재미는 별로 없다. 재미를 희생시켜 약간의 평화를 얻은 셈이라고나 할까.

스물다섯 살 때 너무 속상해 한없이 울었던 것이 기억난
다. 나는 고뇌와 번민에서 헤어날 수가 없었다. 나는 거실 바
닥에 앉아 앞뒤로 몸을 흔들었다. 참을 수 없는 바로 그 순간,
이런 생각이 스쳐갔다. **못 참겠어. 못 참겠어. 난 안될 것 같아.** 나
는 스물다섯 살짜리만이 할 수 있는 멜로드라마틱한 생각을
했었다. 나는 그런 아픔을 느끼고 싶지 않았다. 나는 믿지도
않는 하느님에게 다시는 그런 아픔을 느끼지 않게 해달라고
기도했던 것이 기억난다. 더 이상 그런 고통은 없지만 심히
유감스럽다. 먼저 사랑의 도취감이 있어야 그런 고통도 따르
는 것을. 그것이 그립다.

방금 한 말 취소다. 나는 겨우 스물다섯이었다. 알면 뭘 얼
마나 알았을까?

다시 말하자면 이렇게 나이를 먹어가는 것에 대해 내가 딱
히 할 수 있는 것은 없는 것 같다. 어쩌면 한때 가졌던 모든 것
의 점진적인 상실을 절실하게 느끼지 못하는 편이 차라리 나
을지도 모르겠다. 마우로의 티셔츠에서 나는, 내가 좋아한 냄
새는 사라지고 없다.

여론 조사

Q

에코의 회원 140명을 대상으로 여론 조사를 했다.

그 무엇보다 원하는 것이 있다면 무엇인가요?

34%는 이렇게 대답했다. "진실한 사랑."
21%는 이렇게 대답했다. "내적 평화, 혹은 만족감."
16%는 이렇게 대답했다. "가정."

"진실한 사랑"이라고 답하지 않은 사람은 이미 그것을 찾았기 때문이라고 생각한다. 한 사람은 "내 몸매가 돌아오는 것."이라고 답을 했는데 나를 흠칫하게 만든다. 또 다른 사람은 이렇게 말했다. "내 고양이가 돌아왔으면 좋겠어요." 이것은 나를 훨씬 더 흠칫하게 만든다. "나의 고양이는 이 빌어먹을 짧은 인생에서 내가 찾아낸 영혼의 친구에 가장 가까웠어요." 그는 말을 이었다. "그리고 성숙한 사람이 갈망하는 행복이 그런 것이 아닐까요?" 그의 고양이는 당뇨병을 앓고 있었고, 최근에 신장질환으로 죽었다. 남의 일이 아니다. 비머가 당뇨병에 신장질환을 앓고 있다.

나는 "내적 평화"라고 말할 것이다. 그렇게 되면 나는 더 이상 아무것도 갈망하지 않을 것이다

고양이

나의 두 고양이가 많이 걱정스럽다. 그놈들의 세상은 오직 거실과 침실 두 개의 공간으로 이루어져 있다. 그놈들의 선택지는 거실 아니면 방을 돌아다니는 것뿐이다.

"오늘 우리 어디에 앉을까? 침대, 아니면 소파?"

"바닥도 있다는 걸 잊지 마. 바닥에 앉을 수도 있어."

그리고 잠시 후에는 이렇게 말한다.

"나는 거실이 지겨워. 지금 침실로 옮기는 것이 어때?"

13년 혹은 14년간을 우리는 겨우 거실과 침실 두 공간 사이를 왔다리갔다리, 갔다리왔다리 하고 있다. 생각해 보면 끔찍하다. 13~14년을 같은 두 공간에서 사는 것, 이것이 내가 그들에게 준 삶이다. 고양이를 키우려면 시골에서 살아야 할 것 같다.

나는 이것이 많이 걱정스럽다. 에코의 주간 직원회의 중에 문득 이것이 떠올라 이 문제에 대한 이야기를 나눈 적이 있다. 이것에 집착하는 것은 나 역시 정확히 고양이와 똑같은 작은 공간에서 살고 있기 때문이다.

나의 모든 세계가 두 공간으로 이루어져 있다. 마을에 있는 아파트도 그렇고 걸어서 20분 거리에 있는 에코 사무실도 그렇다. 이런 생각이 들자 사무실 한쪽에 아이들이나 애완견들이 방문할 때 가지고 놀라고 놓아둔 총천연색 비치볼 지구본으로 자연스럽게 시선이 갔다. 나는 그것을 뚫어지게 바라보며 생각했다. 여기 이 세계가 얼마나 넓고 큰데. 이 모든 거리가, **타운이, 도시가, 그리고 대륙이. 그런데 나는 고작 집과 사무실 사이를 왔다 갔다 하고 있네.** 비치볼 지구본에는 내가 사는 공간이 너무 작아 지도 위에 표시조차 되어 있지 않았다.

왔다리갔다리, 여기 두 공간, 저기 두 공간, 그것이 내 세계의 전부이다. 오늘은 어디에 앉을까? 책상에 앉을까? 소파에 앉을까? 오케이, 가끔 뉴욕 대학에 강의하러 가거나 SOB나 교회에 갈 때는 잠시 벗어날 때도 있다. 하지만 나는 본질적으로 두 고양이와 투 룸에 산다. 나의 두 공간 사이에는 22개의 블록이 있고 고양이들의 두 공간 사이에 4미터 정도의 복도가 있다.

이 깨달음이 나에게 힘을 준다. 왜냐하면 이 두 공간만으로도 더없이 행복한 것이 사실이기 때문이다. 물론 다른 곳으로 가보는 것을 좋아하지만 그렇지 않을 때에도 별로 불행하지 않다. 나는 만족스럽다고 직원에게 말했다. 그리고 내가 이 작은 공간에서 생활하는 것이 괜찮다면 비츠와 비머도 괜찮아할 수 있다. 나는 이미 느긋하다. 어쩌면 우리 삶은 그렇게 제한적이 아닐지도 모른다. 크고, 유연하고, 다채로운 색깔의 비치볼 모양의 세계가 우리 안에 있다고, 나는 생각하기 시작했다.

죽음

"느낌이랄까 기운이랄까 내가 저번에 여기 온 이후로 더 강해졌어." 미칼이 소파에 앉으며 말했다. 내가 그에게 내 집에 사는 유령에 대해 좀 더 알아낼 수 있는 것이 없는지 다시 와서 봐달라고 부탁했기 때문이었다. 유령이 있다는 것이 생각에 불과하다고 해도 나는 마음에 들었다. 그리고 유령이 된 여자에 대해 좀 더 알고 싶었다. 그래서 나는 이것을 좋은 뉴스로 받아들였다.

나는 침실을 다시 사용할 생각이라고 그에게 말했다. 가급적 아파트 공간 전체를 골고루 사용하는 것을 즐기기로 했다. 최근에 실내에 페인트칠을 싹 다시 했다. 침실은 모시 그린 테두리가 있는 리넨 화이트색이다. 게다가 분위기를 밝고 화사하게 유지하기 위해 시트와 보조등을 다시 샀다.

"별로 좋은 생각이 아닌데." 미칼이 말했다. "그곳에서 끔찍한 일이 있었어." 그가 나에게 그 사실을 상기시켰다.

그는 오른쪽 어깨 뒤로 몸을 돌려 턱으로 그 뒤의 창문 오른쪽 위를 가리켰다. 그는 그곳에 유령이 있다고 했다. 이것이 우리가 대화를 나누는 것을 어색하고 편치 않게 만들었다. 그곳에 유령이 있는데 큰 소리로 이런 이야기를 나누는 것이 무례하게 느껴졌다. 우리는 무례함을 범하지 않으려고 최대한 속삭이는 소리로 말했다. 하지만 무슨 말인지 도무지 알아들을 수가 없었다. 나는 푸른색 네온 빛의 모퉁이를 살펴보았다. 아무것도 없었다. 미칼이 전화 팬터마임을 했다. 나중에 전화로 이야기하자는 뜻이었다. 나는 공중에 타이핑 치는 시늉을 했다. 컴퓨터로 이야기해도 된다는 뜻이었다.

몇 분 후에 미칼이 말했다. "네 침실에 다시 한 번 가봐도 돼?"

"물론이야." 우리 둘 다 모퉁이를 보고 있지 않았기 때문에 나는 태연자약하게 말했다.

사실 나는 실제로 유령을 믿지 않는다. 그것들이 있다고 생각하면 위로받는 부분이 더 많을 뿐이다. 하지만 우리가 침실로 다시 갔을 때 나는 위협적인 느낌을 받았다. 우리는 서로를 바라보고 이심전심으로 이런 뜻을 전달했다. **이건 다른 때 이야기하자.**

이틀 밤 후에 우리는 지역의 한 클럽에서 이야기를 나누었다. 나의 완벽한 침실이 더 이상 쓸모없는 곳이 되지 않게 하기로 한 나의 결심은 여전했다. 하지만 미칼이 말했다. "내가 그 침실에 들어갔다가 바로 나온 것 기억하니? 유령이 네 침실에서 우리 머리 위쪽에 있었어. 겨우 1,2피트 거리야. 느낌이 강렬했어." 그는 그곳에서 정말 안 좋은 일이 일어났다는 것을 다시 한 번 강조했다.

이를테면 어떤 것? "살인? 아니면 강간?" 내가 말했다. "더 나쁜 것." 그는 과장된 목소리로 대답했다. 그는 살인이나 강간보다 더 나쁜 것이라고 할 뿐 더 자세히 말하지는 않았다. 나는 가능한 것이 무엇이 있는지 상상해 보려고 애썼다. 더 나쁜 것으로 유일하게 떠오르는 것은 아이와 관련이 있을지도 모른다는 것이었다. 내가 유령이 된 여자가 아이였을 때 일어난 일인지 물었을 때 그는 이렇게 말했다. "어쩌면 그럴 수도 있어."

그는 원래 내 유령이 밤에만 나온다고 말했는데 이제는 언제나 그곳에 있다고 했다.

"유령이 널 주시하고 있어. 널 보호하는 거야."

"유령이 내게 실체를 드러낼까?" 그는 부정적이었다.

"유령이 날 도와줄까?"

"그럴 수도 있어. 누군가가 너를 해치려고 하면…."

사람들이 붐비는 클럽에 앉아 이야기를 했기 때문에 그가 대답을 하려면 고함을 질러야 했다. "여기 있는 사람들 모두 내가 너 때문에 미쳤다고 생각할 거야." 그가 말했다.

나는 그의 말에 아랑곳 않고 물었다. "유령의 머리는 무슨 색이야?" 짙은 색이고. 어쩌면 조금 잡티가 있거나 흉터가 있을 수도 있었다.

"나이는 몇 살이야?" 20대 후반 30대 초반 정도였다.

"키나 몸집은 얼마나 커?" 나보다는 크지만 그렇게 크지는 않았다.

그는 유령이 좋아하는 색깔은 붉은색이고 로맨틱 음악을 좋아하며 TV를 좋아하지만 내가 TV를 보고 있을 때만 본다고 했다. 그는 유령에게 꽃을 사주라고 했다. 아무도 그녀에게 꽃을 사준 적이 없기 때문이었다. 그래서 나는 유령이 된 그녀를 위해 오렌지색 데이지 두 다발을 샀다.

"내가 사준 꽃을 마음에 들어 할까?" 그는 그렇다고 생각했다.

"그 유령이 너에 대해서는 어떻게 생각해?" 내가 물었다.

"나에 대해서는 어떻게 생각하는지 나도 몰라. 그녀는 날 미심쩍어 해. 내가 그곳에 있는 동안 모습을 감추었다가 내가 네 침실을 보러 들어가는 순간 따라 들어왔어."

내가 가진 유령에 대한 이미지는 매우 전통적인 것이다. "유령이 너를 따라왔을 때 걸어왔니? 아니면 공중을 떠다니며 왔니?"

"공중으로 왔다고 말하는 것이 정확한지는 모르겠어. 적어도 안개 같은 존재는 아냐. 어느 정도는 실재하고 있어. 그리고 예전과 달리 형체는 커졌어. 걷지는 않아."

그는 유령이 내 아파트 건물을 나가기는 힘들다고 말했다. 하지만 지붕 위로 갈 수도 있고 연통을 통해 나갈 수도 있다고 한다. 나는 갑자기 상심해서 죽은 여자 유령이 나와 비츠, 그리고 비머처럼 겨우 두 공간에 갇혀 벗어나지 못할 운명이라고 생각하니 참 안됐다는 생각이 들었다. 영원히 그곳에서 맴돌까? 달리 내가 해줄 수 있는 일이 뭘까? "아이를 아파트에 방문하게 해." 미칼이 나에게 말했다. "하지만 네가 유령을 위해 할 수 있는 최선은 너의 삶을 열심히 사는 거야. 유령은 너의 발달에 깊은 애착이 있어. 너의 성장에, 고군분투에, 변화에, 희망에 애착이 있어. 그것은 언제나 네가 혼자인 것을 걱정해. 하지만 네가 누구를 데려오면 유령은 누구든 유심히 지켜보고 있어."

나의 유령에게는 내가 죽은 조상에게 기대하는 수호천사의 특성이 있었다. 오케이. 나는 그녀가 누군지 알아내야 했다. 그것은 쉬운 일이 아니었다. 미칼은 그녀가 1950년대에 내 아파트에 살았다고 했다. 내가 에코에 내가 사는 곳에 예전에 누가 살았는지 알아낼 수 있는 방법이 있는지 물어보니 몇몇이 전화번호부로 추적하면 된다고 했다. 이름으로 찾지 말고 특정 주소를 연도별로 찾아보면 그곳에 살았던 사람을 모두 알 수 있다고 했다. 나는 주거와 지역 사회 재개발부에 예전에 아파트에 살았던 입주자 기록이 있다는 것을 알았다. 그녀를 추적하려면 방법을 총동원해야 했다. 어느 순간 누군가가 나의 아파트 건물에서 60년 이상을 거주한 오랜 이웃인 로테 패더윅이 몇 블록 떨어진 요양원에 거주한다고 말한 것이 기억났다. 운이 좋다면 로테는 40여 년 전에 내 아파트에 살았던 매우 비통한 여자를 기억할지도 모른다. 그것이 가능하면 정말 놀라운 일이 아닌가. 어쩌면 그녀는 실제로 내 유령을 알고 있을 수도 있었다. 전화번호부 목록으로 찾는 것보다는 이것이 훨씬 더 나은 방법으로 보였다. 운이 좋다면 말이다.

황혼기 인터뷰 시리즈

릭 캐리어

　내 쪽에서 먼저 찾고 싶은 사람이 있었다. 나는 그랜드 센트럴(Grand Central)과 USA 볼드 이글 커맨드(USA Bald Eagle Command) 사무실 주소 쪽으로 걸어갔다. 도무지 연락이 되지 않는 참전용사 릭 캐리어에게 무슨 일이 있는지 알기 위해서였다. 내가 적은 주소에 따르면 볼드 이글 커맨드는 렉싱턴 42번가와 43번가 사이에 있었다. 내가 그 블록에 들어섰을 때 갑자기 릭 캐리어로 보이는 어떤 남자가 어떤 다른 건물에서 불쑥 나와 잠시 내 앞을 지나 동쪽인 42번가로 가기 시작했다. 나는 그가 멀어지는 것을 지켜보았다. 그를 본 지 일 년 만이었다. 그래서 나는 그가 정말 릭 캐리어인지 확신이 들지 않았다. 그는 점점 멀어지고 있었다. 나는 먼저 사무실로 가야 한다고 생각했다. 어쩌면 그가 아닐 수도 있었다. USA 볼드 이글 커맨드에 가면 그에게 연락할 수 있는 방법을 말해 줄 것이다. 먼저 그곳으로 가야 한다. 그런데 그가 군중 속으로 사라지기 시작했다. 후회와 자기혐오가 밀려왔다. **작년에 있었던 일 기억 나? 멋있게 차려입고 부두로 가서는 인사도**

안하고 그냥 훌쩍 떠나온 것?

나는 달려갔다. "안녕하세요!" 나는 조금 큰 목소리로 말했다. "혹시 릭 캐리어 씨 맞나요?" 그가 미소를 지었다. 바로 그였다. "캐리어 씨를 만나려고 USA 볼드 이글 커맨드로 가고 있었어요." 나는 그렇게 말했다. 그는 USA 볼드 이글 커맨드는 그 부근에 없다고 말했다. "가진 주소가 뭐죠?" 그것은 잘못된 것이었다. "전화를 여러 번 걸었어요." 내가 말했다. "혹시 그 전화번호를 좀 봐도 될까요?" 나는 전화번호 두 개를 보여 주었다. 둘 다 잘못된 것이었다. 몇 주, 몇 달 동안 나는 잘못된 전화번호로 전화를 걸었던 셈이다. 그리고 잘못된 주소를 들고 찾아가다가 엉뚱한 모퉁이에서 우연히 그를 보게 되었다. 운이 정말 좋았다.

릭 캐리어는 1925년 4월 10일 펜실베이니아 이트나에서 태어났고, 근처에 있는 튜브 시티 스틸(Tube City Steel) 공장에서 용접 불꽃을 보며 자랐다. "너는 무쇠처럼 강하게 태어났다." 그 공장의 엔지니어였던 그의 아버지가 그에게 늘 한 말이었다. "녹슬지 않도록 해라." 그러던 어느 순간 공장은 문을 닫았고, 그의 아버지는 일자리를 잃었다. 릭의 기억에 남아 있는 것은 불황과 치즈와 피칸(견과류의 일종)을 실은 정부 트럭들이었다.

그래도 무쇠처럼 강하게 태어난 것이 천만다행이었다. 그는 1943년에 군대에 징집되어 노르망디 상륙 작전을 감행했을 때 해변을 강타한 첫 번째 파도 위에 있었다. 그는 양방향에서 머리 위로 날아온 5인치, 6인치, 12인치, 16인치 포탄, 박격포, 전투기, 폭탄, 글라이더 부대를 구술했다. 소음과 죽음의 전쟁터였다. 릭은 공격 엔지니어였다. 공격 엔지니어의 일은 장애물을 폭파하고 지뢰 매설 지역에서 지뢰를 제거하는 것이었다. 살아서 방파제에 도착한 후에 제일 먼저 한 일이 용변을 보는 것이었다. 테디 루스벨트 주니어가 절룩이는 걸음으로 긴 벽을 따라 걸어오며 자신의 지팡이로 교관들의 머리를 치며 돌아가 싸우라고 했다. 그는 테디가 계속 뭔가를 삼키는 것을 알아차렸다. 릭은 테디에게 버번 한 잔을 내놓았다. 테디는 물이라고 생각했는지 한 모금 들이켰다. 그의 표정이 분노에서 행복한 놀라움으로 바뀌었다. "친절한 병사, 고맙군." 그는 릭에게 활기찬 음성으로 말했다.

릭의 군대 경력은 다채로웠다. 전쟁 중에 그는 미국 전략정보국(OSS) 소속의, 코드명 레니인 독일 이중간첩과 짧고 강렬한 연애를 하기도 했다. 일주일이라는 짧은 시간이었지만 그는 두 번 다시 그녀 소식을 듣지 못했다.

릭은 대학에서 아내인 바버라를 만났다. 그들에게는 마크와 앨런, 두 아들이 있었다. 마크는 아티스트였는데 2년 전에 44살의 나이로 죽었다. 앨런은 부동산에서 일한다. 그들은 릭이 엠버시 픽처스(Embassy Pictures)의 프로듀서로 일하는 동안 다 함께 뉴욕에서 살았다. 하지만 릭과 바버라는 이혼했고 릭은 책을 쓰기 위해 영화계를 떠났다. 그리고 베트남전에서 돌아온 이후에 만난 린과 함께 살고 있다.

1975년에 그가 콜로라도 골덴에서 행글라이딩 중에 대머리 독수리 2마리가 5시와 11시 방향에서 릭을 따라 날았다. 그 순간 그는 대머리 독수리에 푹 빠졌다. 그는 USA 볼드 이글 커맨드를 설립하여 보살펴주지 않으면 안락사 되는 부상당한 대머리 독수리들의 보금자리를 만들어 주고 있다. 최근에 그는 유진 오닐의 희곡 〈안나 크리스티〉의 영화 대본을 썼고 디지털 필름으로 만들어지기를 바라고 있다.

매년 릭 캐리어는 '재향군인의 날' 퍼레이드에 5번가를 따라 매디슨 스퀘어 공원으로 행진하는 대열에 참여하고 있다.

나이가 들었다는 생각이 드나요? (그는 70대 초반이다.)
연령적으로는 그렇죠. 하지만 정신적으로는 아직 40대요.

내가 봐도 그렇게 나이가 들었다는 느낌이 들지 않는다.

한창 젊었을 때와 지금의 가장 큰 차이는 뭔가요?
신체적으로나 정신적으로나 좀 더 제어가 되는 느낌이라고나 할까요. 성욕이 한 여자에게 집중된다는 것을 제외하면 별 차이는 없어요. 더 이상 연애는 없소. 지금은 완전히 새로운 분야를 시작하고 있어요.

중년의 위기를 경험한 적이 있나요?

없소. 베트남전에서 돌아온 후에 이혼을 했고 가족 해체를 경험했소. 내 아내 바버라가 십대의 두 남자 아이를 남겨두고 날 떠났소. 그 애들은 모든 것을 내 탓으로 돌려요. 그들은 30년간 날 용서하지 않았소.

인터뷰한 사람들 중 아직까지 중년의 위기를 겪었다는 사람이 없다. 중년의 위기를 겪는 것이 그만큼 낯선 것일까?

거울 속에서 자신의 몸을 보면 어떤 생각이 드나요?

매우 좋소. 팔 운동을 좀 더 해야 할 필요를 느끼지만 내 몸은 아직은 쓸 만해요. 피부는 약간 건조한 편이오.

두려운 것이 있다면 무엇인가요?

병약해지는 것, 그리고 노병의 집에 들어가서 내 몸 하나 제대로 건사하지 못하는 상태가 되는 것이오. 만약에 가야 한다면 플로리다나 텍사스에 있는 곳으로 갈 거요.

더 이상 두렵지 않은 것이 있나요?

죽음은 별로 두렵지 않소. 노르망디 해변에서 그것을 극복했소. 그때 나는 죽음 바로 앞까지 갔다 왔소. 우리가 이렇게 가까이 있는 것처럼 말이오. 위험한 상황에 직면하면 넓은 문을 닫고 한 곳에 집중하죠. 비유하자면 나는 인터넷과 같소. 보통 때는 모든 사람들이 들어오게 하고 모든 정보를 받아들인다오. 하지만 위험에 처할 때는 모든 것을 닫고 오직 하나에만 온 신경을 집중시킨다오.

언젠가 한번은 식료품 두 묶음을 사서 집으로 걸어 들어가고 있었소. 두 남자가 칼을 들고 내 뒤로 다가왔소. 그리고 이렇게 말했소. "계속 걸어." 그들은 내 아파트로 날 따라 들어올 생각이었던 거요. 난 모든 문을 닫아걸었소. 그리고 몇 초 후에 말했소. "난 여기 살지 않소. 이 식료품은 배달하는 거요."

한때는 신경을 썼지만 더 이상은 쓰지 않는 것이 있나요?

실패. 이제 실패는 더 이상 신경 쓰이지 않소. 만약 누군가가 체납금 영수증으로 나를 뒤쫓거나 나에게 격분한다고 해도 종이에 불과할 뿐이오. 나는 영화 사업에서도 손을 뗐소. 나는 늑대들 속에 있는 풋내기였소. 난 고삐를 당기지 않고 그냥 물러났소. 나는 〈안나 크리스티〉의 크리스 크리스토퍼슨처럼 나와 버렸소.

내게 위로가 되는 말이다. 나는 최근에 엄청난 실패를 한 느낌에서 벗어나지 못하고 있다. 전화국이 청구서 징수 문제로 나를 따라다

니고 있다. 불길한 위협도 시작하고 있다.

　관심이 가는 젊은이들에게 조언을 해야 한다면 이 문장의 끝에 어떤 말을 하고 싶으세요? "너희가 …만 안다면."

　… 자신의 삶에 대한 책임은 전적으로 자신에게 있다. 하는 것, 입는 것, 사랑과 애정과 명예로 몸속에 품는 것. 우리는 생명을 가진 조각품이다. 우리는 표면만 보려고 할 뿐 내부에 신경을 쓰지 않는다. 우리 안에는 뇌, 눈, 위장, 심실, 성기가 있다. 그리고 우리는 그것이 잘 돌아가도록 온전하게 유지할 책임이 있다.

　당신은 자신의 현재, 과거, 미래에 대한 책임이 있다. 만약 이것을 받아들이지 못하면 당신은 원치 않은 것을 가진 존재가 될 것이다. 늙고, 쇠약하고, 병들고, 관절염, 암 등을 가진 사람이.

　당신 주변에 사람들이 없을 것이고 쉴 곳도 없고 친구도 없을 것이다. 그리고 무엇보다도 하느님, 부처님, 예수님, 공자님 같은 정신적인 안내자가 없는 삶을 살게 될 것이다. 한마디로 당신이 매우 힘든 일을 당할 때 의지할 수 있는 사람이 없을 것이다.

　만약 젊은 사람들이 이런 것들이 얼마나 중요한지 알기만 한다면….

다시 마음이 편치 않다.

임종이 왔을 때 친구들과 사랑하는 이들에게 작별 인사를 하고 있어요. 살아있는 동안 말하고 싶었지만 여전히 전하지 못한 것이 있을까요?

당신은 내가 천국이나 지옥에 가면 누구를 찾아봐 줬으면 좋겠소? 그들에게 뭐라고 말해 줄까요? 별로 의미 없는 일이오.

버려지지 않기를 바라는 소유물이 있다면 어떤 것인가요?

불이 나서 모든 것을 잃어도 상관없다고 생각하고 있소. 그런 건 없소. 지금 아파트는 재건축이 될 거요. 그래서 모든 것을 버리고 있소. 그곳은 한때 작가의 아파트였소. 온갖 것들이 가득했소. 하지만 이제는 영화 제작자의 아파트로 만들 필요가 있소. 어수선하게 널린 것이 없도록 말이오. 독수리 그림, 가족사진, 나의 출생증명서, 이혼 서류를 제외하면 나의 모든 것, 아들인 앨런의 모든 것의 짐을 꾸리고 있소. 레니의 것은 모두 가지고 있소. 그녀는 이십 년간 내 삶이었소, 그녀를 보는 것은 좋소.

마지막으로 경험해 보고 싶은 것은 뭔가요?

조종사로 스티어맨 바이플레인(Stearman biplane: 일종의 복엽 비행기)이나 P51 머스탱(단일 좌석 전투기)을 몰아보고 싶소. 이천 마력 엔진이오. 조금만 움직여도 반작용이 장난이 아니오. 너무 빨라서 보통 사람이 타면 기절할 거요. 그것을 몰려면 젊고 몸이 진짜 좋아야 해요. 시속 460마일로 다이빙하고, 300마일의 빠른 속도로 달려요. 그 비행기들은 그렇게 하도록 만들어졌소.

삶을 되돌아보았을 때 가장 아쉽고 그리운 것은 무엇인가요?

기분 좋게 술 한잔하던 일들. 내가 알던 패거리들과 술 마시고, 럼주, 스카치, 진에 무진장 취했던 밤이 그리울 것 같소.

보람이 있었나요? 이유는요?

나는 크고 나쁜 실수를 범한 것이 없소. 사지를 잃은 것도 아니고 흡연을 많이 하지도 않았고 암도 걸리지 않았소. 내가 좋아하는 것? 다른 사람과 앉아 있는 거요. 신체적으로 정서적으로 정신적으로 서로 의지가 되죠.

좋은 예술가는 모든 것을 다운로드하는 법을 알죠. 주변의 모든 것을 흡수하는 법을 알죠. 이혼 중에 내게는 스모크라는 이름의 고양이가 있었소. 나는 스모크를 다운로드했고 스모크는 나를 다운로드했소. 우리는 둘 다 유체 이탈을 경험한 적이 있소. 그것은 정말 두려운 거였소. 그래서 우리는 둘 다 원래대로 돌아갔소. 만약 내가 비행기에 타고 있고 그 비행기가 추락한다면 나는 밖으로 나갈 거요. 죽음의 과정 그것이 마지막 유체 이탈이 아니겠소? 갈 곳은 오직 구덩이뿐이오. 진공 상태이고, 그곳에는 아무것도 없소. 그뿐이오,

모든 것, 심지어 나쁜 것들까지도 흥미로웠소. 그래서, 해볼 만했소. 그리고 여전히 그렇소.

수잔 로젠과 톨스토이처럼 릭의 말은 즉시 나로 하여금 그의 말의 진실과 내 삶 사이에 거리를 두게 만들었다. 그가 "당신은 당신의 현재 과거 미래의 책임자요. 그리고 만약 당신이 이것을 받아들이지 못한다면 당신은 자신이 원치 않는 어떤 상태에… 있게 될 거요. 당신 주변에 사람들도 없고 쉴 곳도 없고 친구들도 없는 삶을 살게 될 거요…."라고 말했을 때 나는 고집스럽게 이렇게 생각했다. **이것은 나에게 해당되지 않아.** 결국 나는 그것을 받아들인다. 나는 미래의 그림자를 보았다. 나는 전쟁과 평화의 소냐 같은 불임꽃이 되고 싶지 않다. 하지만 오케이. 이제 어떻게 하지? 나는 어떤 노력이든 할 것이다. 하지만 무엇을 할지는 모르겠다.

여론 조사

판타지

Q

내가 판타지에 빠져드는 일은 꽤 지속적이다. 시간이 있고 당장 급하게 생각해야 할 일이 없을 때 나는 여지없이 백일몽 속으로 빠져든다. 나만 그런 것이 아니라는 것을 깨닫게 해주는 고마운 이들이 있다.

「런던 데일리 텔레그래프」는 1월에 시리아의 무스타파 틀라스 국방장관이 자신의 부하들에게 1983년 베이루트 혼란 중에 이탈리아 평화유지군을 공격하지 말라고 말했다고 보도했다. 단지 이탈리아 여배우 지나 롤로브리지다(Gina Lollobrigida)에 대한 평생의 집착 때문이었다. 틀라스 국방장관은 자신의 부하들에게 미국과 영국 그리고 다른 나라 병력과는 뭐든 해도 되지만⋯. 지나 롤로브리지다의 눈에서 눈물이 한 방울이라도 떨어지는 것은 보고 싶지 않다고 말했다.

에코의 회원 126명을 대상으로 한 여론 조사를 보자.

하루에 얼마나 자주 공상에 빠지나요? 반복되는 공상이
있나요?

6%는 공상을 거의 하지 않는다고 답했다.

24%는 하루에 한번에서 열두 번 사이로 한다고 답했다.

26%는 하루에 열두 번 이상한다고 답했다.

15%는 하루에 백 번 이상으로 거의 언제나 공상에 빠져
있는 상태라고 답했다.

그리고 57%가 했던 공상을 반복한다고 답했다.

나의 판타지 주제는 세월이 가면서 바뀌었다. 한창 자랄
때는 기억 상실증에 걸린 상상을 하는 것을 매우 좋아했다.
극단적인 재도전이었다. 지금은 모든 과거를 잊고 새 출발 하
는 기억 상실증 대신 뭔가에서 탈출하는 판타지에 잘 빠진다.
만약 다리를 건너는 중에 내가 타고 가는 차나 버스나 기차
가 탈선하여 물속에 빠지면 어떻게 살아남을지 계획을 세운
다. (버스나 기차인 경우 열린 창문으로 가까이 다가가 창문을 완전
히 열고 짐 선반을 꽉 붙들고 창문 밖으로 탈출해 가능한 한 빨리 수
영을 해서 빠져나온다. 물속에 가라앉는 차, 기차, 버스에 있을 때는
더 이상 물을 먹을 위험이 없다는 확신이 들 때까지는 수영을 좀 더
쉽게 하겠다고 옷을 벗기 위해 멈추어서는 안 된다. 당연히 이 모든
것에 살아남을지 여부가 달려 있다. 실제 상황이면 당연히 불확실하

지만 내 판타지이다. 내 판타지 속에서 나는 언제나 생존한다.)

아니면 핵전쟁의 경우나 외계인이 침범하여 뉴욕을 파괴하면 어떻게 다시 문명을 복구시킬 지에 대한 판타지에 빠진 적도 있다. 때로 웃음이 나는 것도 있지만 나는 그것을 즐긴다. 그것은 영원한 것은 없고 모든 것이 변하며 우리 모두 언젠가 죽는다는 두려움을 가라앉게 해준다.

하지만 내가 좋아하는 판타지에는 내가 영웅적인 행동을 하는 것도 있다. 예를 들어 내가 아이가 있는 남자와 데이트를 한다고 가정할 때 내가 그 남자의 아이를 지하철 트랙에서 구하는 판타지로 이어진다. 말하자면 이렇다. 아이가 지하철 트랙에 떨어진다. 아이를 데리고 올라오거나 아이의 손을 잡고 끌어올릴 시간이 없다. 나는 순식간에 뛰어내려 아이 위로 몸을 날려 선로 중심의 평평한 곳에서 누르고 열차가 안전하게 우리 위를 지나가게 한다. (내게 남기는 쪽지: 그게 실제로 가능한 일인지 확인해야 한다. 어쩌면 플랫폼을 따라 달리는 선로 옆에 있는 작은 공간에서 몸을 웅크리는 것이 더 나을지도 모른다.)

일

에코의 위기

안타깝게도 막바지까지 왔다. 지금 내 입장에서는 누가 에코를 사고 얼마에 사는지 따질 여유가 없다. 이것이 문제다. 에코는 애초에 돈을 벌려고 시작한 일이 아니었다. 에코를 시작한 것은 내가 행복하지 않았기 때문이었다. 내 삶이 끔찍했고 더 나은 삶을 원했다. 나의 비즈니스 플랜의 핵심은 이것이었다.—"우울을 떨쳐버리는 것." 하지만 사업을 하는 사람이 돈에 신경을 쓰지 않는 것은 문제다. 어쩌면 돈이 성공적인 사업의 핵심 요소라고 해도 과언이 아니다.—돈을 버는 것이다. 나는 돈에 신경을 쓰지 않았다. 데이비드 린치와 '버피 더 뱀파이어 슬레이어'에 대한 생각을 공유할 사람들을 찾는 것이 우선이었다. 나는 돈을 버는 것보다 그냥 유지만 해도 좋다는 생각으로 오랫동안 에코를 운영했지만 오랜 업그레이드 지연이 내 발목을 붙잡았다. 나의 심각한 비즈니스 결격 사유는 다른 사람에게 돈 이야기를 하는 것을 매우 힘들어한다는 것이다. 다른 사람에게 손을 내밀지 않아도 될 만큼 부자가 아닌 다음에야 사업에는 언제나 자금 문제가 뒤따른다. 하지만 나는? 돈 이야기를 꺼내야 된다고 생각하면 수치심부터 먼저 든다. 내 힘으로 할 수 있는 것은 다 했다. 에코 하드웨어와 소프트웨어에 패치를 끝없이 만들었고, 자원 봉사자의 손을 빌리기도 했지만 이제 한계에 다다랐다.

두 회사가 에코를 인수하겠다고 이야기를 시작했을 때 나는 귀를 기울였다. 전화국에서는 요금 미납으로 회선을 끊겠다는 위협 편지를 보내고 있었다. 사이버 공간에 대해 손을 봐야 할 부분이 있다는 것 또한 인정해야 했다. 하지만 업체와 계약을 할 적임자가 반드시 나일 필요는 없었다. 게다가 TV가 있었다. 내 젊은 시절은 끝났고 이제 중년의 삶을 살아야 할 때였다.

내가 두 회사—A회사와 B회사—와 만났을 때 전화국에서는 며칠 내에 우리 전화선을 차단할 것이라고 했다. 나는 A회사와 그곳 사람들이 마음에 들었다. 그들은 똑똑했고 뉴미디어 산업에 대한 이해도도 높았다. 하지만 그들의 서비스는 온통 섹스뿐이었다. 어찌 보면 굉장했지만 에코가 그들의 어디에 맞는지 나로서는 알 수가 없었다. 에코의 온라인 섹스 서비스 버전은 이런 이야기만 끝없이 오고 가는 곳이 될 뿐이었다.

- 당신이 지금 제대로 하는 것이 맞는지 여부
- 다른 사람들은 또 어떻게 하는지, 그리고 그 이유

그리고

• 그들이 그것을 위해 어떤 약을 먹고 있는지

하지만 B회사에는 한때 에코에서 일했던 직원이 있었다. 그녀는 에코의 별난 심장부를 이해하고 있었다. 에코에서 그녀의 닉네임은 '미스 아우터 보로 1991(Miss Outer Boro 1991)' 이었다. 미스 아우터 보로 1991은 독특하고 호소력이 있는 자신만의 세계를 계속 창조하고 있었다. 그것은 에코에 딱 맞았다. 그래서 나는 그녀에게 말했다. "우리 걸 인수해요." 그녀는 딱 맞다는 데 동의했고 B회사의 소유주에게 그 아이디어를 팔았다.

나는 전화국에다 2주만 시간을 달라고 했다. 그리고 B회사의 대표와 인수 금액 줄다리기를 시작했다. 2주 동안 나와 B회사는 점차 합의에 접근하고 있었지만 합의점에 도달하지는 못했다. 그때 나는 이 세상에서 제일 하고 싶지 않은 일을 할 수밖에 없었다. 누군가에게 아쉬운 소리를 하는 것이다. 나는 어머니에게 돈을 빌렸다. 하지만 그 돈으로는 겨우 2주 더 버틸 수 있을 뿐이었다. B회사 대표와 나는 한발 더 다가섰다. 나는 전화국에 사정했다. "인수할 사람이 나섰어요. 곧 미납 요금을 갚을 수 있을 거예요. 이것으로 우리 회사는 전화위복이 되니 그쪽에서 계속 요금을 받을 수 있잖아요." 내가 이런 말을 한 것이 한두 번이 아니란 것을 알았다. 하지만 그래도 나는 계속 사정했다. "이 위기를 함께 타개해 나가는 것이 어때요? 만약 여기서 전화선을 끊어버리면 더 이상 여기서 한 푼도 벌 수 없잖아요."

그들은 내가 파산을 선언하고 자산 청산 절차가 시작되면 다른 사람들처럼 그 줄에 들어가겠다고 했다. 이 전화국이 사업을 시작한 때가 기억이 났다. 내가 무선통신서비스를 제공하는 원거리 통신 부서에서 막 일을 시작했을 때였다. 그 전화국은 고군분투하고 있었고 우리와 거래하려고 필사적이었다. 우리는 그들에게 기회를 주기로 결정했다. 작은 곳에 기회를 준다는 생각이 마음에 들었다. 이제 내가 작은 곳이고 그들이 큰 곳이었다. 나는 자신을 위로하기 위해 생각했다. **나의 유일한 자산은 사람들이야. 그들은 거래의 대상이 아냐. 만약 그들이 우리를 차단하면 전화국은 정말 여기서 더 이상 돈을 한 푼도 벌어갈 수 없어. 큰 것들이 더해.**

B회사가 오퍼를 넣었고 내가 그것을 막 수락했을 때 전화국에서는 이렇게 말했다. "그런 말 됐습니다. 미납 요금 부탁드립니다. 당장 말입니다." 하지만 우리가 합의에 도달했다고 내일 당장 수표를 받을 수 있는 것은 아니었다. 나는 B회사에 도움을 요청하고 싶지 않았다. 그들은 우리 상황을 알고 있었다. 나는 그들이 인수 당시의 상황을 정확히 알도록 솔직

하게 말하는 것이 더 낫다고 생각했다. 하지만 그들에게 "지금 당장 수표를 좀 보내 줘요."라고 요청하는 것이 새로운 관계를 시작하는 방법으로 적절해 보이지 않았다. 고문 같은 일이었지만 나는 빠른 속도로 부탁을 해볼 만한 사람들에게 모두 전화를 했다. 결과적으로 돈에 신경 쓰지 않고 살아온 것의 부산물 한 가지를 발견했다. 내 친구들이 하나같이 경제적 여유가 없고 가난하다는 것이었다. 그래도 나는 멈추지 않았다. 언제나 기적이 존재한다. 미스 아우터 보로 1991이 좋아한 말이 있다. "희망적인 생각과 부정이 존재하는 곳은 바로 여기다." 실패였다. 나는 어디서도 돈을 구할 수가 없었다. 선택의 여지가 없었다. 나는 미스 아우터 보로 1991에게 전화를 걸었다. "B회사 대표에게 전화국 요금을 지불할 수 있도록 에코 인수 자금을 담보로 대출을 좀 해줄 수 있는지 좀 물어봐 줄래요?" 그녀는 내 요청에 응했고 B회사는 다음날 에코 계좌로 돈을 보내 주었다.

정말 오랜만에 처음으로 밤낮으로 나를 지배했던 낮은 수준의 공포가 사라졌다. 모든 것이 괜찮을 것이다. 한동안은. 내가 원하는 TV 프로그램의 윤곽이 잡히기 시작했다. 실제로는 두 개였다. 두 개라는 말은 컴퓨터 관련 일을 하던 습관에서 비롯된 것이다. 언제나 컴퓨터는 백업 플랜이 있어야 한다. 하지만 나는 TV 프로그램 제안이 어떤 형태여야 하는지 알지 못했다. 나는 그것에 관한 책들을 샀다. 다만 내가 산 책들은 내가 사업 계획서 작성을 위해 샀던 책들과 비슷했다. 책을 쓰는 사람이라면 책을 쓰는 방법론에 관한 책을 샀었어야 한다. 방송 분야는 그런 책에 의존할 수가 없었다. 나는 몇몇 사람들에게 이야기했다. 그런데 내가 이야기한 사람들이 하나같이 다른 이야기를 했다. TV 프로그램 대본을 쓰는 것이 다른 것과 다르지 않다는 것이다. 정말 제대로 아는 사람이 없었다. 방송 작가가 되려는 사람은 다른 사람이 한 것을 벤치마킹하거나 이전에 아무도 해보지 않은 것을 해야 한다. 그래서 책이 그다지 큰 도움이 되지 않는다. 나는 에코를 만들 때 했던 과정을 그대로 적용시키기로 결정했다. 벤치마킹할 부분은 벤치마킹하고 나머지는 내가 창조하기로 했다. (내가 에코를 시작했을 때 THE WELL의 마음에 드는 부분을 벤치마킹했다고 말한 것이 기억날 것이다.) 나는 초안을 내 에이전트인 벳시에게 보냈다. 그녀는 개선 사항을 적어서 보내 주었다. 나는 두 개의 초안 작업을 하고 있었다. 내 변호사와 B회사 변호사가 계약서 줄다리기를 하기 시작했다. 이것은 김칫국부터 먼저 마시는 일인지 모르지만 먼저 TV 프로그램 투자를 받는 것이 누구의 일인지 알아내야 한다는 생각이 들게 했다.

고양이

　오늘 렉싱턴이 안락사 되고 있다. 동물병원에서 고양이 먹이를 고르다가 사람들이 수군거리는 소리를 우연히 듣게 되었다. 그것은 내 뱃속을 편치 않게 만들었다. 나는 렉싱턴을 잘 모른다. 나는 고양이 문제에 있어서만큼은 과도한 감정이입이 된다. 심지어 가상의 고양이조차 말이다. 심지어 영화에서조차도 고양이가 위협받는 상황을 보면 견디기가 어렵다. 사람이 박살나는 것은 그렇지 않은데 고양이에게 나쁜 일이 일어나면 이후에 내내 그 생각에 시달린다. 아직 일어나지 않은 일조차 그렇다는 말이다. 렉싱턴의 주인은 1시에 렉싱턴을 데려왔다고 한다. 렉싱턴은 이제 죽었다.

　나는 비츠와 비머의 죽음을 상상한 적이 있다. 안락사 문제에 직면해야 한다면 나는 이미 마음의 준비가 되어 있다. 나는 그것을 마음속으로 여러 번 그려 보았다. 일차적으로는 내가 집에서 직접 주사를 놓을 수 있도록 수의사에게 요청할 것이다. 수의사는 내가 주사를 놓을 줄 안다는 것을 안다. 만약 그것이 허락되지 않으면 원하는 비용을 지불해서라도 수의사를 내 아파트로 오게 할 것이다. 나는 고양이가 두려워하는 곳에서 마지막 순간을 보내기를 원치 않는다.

나는 죽음의 의식 전체를 생각해 두었다. 고양이가 죽는 날 생선과 고기와 우유와 아이스크림을 줄 것이다. 그놈들은 지금까지 아주 오랫동안 특별식을 먹어 왔기 때문에, 마지막 식사는 그들이 먹어 왔던, 좋아하는 모든 것을 먹게 할 것이다. 그러고 나서 우리는 한동안 같이 놀 것이다. 그놈들은 둘 다 리본을 좋아한다. 비츠는 탁구공을 좋아한다.

다음 차례는 내가 언제나 소중히 여기는 부분이다. 고통스럽지만 달콤쌉싸름한 부분이기 때문이다. 나는 비츠와 비머에게 왜 사랑하는지 말해 줄 것이다. 나는 그놈들의 모든 독특한 개성과 특성, 그리고 좋아하는 기억을 되돌아볼 것이다. 나는 눈물을 흘린다. 하지만 그것은 좋은 눈물이다. 그리고 나는 우리가 다시 만나게 되기를 바란다고 말한다. 또한 나는 우리가 서로 이런 인연을 맺게 된 것이 얼마나 운이 좋은지 이야기한다. 단 한번만 살 수 있는 기회에 이런 운명으로 이어졌기 때문이다.

다음 순서는 만약 죽음을 앞둔 것이 비머라면 소파나 내 책상 의자 위에 누일 것이다. 비츠라면 상자나 바구니에 눕힐 것이다. 각자 좋아하는 곳이다. 안락사를 시키기 위해서는 주사를 두 번 놓아야 한다. 만약 수의사가 비머에게 주사를 놓으면 가급적 빠른 시간 내에 떠나달라고 부탁할 것이다. 비머가 수의사에게 심한 두려움을 느끼기 때문이다. 만약 비츠라면 수의사가 나갈 필요가 없을 것이다. 그래도 나는 나가 있어 달라고 할 것이다. 단 둘이서만 작별을 하고 싶다. 내가 직접 발륨(진정제)을 구해 놓을 수 있는지도 궁금하다. 만약 내가 주사를 놓을 수 있으면 첫 번째 주사를 놓은 후 그들의 머리에 여러 번 키스를 하고 그들의 눈을 응시할 것이다. 그리고 둘 다 좋아하는 눈 깜박임을 해줄 것이다. 그러고 나서 두 번째 주사를 놓을 것이다. 그리고 나는 그놈들을 가만히 지켜볼 것이다. 나의 판타지는 대개 여기서 중단되는데 목이 메이기 시작하기 때문이다. 그런 주사를 놓은 것이 좋은 생각인지는 아직 완전히 확신이 들지 않는다.

또한 어디에선가 읽었는데 현실은 내가 상상하는 만큼 평화스럽지 않을 수도 있다. 어떤 고양이는 안락사할 때 소변을 보거나 대변을 보기도 한다. 혹은 몸부림을 치고 울지도 모른다. 그들의 죽음이 나에게 미칠 파괴적인 영향을 줄일 수 있는 것은 아무것도 없다. 나는 그들이 고양이일 뿐이라는 거 안다. 이런 해명을 해야 하는 것이 싫다.

판타지

매일 저녁마다 내 아파트 창문 밖으로 두 대의 비행기가
날아간다. 내가 비츠와 비머와 소파에 누워 있으면 그 모습이
보인다. 내가 비행기를 보는 동안 그놈들은 비둘기를 본다.
그놈들의 머리가 위 아래로 움직인다. 내 머리는 슬로 모션의
테니스 시합을 지켜보는 것처럼 천천히 움직인다. 나는 그 비
행기가 A) UFO로 밝혀지거나 B) 추락하는 상상을 한다. 비
행기가 하늘에서 떨어지는 것이 보고 싶다. 물론 정말로 그런
일이 일어나기를 바라는 것은 아니다. 나는 사람들이 죽기를
원하지 않는다. 그냥 그런 장면을 한번 봤으면 하는 것뿐이
다. 어디서 그런 충동이 생기는 것인지는 모르겠다. 저게 뭐
야? 선회? 착륙? 하느님 맙소사! 그리고 폭발한다. 불빛이 번
쩍하고 연기가 피어오른다. 추락한 곳으로 가봐야 하나?

비행기 추락 당시의 비행 데이터 기록이 담긴 책이 있다.
이 책을 읽어보면 조종사와 승무원이 추락의 마지막 순간에,
삶의 마지막 순간에 서로 무슨 말을 주고받는지 알 수 있다.
대개 그들은 철학적인 말을 하지 않는다. 패닉 상태에 빠져

허둥지둥하지도 않는다. 그들은 마지막 순간까지 추락하지 않기 위한 모든 시도를 하며 안간힘을 쓴다. 그들이 할 수 있는 것이 아무것도 없다는 것을 깨달았을 때는 겨우 몇 마디 할 수 있는 시간뿐이다. 비행기 추락의 마지막 순간의 전형적인 대화는 대개 이렇다.

"오케이, 뭐뭐 위의 측정치는?"
"뭐뭐."
"뭐뭐는 해봤어?"
"확인."
"기장님, 뭐뭐를 거꾸로 해서 비행기를 올렸다는 것을 들은 적 있어요."
"존슨. 뭐뭐를 뒤집어봐."
"뒤집기."
"젠장."
"오, 젠장." "엄마 사랑해요."
테이프는 끝난다.

오랜 세월 동안 내가 가장 좋아하는 죽음의 이야기가 몇 가지 있다.

케네스 이저슨(Kenneth Iserson)의 『죽어서 먼지로 돌아가다(Death to Dust)』라는 책을 읽은 적이 있다. 제임스 브래드

포드는 극저온 냉동된 최초의 17인 중 여전히 냉동 상태로 있는 유일한 사람이다. 그는 은퇴한 심리학 교수로 1973년에 사망 후에 냉동되었다. 그의 시신은 여전히 캘리포니아에 있다. 그 나머지는 우연히, 혹은 계획적으로 해동되었다. 나는 그들이 죽었고, 원래대로 돌아오지 못하며, 극저온이 현실적으로 승산이 없다는 것을 안다. 하지만 가능성이 거의 없음에도 그들이 그런 시도를 했다는 것에 헤아릴 수 없는 슬픔이 있다. 아무리 잘못된 희망을 품었다고 해도 추가적이고 불필요한 실망을 가중시킬 필요가 있을까? 냉동 인간을 녹이는 것은 그만둬야 한다!

또 사망 전에 조기에 매장된 사례도 있다. 다시 『죽어서 먼지로 돌아가다』에서 최악의 경우로 알려진 것은 한 소녀의 이야기인데 그 소녀는 1850년대에 사우스캐롤라이나 친척을 방문하는 중에 디프테리아(주로 어린이가 많이 걸리는 급성 전염병의 하나)에 걸려 죽었다. 모든 사람들은 소녀의 전염병이 번질까봐 시신을 고향으로 가져가지 못하고 대신 지역 묘소에 재빨리 넣었다. 수년 후에 부모가 남북전쟁에서 죽은 아들을 묻기 위해 그 묘지로 다시 왔을 때 문 안쪽에 작은 뼈 더미가 있는 것을 발견했다. 소녀 혼자 어둠 속에서 얼마를 기다리다가 마침내 진짜 죽음을 맞이한 것일까? 때로 묘지를 이장할 때 시신이 몸을 비튼 흔적이 있거나 머리카락이 뽑혀 있거나 빠져나가려고 발버둥치는 과정에서 관의 안쪽 일부가 쪼개진 경우가 발견되기도 한다.

이저슨은 죽은 아이나 아동의 경우는 장의사들이 최대한 신경을 써야 한다고 말한다. 부모가 그들을 다른 곳으로 옮기고 싶어 하는 경우가 많기 때문이다. 아이의 몸이 둥글고 자연스러운 느낌이 나게 해야 한다. 성인의 경우에는 바닥에 반듯하게 누운 모양새를 취하게 한다.

나는 가끔씩 러시아의 마지막 황제 니콜라스의 마지막 순간을 상상한다. 니콜라스와 그의 아내, 알렉산드라와 아이들인 올가, 타티아나, 마리아, 아나스타샤, 그리고 알렉시스의 마지막 순간이 떠오른다. 그들은 모두 총을 맞고 죽었다. 그런데 두어 명의 소녀는 총을 맞고도 죽지 않았는데 호주머니에 보석이 가득 들어 있었기 때문이었다. 병사들은 아이들을 총검으로 찔러 죽였다. 병사가 아이를 총검으로 찌르고 아이가 울고불고 비명을 지르고 바닥에서 몸을 비트는 상상을 해보라. 죽은 가족과 죽어가는 가족에 둘러싸인 채 말이다. 바닥 한 지점에만 18군데의 총검 자국이 발견되었다. 비명을 지르는 어린 소녀를 어떻게 열여덟 번씩이나 총검으로 찌를 수가 있을까?

나는 나의 죽음을 상상한다. 심장 마비가 온다. 내 심장이 작동을 멈추고 모든 생존의 기회를 차단하고 꼼짝 않고 있어 타협할 수 없는 상태가 되는 것을 느낀다. 내 심장이 작은 바위처럼 딱딱해지는 느낌이 온다. 나는 말을 할 수가 없다. 정말 말을 할 수 없기 때문인지 심장 마비의 고통과 죽음의 충격에 사로잡혀 있기 때문인지는 모르겠다. **기다려, 기다려, 기다려, 기다려. 제발 대처할 시간을 잠깐만 줘. 정신을 좀 차리게 해줘. 그러면 괜찮아질 거야.** 상상의 죽음 속에서도 가장 이상한 것은 소음이다. 내가 한 번도 듣도 보도 못한 가장 시끄러운 소리가 들린다. 마치 우주가 폐의 꼭대기에서 "NO!"라고 소리치는 것 같다.

죽음은 내게 폭발로 상징된다. 일부는 폭죽이 터지듯이 터질 것이고 다른 일부는 핵폭탄처럼 강력한 폭발을 할 것이고, 대부분은 반딧불이처럼 날아갈 것이다. 나는 죽을 때 의식이 있으면 좋겠다는 쪽으로 결론지었다. 어떤 것도 놓치고 싶지 않다. 특히 마지막은 말이다. 『콜드 마운틴』이라는 소설에서 한 인물이 죽음을 목격하고 이렇게 묻는다. "어떻게 하면 죽음의 고통을 덜어 줄 수 있을까요?" 그것은 없다. 여전히 고통은 우리가 가장 마지막으로 거쳐야 하는 것이다. 그래서 나는 깨어있고 싶다. 이제 더 이상 살아서 기억할 수 있는 것이 아니기에 끔찍한 기억이 될 수 없다.

왜 난 나를 이런 웃기는 패닉 상태로 몰고 갈까? 죽음에 대해서 달리 어떻게 할 수 있는 것이 없기 때문이다. 그것은 추락하는 비행기의 창문 밖으로 빨려나가는 것과 같다. 맨몸으로 지상에서 수천 피트 상공의 하늘을 날고 싶어 하는 사람이 있을까? 하지만 추락하는 비행기에 다시 올라타는 것을 원할 수도 없다. 탈출구가 없다. 그곳을 벗어나려면 어떻게 해야 하지?

나는 다발성 경화증을 앓는 아내의 자살을 도왔던 한 남자에 대한 수잔 치버(Susan Cheever)의 책 리뷰를 읽었다. 리뷰 끝부분 수잔 치버의 지적이 결코 잊히지 않는다. "우리는 삶과 죽음 사이에서 선택을 하는 것이 아니라는 사실을 자주 잊는다. 죽음은 지금 죽느냐 나중에 죽느냐의 문제일 뿐이다. 죽음은 누구에게나 불가피하다. ―우리가 공유한 운명이다.―사랑은 그렇게 불가피하지 않다."

그것이 내가 최후의 모습을 상상하고 내가 가장 좋아하는 죽음의 이야기를 계속 함으로써 나를 다잡는 이유이다. 내가 인생의 후반부를 낭비하고 여전히 기회가 있는 지금 원 없이 사랑하지 못할 것 같아서 말이다. 나는 데이지 할머니와 엠마 스튜어트, 그리고 영원히 이 세상을 떠난 나머지 사람들이 내가 살아야 하는 이유를 강화시켜 주기를 바란다. 내가 그들의 영광의 순간을 도용하는 것일지도 모르지만 무슨 영문인지 그것은 효과가 있다. 내 기분이 한층 좋아진다.

땅은 매장지다. 살고 사랑하고 죽고 잊힌 자들의 사랑과 삶이 땅 속 깊숙한 곳에 겹겹이 쌓여 있다. 우리는 그 밑에서 전혀 알아볼 수 없는 것으로 분해되는 생명의 끝없는 행렬을 생각하지 않는다.

누군가의 마음에 기억되는 운 좋은 사람들은 어떨까? 그들을 기억하는 사람들조차 언젠가는 죽는다. 우리는 모두 사라진다. 프로스펙트 시메트리의 땅 속에 있는 사람들처럼 말이다.

결국 뭐가 남을까? 우리 삶이 끝나면 무슨 일이 일어날까? 별것 없다. 썩는 속도는 한없이 빠르다. 내가 죽고 얼마 되지 않아 나의 형체는 내가 누군지 모르는 사람이 알아차릴 수도 있고 모를 수도 있는 잔해로 남을 것이다. 그들에게는 쓰레기처럼 보일지 모르는 것이 누군가에게는 소중하다는 것을 알 수 없을 것이다.

로맨스
가이아 가설

　나는 누군가를 만나려고 일주일에 한번 외출하는 것을 중단했다. 그게 무슨 소용이 있을까? 피곤한 일이다. 게다가 효과도 없다. 내가 살아가는 동안 우연찮게 꿈속의 남자를 만날 수도 있고 그렇지 않을 수도 있다. 최근에 나는 가이아 가설을 내 삶에 적용해 보았다. 이 이론에 따르면, 예를 들어 누군가 강을 오염시키면, 그것을 해결하는 최고의 방법은 그것을 깨끗하게 하거나 해독시키는 것보다 먼저 강에 유해 물질을 방출하는 것을 중단하고 그냥 자연의 손에 맡겨두는 것이다. 지구는 자정 작용을 하기에 이런 부분에 문제가 생기면 환경이 자체 정화 기능을 가동할 것이다.

　내가 '꿈속의 남자'문제를 내버려두고, 해결해 보려는 시도를 중단하면 자연은 서서히 자정 작용으로 바로잡을 것이다. '나의 강'을 '오염시키기'위해 내가 하고 있는 것이 무엇이든 일단 중단하면 말이다. 매우 뉴에이지적(현대 서구적 가치를 거부하고 영적 사상, 점성술 등에 기반을 둔 생활 방식과 관련된)이라는 것을 알지만 그것이 내 목적에 부합하니 그냥 들어

보길 바란다. 가장 힘든 부분은 독이 (결혼을 어렵게 만드는 요인) 어디에서 유입되는지 확인하는 것이다. (이것만 생각하면 언제나 불임꽃 소냐가 떠오른다. 나도 소냐처럼 스스로 기회를 차단하고 있는 것은 아닐까?)

하지만 가이아의 로맨스 가설이 자포자기를 좀 색다르고 겉만 번지르르하게 포장한 형태에 불과할지 모른다는 것이 우려된다. 나의 이상형의 남자가 어느 날 내 무릎 위로 툭 떨어지기라도 하는 것처럼. 혹은 온라인에서 갑자기 나타나기라도 하는 것처럼. (남몰래 바란다.) 사실 나는 대학에서 사이버 공간에서 이루어지는 일에 대한 과정을 가르치고 있지만 사이버 공간의 로맨스에 대해 한 번도 다룬 적이 없다는 사실을 깨달았다. 알고 보면 그것이 사람들이 온라인으로 들어오는 큰 이유 중 하나인데도 말이다. 나는 당연히 조사를 한번 해볼 요량으로 언젠가 에코에서 들어본 적이 있는 온라인 데이트 상대 찾기 서비스인 match.com에 들어갔다.

나 자신과 내가 원하는 사람에 대한 프로필을 작성해 달라고 한다. 강의를 위해 들어와 봤을 뿐이기에 별로 적을 것이 없다. "나는 '버피 더 뱀파이어 슬레이어'를 좋아합니다."라고 적었다. 이어서 다음 문장을 완성하라고 한다. 내 친구는 나를 …로 기술한다. 나는 이렇게 적어 넣었다. "외계인." 다음에는 사진을 업로드 시키라고 했지만 하지 않았다. 닉네임은 류턴으로 했다. (영화감독이자 프로듀서인 발 류턴에서 따온 것이다.) 그랬더니 몇 시간도 되지 않아 나를 만나보고 싶다는 남자들의 이메일이 날아오기 시작했다.

처음에는 무슨 이런 세계가 있나 싶었고 흥분이 되었다. 나는 이메일을 순간순간 체크했다. 나는 이런 이야기들을 들은 적이 있다. "그녀가 누군가를 만나는 것을 포기하는 순간 온라인에서 자신의 이상형을 만났다." 이제 그 호소가 이해가 된다. 이를테면 기적 같은 일이고 노력이 들지 않은 사랑이다. 나는 다시 match.com으로 들어가 나에게 이메일을 보낸 남자들이 자신을 어떻게 기술해 놓았는지 살펴보았다. 젠장… 그들의 프로필은 하나같이 성실하고 재미없는 남자의 그것이다. "나는 특별한 여성분을 찾고 있습니다."로 시작하는 글을 몇 줄 적어놓고 있었다. 그들은 여자가 예뻐야 된다고 말한다. 그런데 사진에 있는 자신들 모습은 그렇게 매력적인 외모가 아니다.

내가 받은 첫 메일은 짧은데다 마음이 끌리는 구석이라곤 없었다. "안녕하세요. 프로필이 마음에 들어요. 내 것도 한번 봐주실래요." 두 번째 남자는 예술적인 배경을 가진 괜찮게 생긴 남자로 TV광이라고 했다. 다만 내게 인상적으로 보이려고 그랬는지 자신의 전 아내를 이용하려고 했다. (자신의 전 아내가 영화계에서 일한다는 것이다.) 또 다음 남자는 자신을 "핸섬하고 소년 같은 느낌의 53살."이라고 소개했다. 트루먼 커포티를 닮은 남자였다. 역시 자기 취향 나열이었다. "나는 하이킹, 수영, 그리고 테니스를 좋아합니다. 그리고 영화 보러 가고 박물관에 가는 것을 좋아합니다."

한 남자는 꽤 멋진 외모를 자랑했다. 그는 그것을 입증하려는 듯 세 장의 사진을 올려놓았는데 적어놓은 것은 키와 몸무게뿐이었다. 심지어 허리 치수도 있었다. 또 매력적이지 않았지만 일면에서 내가 매력적으로 볼 수도 있는 면을 가진 남자들이 몇몇 있었다. 그들은 바보스럽고 상냥하고 스마트한 외모를 가진 부류였다. 하지만 이번에도 개성은 보이지 않았다.

한 남자는 이렇게 말했다. "나는 TV가 없어요." 또 다른 남자는 공화당원이었다. 몇몇 남자들은 자신들의 석사 학위에 대한 이야기를 했고 별로 특별한 것도 없는 글을 여러 페이지 적어 보냈다. 겨우 한두 줄 정보를 올린 낯선 여자에게 너무 많은 것을 적어 보내는 사람들을 어떻게 받아들여야 되는지 약간 당혹스러웠다.

내가 받은 마지막 이메일 중 하나는 자신과의 대화에 관심이 없다면 "관심이 없다"는 답을 달라고 했다. "그렇게 하는 것이 예의바른 것이고 옳은 거예요." 이것은 내게 두려움이 느껴지게 만들었다. 진짜 마지막 이메일은 류턴이라는 나의 닉네임을 어디서 따온 것인지, 발 류턴의 그것인지 물었다. 나는 하마터면 답을 할 뻔했다.

하지만 나는 아무에게도 답을 하지 않았다. 취약한 상태에 있는 낯선 사람들에게 어떻게 답을 해야 할지 알 수가 없었다.

포기해, 시도 그만해. 자연이 알아서 최선의 교정을 해줄 거야. 나는 이것을 이 날까지 붙잡고 있다. 하지만 나의 로맨스 가이아 가설에는 문제가 있다. 에코 회원들은 "최선의 교정"이 까다로운 명제임을 지적한다. 자연은 신경 쓰지 않는다. 강 오염의 경우 자연이 최선의 교정을 일차적으로 강에 화학 물질을 배출하는 종을 제거하는 것이라고 결정할지도 모른다.

이런 경우 내가 애정 생활을 자연의 손에 맡겨놓으면? '**어쩌면 자연이 알아서 루빈 블레이드를 우리 집 현관문 앞에 데려다 놓을지도 몰라.**'라고 나는 생각한다. 하지만 내 생각과 달리 자연히 TV가 없고 '특별한 숙녀' 타령을 하는 남자를 최고의 남자로 결정하면 어찌될까? 그러면 내가 더 이상 참지 못하고 그를 죽여 버릴 수도 있다. 어쩌면 그것이 자연스럽게 의도한 것일지도 모른다. 자연스럽게 '특별한 숙녀/ TV 없는 남자'를 없애버리는 것이 혼자 있는 여자들에게 최선이라고 결정했을 것이기 때문이다.

죽음
고통의 집

지난 몇 달 동안 나는 이전에 내 아파트에 살았고 지금은 유령으로 떠돈다는 상심한 여자가 누구인지 알아내려고 무진장 애썼다. 지금은 지금까지 내 아파트 건물에 살았던 모든 슬픈 사람들 중에서 그녀가 누구인지 찾아내는 일만 남았다. 그만큼 내 아파트 건물에는 슬픈 이야기가 많았다. 나는 매일같이 말없이 돌아다니는 비참한 이야기를 하나씩 발굴했다. 내가 우리 건물을 "고통의 집"이라고 명명했을 정도였다.

미칼이 내 아파트에 유령이 있다는 이야기를 해준 바로 그날 밤에 내가 제일 처음으로 했던 일은 그녀가 살았을 당시의 집주인이 누구인지 알아보는 것이었다. "그녀는 50년대에 여기 살았어."라고 미칼이 말했었다. '집주인이 여전히 살아있다면 특히 한 맺힌 여자의 이야기를 기억하는 것이 불가능하지는 않아.'라고 나는 생각했다. 나는 현재의 집주인에게 전화로 물어보았지만 그는 건물을 비교적 근래에 샀고 누구에게 샀는지 정도만 알고 있었다. 나는 건물의 지하실로 내려갔다. 왜 지하실이 이런 문제를 풀기 시작하는 장소로 좋은지는 곧 이해하게 될 것이다. 그곳은 여전히 오래 전 버려진 모습으로 있었다. 바닥은 여전히 흙이었고 수십 년간 젖어 있는 것에서 나는 퀴퀴한 냄새가 났다. 내가 가스등이 있는지 알지도 못한 채 랜턴을 비추며 갈 수 있는 만큼 간 후에 랜턴을 사방으로 비추어 보았을 때 날 덮치려고 기다리고 있던 타란툴라 거미 가 툭 떨어졌다. 그나마 얼굴이 아니라 팔에 떨어진 것이 다 행이었다. 나는 1973년의 것으로 보이는 보일러 옆에서 클립 보드(위에 집게가 달려 있어서 종이를 끼울 수 있는 판)를 발견했 다. 주인들 이름이 클립보드 오른쪽 상단부에 적혀 있었다. 다른 것도 있었다. 1973년 7월 16일 날짜의 잘 타이핑된 색인 카드로 퍼밋을 어디에 놓아야 할지에 대한 지시 사항이 있었 는데 미스 스타(Miss Star)의 서명이 들어 있었다. '미스'라는 말이 내 마음에 확 와 닿았다. 미스 스타, 미스 혼, 나는 '미스' 가 그립다. 미스 스타가 내 아파트에 살았을까? 그녀의 혼이 내 주위를 떠돌고 있을까? 그녀는 50년대 이후로 살아왔을 것이다. 나는 그들 이름을 모두 적었다.

나는 시립 기록보관소로 갔다. 건물에 대한 상세한 것을 알아낼 수 있는 것이 놀라웠다. 내가 사는 건물은 1894년에 조지프 만델바움(Joseph Mandelbaum)이 한때 아비게일 아몬 드(Abigail Hammond)가 소유한 농지에 지은 것이었다. 만델 바움 다음에 소유권은 리 드레스너(Lee Dressner)에게로 넘어 갔고, 다음 소유권은 대니얼 패럴(Daniel Farrell), 에드워드와

도로시 파루올라(Edward and Dorothy Faruola)에게 넘어갔고,
1946년에 메리 D. 셰필드(Mary D. Sheffield)에게 넘어갔다. 그
녀가 1963년까지 그 건물의 주인이었다. 그래서 내 집의 유
령이 그곳에 살았을 때의 집주인은 메리 D. 셰필드였다. 그
런데 이제는 어떻게 하지? 메리 셰필드의 흔적을 어떻게 찾
을 수 있을까? 나는 뉴욕과 플로리다의 모든 메리와 M. 셰필
드의 이름이 있는 집으로 전화를 걸었다. 플로리다는 뉴욕 사
람들이 주로 은퇴한 후에 사는 곳이었다. 하지만 그들 중 어
느 누구도 내가 찾는 시기의 페리 거리의 집주인은 아니었다.

다음으로 나는 도서관에 갔다. 사서는 예전의 전화번호부
를 보는 방법과 1905년, 1915년, 그리고 1925년의 인구 조사
기록을 찾는 법을 설명해 준 다음 내 건물에 누가 살았는지
왜 알려고 하는지 물었다. 나는 유령을 찾는다는 말은 하고
싶지 않았다. 그래서 내가 지금 쓰고 있는 책을 위한 자료를
위해서라고 답했다. 그러자 사서가 말했다. "혹시 유령을 찾
고 있지 않나 물어본 것입니다." 뉴욕에서 유령에 사로잡힌
사람들이 많은 모양이다.

1905년 인구 조사 기록은 잠재적으로 불행해 보이는 사람
들 상당수의 실태를 보여 주었다. 지금 나 혼자 사는 아파트
에 다섯 명, 열 명 혹은 그 이상의 가족들이 살았다. 그리고 가
장은 임금 노동자, 수위, 판매원 등의 일을 하며 생계를 꾸렸
다. 존과 조세핀 말리아는 지금 내가 사는 아파트에서 여섯

명의 아이들과 함께 살았다. 하지만 인구 조사 기록에 따르면 조세핀은 아이를 열 명 낳았다. 다른 넷은 죽었을까? 아니면 집을 나가 다른 곳에서 살았을까? 그리고 그녀는 언제 아이를 낳기 시작했을까? 그녀의 남편 존은 강의 보트에서 일했다. 혼자서 자녀를 키우며 산 홀아비와 과부도 몇 명 있었다. 메리 그레핀은 서른다섯에 다섯 명의 딸과 살았다. 둘은 판매원으로 일했다. 그 집에는 하숙생도 한 명 있었는데 서른 살의 마이클 갤빈으로 바텐더였다. 추측건대 메리와 마이클이 어떤 특별한 관계가 아니었을까 하는 생각이 들기도 한다. 이아이들 중 한 명이 50년대까지 여기서 계속 살며 내 집의 유령이 되는 것이 전혀 불가능한 일이 아니라고 해도 가능성이 낮아 보였다.

1925년의 인구 조사 기록은 생활 여건이 좀 더 나아진 것을 보여 준다. 아이들 수가 좀 더 적어지고 방이 좀 더 커져서 그런 것으로 보인다. 선로 인부, 전화 교환수 같은 직업이 양철공과 부두 노동자 같은 직업군이 생겨 있었다. 특별히 영감을 주는 것은 없었다. 게다가 이 기록에는 아파트 호수가 기록되어 있지 않았다. 이들 중에 누가 지금 내 아파트에 살았는지 알아내는 것은 불가능했다. 나는 전화번호부로 넘어갔다.

나는 50년대의 전화번호부를 살펴보았지만 인구 조사 기록처럼 누가 어떤 아파트에 살았는지를 아는 것은 불가능했다. 내 이웃인 피터 테사가 50년대에 우리 건물에 살았다고 되어 있었다. 그는 내가 여기에 이사 오고 며칠 후에 80대 초반의 나이로 죽었다. 그는 죽은 지 일주일 만에 발견되었다. 그의 아파트 주변에 경찰들이 몰려 있어 무슨 일인지 물었을 때 그들 중 한 명이 이렇게 대답했다. "냄새가 나지 않던가요?" 나는 냄새를 맡지 못했다. 두어 주 후에 그의 집 문이 열렸다. 그곳은 백여 년 동안 한 번도 개조된 적이 없고 페인트 칠조차 새로 된 적이 없어 보였다. 냉장고 대신에 아이스박스가 있었다. 그가 죽은 지 얼마 되지 않았을 때 나온 공학자의 보고서에는 이런 글이 있었다. "이 아파트 전체가 인권 침해입니다. 도시 환경의 적절한 주거 공간에서 살 인간의 권리 침해입니다." 나는 피터 테사의 고등학교 졸업 앨범이 바닥에 떨어져 있는 것을 발견했다. 그의 사진 아래에는 온갖 좋은 말과 예측이 붙어 있었다. "고독사하여 냄새로 이웃에게 발견될 것이다."라는 말은 어디에도 없었다.

나는 50년대에 내가 사는 건물에서 일어난 범죄 보고서를 보기 위해 경찰 기록보관소의 허가를 받는 데 몇 개월이 걸렸지만 그들이 모아놓은 것이 많지 않았고 그조차도 건물에 따른 분류가 되어 있지 않았다. 경찰이 가진 정보가 너무 빈약하다는 것이 좀 놀라웠다. "구역 일지 같은 것은 없나요?" 폐기. "더 오래된 범죄 증거는요?" 폐기. "재소송이 되는 경우는 어쩌죠?" 침묵. 그들은 내게 시립 기록보관소로 다시 가라고 했다. 오래된 법정 기록에는 각 사건의 피고와 원고의 이름과 주소의 리스트가 있었다. 나는 모든 것을 샅샅이 훑었다. 나는 두 번 속았다. 나는 '페리 거리'를 보았고 아하! 했지만 두 언급 모두 다른 건물과 관련된 것이었다. 나는 세기의 전환기에 사람들이 지금보다 동물 학대죄로 더 자주 잡혀간다는 것을 알게 되었고 만약 누군가가 부랑자 행세로 잡혀간다면 여자일 가능성이 높다는 것을 알게 되었다.

이 모든 것이 로테 페더윅(Lotte Faderwick)으로 이어지게 했다. 로테는 88살의 노인이었고 내가 사는 건물에서 세 블록 정도 떨어진 요양원에 거주하고 있었다. 그녀는 내가 사는 건물에서 65년을 살았다. 우리는 복도에서 마주치면 언제나 짧은 인사를 나누곤 했었다. 나는 그녀가 나를 기억하기를 바랐다. 더 중요한 점은 그녀가 1950년대에 복도에서 인사를 나누었던 모든 사람을 기억하기를 바랐다. 내 아파트의 출입문 밖에는 'E. 콘웨이(E. Conway)'라는 이름의 오래된 명판이 오른쪽 귀퉁이에 붙어 있다. 어쩌면 로테는 E. 콘웨이가 누구인지 알 것이다. E. 콘웨이라는 이름은 인구 조사 기록에도 없었고 전화번호부에도 없었다.

나는 일말의 불안감을 버리지 못한 채 요양원으로 갔다. 나는 그곳 직원들에게 로테를 방문하고 싶다고 말했다. 모든 사람들이 내 방문을 기쁘게 받아들였지만 나는 먼저 그녀에게 가서 나를 만날 뜻이 있는지 한번 물어보게 했다. 나는 그녀가 나를 기억하지 못할지도 모르고 어쩌면 낯선 사람의 방문을 달갑지 여기지 않을지도 모른다고 생각했다. "어서 와요." 그녀가 말했다. 누군가가 그녀를 가리키지 않았다면 나는 그녀를 알아보지 못할 뻔했다. 그녀 역시 나를 알아보지 못했다. 사실 그녀는 처음에 나를 다른 사람으로 잘못 알고 있었다. 나는 그녀의 기억을 바로잡아 주었다. 그녀는 개의치 않았다. 만남은 좋았다. 나는 2주에 한 번씩 그녀를 방문했다. 내가 "잘 있어요, 다음주에 봬요."라고 말할 때마다 그녀는 환한 미소를 지으며 이렇게 답했다. "내가 여전히 살아있다면 그래요." 로테는 편안하게 이야기를 할 수 있는 사람이었다. 내게 이야기를 하는 동안 그녀는 주기적으로 보행기를 잡고 일어서려고 하다가 다시 자리에 앉곤 했다. "운동하는 거예요." 그녀가 설명했다. 그녀는 1920년대 언젠가 남편 에드워드와 함께 페리 거리로 이사를 왔다. 정확히 언제였는지는 그녀도 기억하지 못했다. 남편은 1979년에 죽었다. 그런데 로테의 기억은 일관성이 없었다. 그녀의 기억은 다소 뒤죽박죽이었다. 디테일이 바뀌는 것은 아니지만 어느 주에는 로라라는 알코올 중독자가 내 아파트에 살았다고 했다가 다음주에는 로라가 내 아파트 아래층에 살았다고 했다. 그리고 이름도 로라가 아니었다. 일관된 부분이 있었다면 여자가 불행하다는 것이었다. 누가 복도를 배회하거나 계단에 앉아서 울었는지 모르지만 남편이 술주정을 하고 아내를 때려 집으로 들어

가기를 두려워하는 여자가 있었다. 또 어떤 여자는 집세를 내지 못해 퇴거당했는데 그녀는 그 건물에 모든 남자에게 같이 거주하는 조건으로 자신을 주었다고 했다.

그런 방문을 이어나가던 어느 날 나는 로테에게 내가 전화번호부에서 수집한 이름 목록을 차례로 보여 주었다. 그녀는 그들을 보며 바로 말했다.

퇴거당했고

퇴거당했고

아파서 죽었고

술주정뱅이였고

남편이 술주정뱅이였고

죽었고

그녀는 보일러 퍼밋을 위한 지시 사항을 깔끔하게 타이핑한 미스 스타를 알고 있었다. 미스 스타는 50년대에 이곳에 살았다. 그녀는 혼자 살았다. 그녀는 전화 회사에 다니고 있었는데 언제나 병약했다. 그러던 그녀가 어느 날 병원에 갔고 그 이후로 두 번 다시 본 사람이 없었다. 그녀는 1층에 살았다는 것만 빼면 탁월한 유령 후보자였다. "E. 콘웨이는요?" 내 아파트 문에 적힌 여자에 대해 물었다. 로테는 콘웨이라는 이름의 세입자가 두 가구 있었다고 했다. 로테가 살던 곳 위층에 살았던 부부와 지금 내가 사는 곳에 살았던 독신녀였다. 로테 위층에 살았던 부부 중에 아내가 방광에 문제가 있었다. 그녀는 가는 곳마다 소변을 봤다. 그녀 또한 결국 병원으로 갔고 두 번 다시 모습을 보이지 않았다. 그리고 그녀의 남편은 복도와 아파트가 파리떼로 뒤덮이기 시작한 후에 죽은 채로 발견되었다. 파리떼는 창문에 있는 연통을 통해 로테의 아파트 거실까지 들어왔다고 했다. 로테는 지금 내 아파트에 살았던 독신녀인 콘웨이는 기억이 잘 나지 않는다고 했다. 하지만 로테는 그녀가 직업을 잃었다는 것과 지금 내 아파트에 살았다는 것만 기억했다. 어쩌면 그녀일 가능성도 있었다. 정말 슬픈 삶이 아닌가. 나는 유령이 왜 나를 괴롭히지 않는지 궁금해지기 시작했다. 미칼은 유령은 원래 인간을 괴롭힌다고 했다. "하지만 너의 유령은 너를 매우 좋아해. 너는 운이 좋아."

나는 로테에게 들은 이야기를 미칼에게 해주었다. "너의 유령은 슬픈 사람이야." 그가 다시 한 번 말했다. "그런 느낌이 들어."

"내가 방금 크리스마스 등을 켰어." 내가 말했다. "깨끗한 물도 떠놓았고 호박도 가져다 놓았고 방금 불도 켰으니까. 지금 그녀의 기분이 한결 나아졌을까?"

"유령은 네가 사람들을 들여서 물건을 이리저리 움직인 것을 만회하려고 애쓴다는 것을 깨닫고 있어."(내가 페인트칠을 위해 사람들을 들인 것을 말하는 것이다.) "너의 유령은 너를 매우 좋아해. 너를 보호하고 있다고 느껴져. 너를 보면 볼수

록 그것의 기분이 더 나아져. 물론 그것이 너에게는 최선이 아닐지도 몰라."

"왜 아닌데?"

"왜냐하면, 스테이시, 네가 외출을 많이 하지 못할 테니까."

사실이다. 어쩌면 나는 고통의 집에서 살다가 죽은 이 건물의 많은 여자들의 긴 줄에 서 있는 또 다른 사람이 될지도 모른다.

얼마나 많은 사람들이 불만을 제대로 표출하지도 못하고 애석한 삶을 살다가 죽을까? 내가 사는 이 작은 건물만 해도 짧게 살고 삶을 마감한 이들이 한둘이 아니었다. 조의 어머니가 이렇게 말했었다. "누구나 같은 꿈이 있어요." 고통의 집에서 살다 간 사람들도 특별한 존재가 되기를 원했을 것이다. 죽은 후에 파리떼가 이웃집까지 날아들어서야 발견되기를 원한 사람은 없었을 것이다. 내가 사는 곳만 그런 것은 아닐 것이다. 이 세상에는 죽고 나서도 자신들을 실망시킨 세계를 떠나지 못하고 여전히 맴돌 수밖에 없는 이유를 가진 사람들이 많을 것이다. 당연히 나도 그들 중의 하나가 될지도 모른다. 나는 실망할 수밖에 없을 것이다. 내가 유령이 되어 페리 거리에 출몰하고 싶은지는 나도 잘 모르겠다. 비츠와 빔이 나와 함께 할 수 있다면 모를까.

고양이

캣 프랙티스와 수의사

수의사들은 결국 모든 고양이 환자가 죽는 것을 보게 되어 있다. 그것도 빠르게 말이다. 도시 고양이는 대개 시골 고양이보다 오래 살며 15년 정도까지 산다. 그래서 수의사들은 모든 고양이 환자가 죽는 것을 볼 뿐만 아니라 새끼들이 살고 죽는 것, 그 새끼의 새끼들이 살고 죽는 것까지 본다. 인간 의사는 적어도 일정 기간 환자들을 치료하며 그들이 오래 사는지 지켜볼 뿐 환자들의 마지막을 잘 목격하지는 못한다. 나는 고양이를 캣 프랙티스(고양이 동물병원)에 데려갈 때마다 생각한다. **이것이 내가 남은 인생 동안, 인생의 황혼기에 하고 싶어 하는 일인지도 몰라. 캣 프랙티스에서 일하는 것.** 하지만 내가 어미 고양이, 다음 고양이, 그 다음 고양이, 즉 나의 모든 고양이 환자들이 죽는 것을 지켜볼 수 있을까?

나는 닥터 윌리엄 설리번과 이야기를 했다. 닥터 설리번은 비츠와 빔을 처음부터 봐준 수의사이다. 내가 불안해하면 고양이가 더 불안해하니 진정하라고 말한 바로 그 사람이다. 그는 나의 두 고양이 모두 당뇨병이라는 것을 알려주면서 동정적이 되려고 애쓴 사람이었다. 내가 마지막으로 그곳에 갔을 때 그는 비츠의 심장 박동을 체크하려고 몸을 숙이며 비츠의 이마에 키스를 했는데 정말 너무 자연스러운 행동이었다.

닥터 설리번이 고양이의 머리에 키스하는 것을 저항할 수 없게 만든 것은 베트남전의 경험이었다. 그는 스무세 살에 보병으로 베트남전에 참전했다. 그가 베트남에서 목격한 것이 너무 끔찍해 그는 될 수 있는 한 그것과 동떨어진 일을 해야만 했다. 그는 언젠가 한 해군이 15초 만에 메스를 휘둘러 완벽한 기관절개술을 시행함으로써 해병대 병사를 구하는 것을 지켜본 적이 있었다. 그리고 그는 이렇게 생각했다. **치료와 관련된 일을 해야지.** 그는 인간을 치료하는 것을 고려하다가 고양이를 돌보는 것이 낫겠다는 결론에 도달했다. 현재 그의 환자 수는 대략 4천 명이다. 이것은 닥터 설리번에게 4천 번의 작은 슬픔이 있을 것임을 뜻한다. 다음 15년 동안 이 수는 헤아릴 수 없을 정도로 많아지게 될 것이다. 나는 그것을 받아들일 자신이 없다. 닥터 설리번은 처음에는 견딜 수 없었지만 점차 조금 거리를 두는 법을 배웠다고 한다.

그는 고양이를 안심하고 맡겨도 될 사람 같다. 그는 고양이들에게 키스를 한다. 그가 로그의 이야기를 할 때의 얼굴 표정도 그렇고. 로그는 그의 직원 중 하나가 기르던 회색과 하얀 털을 가진 여덟 살짜리 고양이였다. 로그는 두 마리의 핏불테리어 공격을 받아 온몸이 찢어졌다. 로그는 그 공격으로 피를 너무 많이 흘렸다. 로그는 엉망이 되어 있었다. 닥터 설리번이 네 시간 반 동안 수술로 로그의 비장과 내장의 짓이겨진 부분을 제거하고 방광에 난 구멍을 봉합했다. 직원은 로그의 안락사를 계속 요청했지만 그는 생존 가능성이 있다고 판단했다. 설리번은 로그가 회복될 것이라고 생각했다. 직원은 그렇지 않다고 주장했다. 수술 후 이틀째 되던 날 로그는 설리번이 리프트 오프(일시적 호전)라고 불리는 것을 경험했다. 몇 시간 동안 고양이는 좋아지기 시작했다. 그리고는 그날 밤에 죽었다. 닥터 설리번은 사람을 치료하는 의사와 간호사들이 때로 인간도 임종시에 그런 것을 경험할 때가 있다고 이야기해 준 적이 있다고 말했다. 20년 후에 닥터 설리번은 여전히 이중의 가책을 느끼고 있다. 하나는 로그가 죽었다는 것이고 두 번째는 고양이 주인이 중단을 요청했는데 자신이 우겨서 한 일이 그렇게 끝났다는 것이다. 그는 모든 바이탈 사인(혈압, 맥박 등 생명 징후)이 로그가 회생 가능하다는 것을 보여 준다고 판단했다. 하지만 로그의 주인은 닥터 설리반이 보지 못한 신호를 보았다.

그는 로그에 대한 기억을 쉽게 지우지 못하고 있었다. 로그 이야기를 할 때 그가 의자에서 움직이는 것만 보아도 알 수 있다. 고양이들이 주로 무슨 원인으로 죽을까? 신장질환이다. 비머가 가진 질환 중 하나이다. "일단 신장질환 진단을 받으면 고양이들이 얼마나 살 수 있나요?" 내가 차분한 표정을 지으려고 애쓰며 물었다. "신장질환이 있는 고양이는 오래 살면 4~5년은 살아요." 그가 대답했다. "그럼 버머는 살날이 2년 정도라고 보면 되겠군요." 내가한 옥타브 높은 음성으로 말했다. "아뇨, 아뇨, 아뇨, 그건 모르는 일입니다." 닥터 설리번이 대답했다. 모르는 일이지만 비머가 여전히 살아있는 것은 놀라운 일일 뿐만 아니라 2년을 더 산다면 굉장한 일이라고 닥터 설리번은 인정했다. 나는 닥터 설리번을 안심시키고 싶었다. "비머는 굉장한 고양이예요." 내가 그에게 말했다.

"선생님이 치료했던 고양이 중에 최악은요?" 내가 물었다. "프렌즈 조지프." 그가 대답했다. "프렌즈 조지프는 주인집 사람들, 닥터 설리번, 설리번의 검사원들에게 자주 난폭하게 굴었다고 했다. 주인이 기른 것은 그놈을 구조를 하면서부터였고, 그래서 고양이에 대한 사랑이 있는 주인이었다고 했다. 닥터 설리번이 조지프 프렌즈에게 항경련제를 투약하면서 증상이 좀 나아졌다고 했다.

닥터 설리번이 좋아한 고양이 중 하나는 길이 80센티미터, 무게 10킬로그램의 미시시피라는 고양이였다. "그 아이는 내가 치료한 고양이 중에서 과체중이 아닌 놈들 중에서 가장 컸어요. 작은 퓨마처럼 올 블랙이었어요." 그는 미시시피를 그의 '젠틀 자이언트'(거구의 순한 고양이들) 중 하나라고 부른다. 미시시피의 주인은 스튜이버선트 타운 건물 1층에 살았고 미시시피를 집밖에 내놓고 길렀다. 닥터 설리번은 미시시피가 동물이나 작은 아이들을 스토킹하는 것처럼 덤불 속을 다녔다고 말했다.

극심한 우울증을 가장 심하게 앓았던 고양이는? 샴고양이 한 쌍이었다고 했다. 암컷과 수컷인 둘은 평생을 함께 살다가 암컷이 열네 살에 죽었다. 수컷이 암컷을 뒤따라 갈 뻔했다. "대부분의 고양이들은 하루라도 더 살려고 하죠. 고양이는 가장 가까웠던 고양이가 죽어도 비교적 잘 감당하는 편입니다. 샴고양이는 유대감이 특히 더 강해요." 이 고양이는 이후로 식음을 전폐했다. 모든 검사 결과 신체적으로는 이상이 없다는 것을 입증했음에도 말이다. "슬픔으로 죽어가고 있었죠." 닥터 설리번은 마침내 주인에게 새끼 고양이 한 마리를 같이 길러 보라고 제안했다. 주인은 그렇게 했다. 그렇게 하자 고양이가 회복되었다.

이것은 비츠와 빔에 대한 대화로 다시 돌아가게 만들었다. "비머가 죽으면 비츠를 위해 새끼를 한 마리 더 키워야 할까요?" 내가 물었다. 나는 비머가 먼저 갈 것이라고 확신했고 그 둘은 매우 가까웠다. "비츠가 외로울까요?" 그의 답은? "일단 지켜봐야 해요. 모든 고양이가 다 그런 반응을 보이는 것은 아닙니다. 비츠는 괜찮을지도 몰라요."

고양이 유해는 대개 화장으로 처리된다. 용기는 인간을 위한 것과는 다르다. 작은 페인트 통 정도의 크기이고 주석으로 만들어져 꽃으로 덮여 있는데 작은 조화가 뚜껑에 부착되어 있다. 화장터에 유골 항아리가 있지만 닥터 설리번은 질이 좋지 않아 권하지 않는다고 했다. 유해는 롱아일랜드 사운드에 뿌리거나 주인이 원하는 경우에는 돌려준다고 했다. 주인의 절반 정도가 가져가기를 원한다.

고양이 주인에 대해서는 어떻게 생각할까? 최악의 주인은 기르는 고양이가 가구를 긁거나 이사를 간다는 이유로 안락사 시키고 싶어 하는 사람들이다. 닥터 설리번은 그런 이유로 안락사 시키지는 않는다. 내가 캣 프랙티스에서 많은 시간을 보낸 적이 있었다. 그때 이런 일을 목격했다. 고양이를 데려온 여자에게 병원에서 약을 먹이라고 했더니 주인은 그냥 안락사를 시켜 달라고 했다. 병원에서는 주인 여자에게 고양이가 불치병에 걸린 것이 아니며 약을 먹으면 괜찮아진다고 설명했다. 그녀는 핵심이 그것이 아니라고 설명했다. 그녀는 더 이상 고양이에게 약을 줄 필요가 없기를 바란다는 것이다. "우리는 건강이 크게 나쁘지 않은 고양이는 안락사 시키지 않아요." 병원에서 말했다. "나는 내 고양이에게 약을 줄 필요가 없었으면 해요." 딜레마? 대기실에 있던 모든 사람들이 그녀에 대한 반감으로 한 마음이 되어 있었다. **그 고양이를 구해 줘요! 그 고양이를 구해 줘요!** 나는 머릿속으로 간청했다. 닥터 설리번이 고양이를 돌려주기를 아무도 원치 않았다. **그 고양이를 구해 줘요!** 다행히도 그녀는 고양이를 돌려받지 못하고 나갔다. 닥터 설리번은 일 년에 150마리 정도의 고양이를 안락사 시켜야 한다. 그는 회복 불가능한 질병으로 고통 받는 고양이들만 안락사 시킨다.

그가 만난 가장 이상한 주인은 MPD(다중인격장애)가 있는 사람이었다. 한 인격은 고양이를 데려오거나 약을 먹였고 다른 인격은 그런 이야기를 한 적이 없다고 주장했다.

닥터 설리번은 그녀의 세 가지 인격과 만났다. 하나는 완벽하게 좋고 다른 하나는 적대적이고 마지막 하나는 그냥 밝지 않았다. 그는 그녀가 괜찮은 사람이 아니었다면 고객으로 두지 않았을 것이라고 말한다. 그가 고객들을 거절한 적이 있을까? 있다. 직원들에게 욕지거리를 하거나 함부로 대하는 고객들에게는 메일이나 고양이 기록 사본을 보내 주고 다시는 오지 말라고 한다.

내가 고양이들의 죽음의 행렬을 보고도 만신창이가 되지 않고 견뎌내는 법을 배울 수 있을까? 언젠가 캣 프랙티스에서 일할 수 있을까? "학위를 따야 하나요?" 내가 닥터 설리번에게 물었다. 나는 'No'라는 답을 원했다. 언젠가 캣 프랙티스에서 일하는 것에 대한 판타지를 이어나갈 수 있도록 말이다. 그가 'Yes'라고 답하면 그것은 나의 현실적 가능성을 소멸시킬 것이다. 다시 학위를 따려고 학교로 돌아가지는 않을 것이기 때문이다.

"아뇨." 그가 대답했다. "나는 가장 바닥인 고양이 케이지

275

씻는 것부터 기꺼이 하겠다고 하는 사람이 있으면 고용할 거예요." 그것은 문제없다. 미래를 위한 플랜 G이다.

고양이

비머는 공식적으로 고양이가 겪을 수 있는 모든 고통을 겪고 있다. 어느 날 아침 비머는 내가 일을 하는 동안 내 옆의 마루 위에서 몸을 웅크리고 누워 있다가 일어나지를 못했다. 나는 비머가 일어나려고 바닥을 긁으며 안간힘을 쓰고 고개를 들려고 몸부림을 치며 격렬하게 몸을 흔드는 것을 보았다. 처음에는 비머가 혼자서 놀면서 하는 행동이기를 바랐다. 나는 비머가 놀게 하려고 필사적이었다. 하지만 비머는 몸을 일으키려고 안간힘을 썼지만 그렇게 하지 못했다. 비머는 결국 일어나지 못했다. 비머의 다리가 말을 듣지 않았다. 그놈은 나를 바라보았다. 당연히 비머는 겁에 질려 있었다. 대화가 통하면 얼마나 좋을까. 의사에게 갈 것이고 모든 것이 괜찮아질 것이라는 이야기를 해줄 수 있을 텐데. **겁먹지 마, 얘야.** 나는 비머를 데리고 병원으로 달려갔다.

직원들은 내게 일단 자리에 앉으라고 말했다. 나는 그렇게 했지만 낭비할 시간이 없어서, 비머가 당뇨병이 있는데 한 번씩 기이한 경련이 일어나는 것 같다고 말했다. 전에는 비머가 그런 행동을 하는 것을 본 적이 없어서 지금 바로 좀 봐줘야한다고 독촉했다. 나는 가급적 목청을 높이지는 않으려고 애썼다. "의사 선생님이 지금 좀 봐줘야 한다고 생각해요." 내가 말했다.

여직원은 내게 진정하라고 말하고는 의사에게 알렸고, 의사는 즉시 혈액검사를 했다. 인슐린 쇼크는 아니었다. 비머의 혈당 수치는 좋은 편이었다. 하지만 나는 비머가 5분 전에는 일어나지도 못했다고 말했다. 비머가 자신의 증상을 직접 설명할 수만 있다면 좋으련만. 뭔가 문제가 있어 말했는데, 의사가 오히려 나한테 문제가 있다고 생각하게 한 것이 벌써 몇 번째인지 모르겠다. 나는 고양이가 아픈 것도 이렇게 힘든데 아이들이 아프면 부모가 어떻게 견딜 수 있을지 참 의아해하곤 했다. 적어도 아이들에게는 물어보기라도 할 수 있다. 대화를 통해 증상을 구체적으로 알아낼 수 있다. 아이들에게 겁이 나는지 물어볼 수 있고 뭔가를 설명해 줄 수 있다. "우리 생각에 갑상선 문제인 것 같아요." 그들은 그렇게 말하며 그렇게 밝혀지는 경우 다양한 치료 선택에 대한 설명이 들어있는 종이 한 장을 건네주었다.

결국 갑상선 문제로 밝혀졌다. 이제 나는 비머의 건강 식이에 하루에 두 번 갑상선약 1/4알을 추가해야 한다. 신장질환을 가진 고양이는 4~5년만 살아도 아주 극적인 케이스라고 닥터 설리번이 말한 적이 있었다. 하지만 신장질환, 당뇨병, 갑상선 질환, 그리고 내가 병명을 기억하지도 못하는 위장질환을 가진 고양이에게 그것을 바라는 것은 정말 무리일지도 모른다.

노스탤지어

나만의 크리스마스 캐럴

나는 절대 배우지 못할 것이다. 크리스마스가 돌아왔다. 나는 여전히 휴일 동안 구원을 받겠다는 생각을 했다. 그런 생각을 하는 것이 문제가 아니었다. 문제는 모든 것을 제대로 하지 못하는 데 있었다. 마치 〈사랑의 블랙홀(Groundhog day)〉이라는 영화 같다. 영화에서 빌 머레이(남자 주인공)는 같은 날을 반복해서 산다. '**저런 식으로 살 수만 있다면, 뭔가 제대로 할 수 있을 때까지 같은 날을 다시 또다시 반복할 기회가 주어지기만 한다면…**' 하고 생각했던 기억이 난다. 그러고 나자 문득 이런 생각이 든다. 그렇게 못 할 것도 없지 않나? 사실 아침에 깨어나 무언가 다르게 할 수 있는 기회가 주어진 **완전히 새로운 날**이라고 생각하면 되는 것이다. 그날 우리가 원하는 지점에 이르게 못해도 괜찮다. 모든 것이 내일 다시 반복될 것이다. 우리가 계속 삶을 살아가는 한, 우리에게는 언제나 뭔가를 다르게 시도할 기회가 주어질 것이다. 우리는 계속 시도를 할 수 있다. 어느 날 자신이 원하는 삶을 살고 있다고 안심할 때까지 말이다.

그럼에도 비극적인 것은 우리가 잘 망각하는 존재이며 변화가 너무 어려워 반복적인 기회를 잘 활용하지 못한다는 것이다. 크리스마스 때마다 나는 실망했다. 크리스마스 때마다 정확히 똑같은 일을 반복했기 때문이었다. 이번에는 뭔가 달라야 한다. 크게 다를 필요는 없었다. 아주 작은 변화가 어떤 결과로 이어질지 누가 알랴? 무엇을 시도해야 할까? 그 모든 것이 어디에서 잘못되기 시작했을까? 만약 찰스 디킨스의 「크리스마스 캐럴」처럼 나의 크리스마스 과거, 현재, 그리고 미래의 혼령들이 연이어 나타나게 할 수만 있다면 내 미래의 그림자를 바꿀 수 있을지도 모른다. 나는 비자로 세계(Bizarro World; 허구 속의 행성)의 '크리스마스 캐럴'을 시도해 보기로 결정했다. 나의 과거와 현재, 그리고 미래로 가보기로 마음먹었다. 그것의 코스는 조금 달랐다.

먼저 나는 나의 과거로 갔다. 내 친구 크리스와 나의 과거를 보여 주는 오케도케 레스토랑으로 갔다. 그곳은 음식점이라기보다 바(Bar)이다. 나는 20대 초반에 그곳에 가곤 했다. 내가 크리스마스에 하는 실수를 처음 하기 시작한 것이 20대 초반이었다. 오케도케는 맨해튼의 어퍼이스트사이드(Upper East Side)에 있었고 그곳 주인인 엘시는 모든 사람에게 문을 열어주지 않는다. 누군가가 그곳의 문을 두드리면 그녀가 살짝 밖을 내다보고는 들어올 만한 사람만 들어오게 하곤 했다. 우리는 그 블록에 도착했다. 내가 마지막으로 그곳에 간 것은 스물다섯 살 때였다. 그곳은 내가 기억하는 것보다 더 어둡고 더 작았다. 나는 거의 지나쳐갈 뻔했다. 크리스는 그곳이 문을 닫은 것이 분명하다고 생각했다. 내가 들여보내 달라는 표현으로 창문 안을 들여다보았다. 효과가 있었다. 엘시가 우리를 안으로 들어오게 했다.

그곳은 실제로 아무것도 바뀐 것이 없었다. 주크박스에서 나오는 음악 가수들이 그때나 지금이나 여전했는데 프랭크 시나트라가 가장 대표적일 것이다. 나는 바 뒤에 있는 작은 장식물을 한눈에 알아보았다. 20년이나 되어 이제 거의 향이 나지 않는 포푸리(말린 꽃, 나뭇잎을 섞은 방향제)가 가득 들어있는 브랜디 잔이었다. 18년이 지나도 옮겨지거나 새롭게 단장된 곳이 없었고 개조된 곳이 없었다. 분위기는 더 우중충했고 활기가 더 없었지만 오케도케 레스토랑은 나에게 구원의 첫 크리스마스 모습을 엿볼 수 있게 해주었다. 그곳은 여전했고 나는 여전히 그 주변에 있었다. 어쩌면 나는 앞으로의 크리스마스 코스를 바꿀 기회를 얻게 될지도 모른다.

엘시는 크리스에게 물을 탄 제임슨 위스키를 한 잔 주었고 나에게는 탄산수를 한 잔 주었다. 그녀는 내가 기억하던 것보다 더 작았고 머리가 희끗희끗했다. '모든 것이 우리가 기억하는 것보다 더 작다'는 어린 시절 현상에만 적용되는 것이 아니다. 집이나 학교, 그리고 나무에도 적용된다. 당연히 엘시가 진짜 수축한 것이 아니라면 말이다. "1950년부터 운

영하고 있어요." 그녀가 나에게 말했다. "당신 기억나요." 그
녀는 덧붙였다. 나는 사실이든 아니든 상관이 없었다. 그녀가
그렇게 말해 주는 것만으로도 기분이 좋았다. 그녀는 그 시절
에 나와 함께 오곤 했던 남자들이 여전히 온다고 했다. 정확
히 말해 그 남자들은 이 세상에서 가장 좋은 남자 부류는 아
니었다. 그녀는 그들을 매우 아끼는 것처럼 보였다. 그녀는
그들을 "내 애들"이라고 불렀고 그들이 무슨 일을 하고 다니
는지 내게 말해 주었다. 나는 그 남자들이 여전히 이 주변에
있다는 것과 한잔하기 위해 여전히 엘시의 주점에 들르는 것
이 매우 좋았다. 사실 그들은 내가 특별히 좋아한 남자애들은
아니었다.

셋이 그때의 남자들에 대한 이야기를 한창 나누고 있을 때
그녀가 젊은 동유럽 남자들의 입장을 허락했다. 그들은 입장
을 허락한 것을 영광으로 생각하는지 그녀에게 공손하게 감
사의 뜻을 표했다. 그리고 우리 오른쪽 스툴에 자리를 잡았
다. 얼마 후에 그녀는 내 나이 또래의 잘생긴 남자를 들어오
게 했다. 그는 20대의 매우 멋진 젊은 아가씨와 동반하고 있
었다. 그들이 내 왼쪽으로 자리를 잡았다. "이번 주에만 세 번
째 오는 거예요." 그가 큰 소리로 말했다. 나는 그가 바로 마
음에 들었다. 나는 그와 이야기를 시작했다. 하지만 그가 불
편해 보였다. 그래서 나는 다시 크리스를 보며 이야기를 했
다. 그는 다시 큰 소리로 말했다. "이곳을 들락거린 지 정말

오래 됩니다." 엘시는 그에 대한 응답으로 고객 수첩을 꺼냈다. 1986년에 누군가가 이것을 내게 줬어요." 그녀는 그렇게 말하고 그것을 그 커플에게 한번 보라고 넘겨주었다. 그 속에는 날짜, 이름, 그리고 주소가 있었고 코멘트를 달 수 있는 공간이 있었는데 그것이 인상적이었다. 젊은 여자가 페이지를 넘기기 시작했다. 나는 몸을 숙여 넘겨다보았다. 그리고 그녀가 그것을 다 보고 내게 넘겨주기를 기다렸다. **서둘러요, 젊은 아가씨.** 마침내 그녀가 넘겨주었다.

나는 친숙한 이름을 찾아보았다. 나는 그 코멘트를 소리 내어 읽기 시작했다. 그 속에는 나와 함께 이곳에 오곤 했던 엘시의 애들 중 하나가 적어놓은 것이 있었다. 그녀는 그가 무슨 말을 적었는지 물었다. "이 코멘트 읽어보지 않았나요?" 내가 그녀에게 물었다. 그녀는 그렇다고 했다. "언제나 너를 사랑할 거야… 너의 키다리."(그는 거구였던 것으로 기억한다.) 나는 그의 남동생 이름도 찾았다. 그는 이렇게 적어 놓았다. "나는 언제 좋은 행동을 한 것으로 알려질까?" 감동적이군.

크리스가 떠날 채비를 했다. 나는 그곳에 좀 더 머물며 마지막 코멘트까지 읽어보고 싶었다. 나는 내 왼쪽에 있는 남자에게 다시 한 번 말을 건네 보고 싶었다. 하지만 이미 그곳에서 두어 시간을 보낸 뒤였다. 그리고 이것은 크리스가 아닌 나의 비자로 세계에서의 크리스마스 캐럴이었다. 크리스는 참을성이 강했다. 나는 코트를 입기 시작했다. 나중에 크리스가 한 말은 내 왼쪽 남자가 우리가 나갈 때 허탈한 표정을 지었고, 그가 계속 내 시선을 잡으려고 했는데 내가 엘시만 바라보고 있었다는 것이다.

처음 안으로 들어갔을 때 나는 즉시 메모를 하기 시작했다. "나에 대한 것은 적지 않았으면 좋겠어요." 엘시가 경고했다. 우리가 떠날 때 엘시는 말했다. "나에 대한 것을 적어도 돼요." 작은 영광의 순간이다. 나는 돌아올 수 있다. 그 남자를 향해 이렇게 말했더라면 좋았을 텐데. "나를 찾아요." 하지만 〈사랑의 블랙홀〉이 그렇듯이 내일도 오늘과 정확히 똑같은 날일 것이다. 어쩌면 그때는 그것을 말할 것이다.

그 다음 행선지는 코니아일랜드의 쇼어 호텔이었다. 그곳은 나의 크리스마스 미래의 혼령들이 건물 사이에 모여 있는 것 같다. 나는 여기서 내 황혼기를 보내는 꿈을 꾸고 있다. 언젠가 나는 한때 빛난 유원지의 다 쓰러져 가는 건물 중 하나를 사서 리모델링하여 나와 내 모든 친구들을 위한 은퇴의 집으로 만들 것이다. 우리는 주로 버려진 판지를 깔아 만든 길, 해변, 그리고 명소를 따라 걸을 것이고 다른 사람들이 살고 싶어 하지 않는 곳에 살 것이다. 그래서 너무 비싼 곳이어서는 안 된다.

쇼어 호텔은 서프 애비뉴(Surf Avenue)의 유원지의 놀이기구들 바로 앞에 자리 잡고 있다. 유원지의 놀이 기구들은 겨울을 나기 위해 체인에 묶여 정적 속에 빠져 있었다. 호텔 입구는 프레드 헨더슨(Fred Henderson)의 이름을 딴 핸더슨의 산책로(Henderson's Walk)라고 불리는 골목길에 위치해 있었다. 프레드 헨더슨은 한때 이곳에서 레스토랑과 음악 홀을 소유했던 사람이었다. 그곳 맞은편에는 1929년에 문을 연 서프 호텔이 있었다. 시간제로 요금을 지불하게 하는 쇼어 호텔은 1984년 이후로 운영을 하고 있었다.

나는 땅거미가 질 무렵 그곳에 도착했고 조금 겁이 났다. 호텔 문까지 10미터 정도의 골목길을 걸어야 할지 확신이 들지 않았다. 주변에 인기척이라곤 없었다. 이상한 고음 같은 것이 들렸는데 전선에서 나는 것 같기도 했고 바람이 텅 빈 공간을 스쳐가며 내는 소리 같기도 했다. 하지만 날씨가 너무 추웠다. 게다가 먼 길을 온 상태였다. 나는 그냥 가보았다. 숙박 요금표가 밖에 붙어 있었다. 잠시 머물렀다 가는 데 32달러였고 하룻밤 머무는 데는 52달러였다. 누군가가 나를 안으로 맞이했다. 나는 계단을 올라갔는데 약간 겁이 났다. "도와드릴까요?"라고 묻는 남자의 시선이 좀 이상했다. 그 사람의 시선이 왜 그런지 알고 싶었지만 자세히 살펴보는 것이 무례한 행동이라는 생각이 들어 하지 않았다. "잠시 머물렀다 가고 싶은 방을 원하는데요." 나는 밤을 보낼 수 없었다. 쇼어 호텔은 온기나 인간미의 흔적이 전혀 느껴지지 않았다. 죽은 자들이 머무는 곳인 연옥(가톨릭) 호텔이었다. 그것이 내가 제일 처음 받은 인상이었다. 불안 사이로 얼핏 느껴지는 것이 시선이 이상한 남자가 상냥한 면이 있고 수줍음을 조금 탄다는 것이었다.

그는 나를 방으로 안내했다. 사무실에서 조금 떨어진 곳에 있는 방이었다. 하지만 실내는 캄캄했다. 나는 다시 나와 그 남자를 다시 데리고 왔다. 그는 스위치를 켜는 법을 알려주었다. 침대 위에 이불은 없었고 그냥 시트 한 장, 베개 두 개, 차곡차곡 쌓인 타월이 있었다. 이불은 벽장에 있었다, 세면대 위의 거울은 스파이스걸스 스티커로 도배가 되어 있었다. 그리고 세면대에는 세수 비누 두 개가 있었다. 냉장고는 있었지만 가동되지 않고 있었고 열어보니 나쁜 냄새가 났다. 대개 바닥에 놓여 있어야 하는 라디에이터는 바닥에서 50센티미터 정도 떨어진 벽에 고정되어 있었다. 열기가 올라오는 소리가 마치 종소리 같았다.

내 방문 앞을 지나가는 발소리가 두어 번 들렸다. **이제 어떡하지?** 애초에 계획이 잘 짜여진 여행이 아니었다. 나는 창문 쪽으로 갔다. 판지로 막아놓은 서프 호텔이 보였다. 어쩌면 내가 구입하여 나와 내 친구들의 황혼기를 위해 개조해야 할 곳은 저 건물인지도 모른다. 그곳은 수십 년간 비어 있는 것 같았다. 하지만 이후에 알게 되었는데 저렇게 된 지 6년밖에 되지 않았다고 했다. 나는 방으로 시선을 돌렸다, 아주 작은 방이었다. 점차 처음의 공포는 사라지고 편안한 곳으로 생각이 바뀌었다. 이곳을 은퇴의 집으로 만드는 것도 가능했다. 건물을 싹 치우고 페인트칠 다시 하고 새 시트와 이불을 사고 TV와 음악을 듣는 장치를 설치하고 내 친구들에게 각각 방한 칸씩을 사용하게 할 수 있었다. 우리는 커피를 마시고 수다를 떨고 좋아하는 쇼를 함께 볼 수 있다. 어떤 곳이든 편안하게 만들기만 하면 되는 것이다.

하지만 나는 가만히 있을 수가 없었다. 나는 주위를 둘러보고 싶었다. 나는 복도로 나가 좀 물어볼 만한 사람을 찾아보았다. "무슨… 일이신가요?" 한 여자가 망설이듯이 물었다. 그녀는 세탁을 하러 가던 중이었다. 나는 다시 불안해졌다. "저한테 방을 안내해 준 분을 찾고 있어요." 그러자 그녀는 누군가를 불렀는데 몸집이 매우 큰 다른 남자가 나타났다. 하지만 그는 사람이 좋아 보였고, 나는 그에게 주변을 구경할 만한 곳이 없는지 물었다. 그의 이름은 디모스였다. 그는 그곳 주인이었고 아내와 십대인 두 딸과 함께 그곳에 살고 있었다. 그는 나를 안내하여 다른 층을 구경시켜 주었다. 심지어 가장 높은 지붕까지 갔다. 그곳에서 본 유원지의 전망이 제일 좋았다. 놀이 기구들이 하나같이 정지 상태로 있었다. 나는 뉴올리언스의 쾌락적 부패함을 언제나 좋아했다. 하지만 코니아일랜드는 더 지저분하고 조잡해 보였다. 여기 사람들은 퇴폐적이라기보다는 절박함에 가까워 보였다. 그래도 코니아일랜드는 그 나름의 아름다움이 있었다. 나는 내 친구들과 함께 이곳 지붕 위의 접이식 의자에 앉아 칵테일을 홀짝이는 장면을 그려보았다.

나는 유원지를 한 바퀴 둘러보고 싶었다. 하지만 디모스는 혼자 가면 안 된다고 하면서 동행을 자청했다. 날씨는 훨씬 더 추워져 있었다. 바람이 대서양 쪽으로 불고 있었다. 왜 모자를 가져오는 것을 잊었을까? 모든 것이 폐쇄되어 있었다. 나는 겨울에 하는 공연이 있을지도 모른다고 생각했다. 예를 들어 작은 실내 극장에서 코니아일랜드 서커스 쇼 같은 것은 가능했다. 하지만 아무것도 없었다. 우리는 다시 돌아왔다. 다시 들어오면서 보니 "바다 옆의 파라다이스"라는 글자가 쇼어 호텔 옆에 검게 스텐실되어 있었다. "직접 하신 건가요?" 내가 그에게 물었다. 그는 그렇다고 했다. 그는 쇼어 호텔을 파라다이스라고 부른다. 안에 들어서자 그는 자신의 아내와 아이들을 소개했다. 나는 생각했다. **여기는 안전함이 느껴져.**

하지만 나는 오래된 서프 호텔에 한번 들어가 보고 싶었다. 쇼어 호텔이 내가 바라는 대로잘 안되면 어쩌지? 나는 미래에 몸을 맡길 만한 다른 곳도 한번 자세히 봐둘 필요가 있었다. 나는 서프 호텔 소유주를 찾아 메시지를 남겼지만 어떤 연락도 없었다. 나는 주인이 없이도 안으로 들어가 볼 수 있는 방법이 없는지 알기 위해 며칠 후에 다시 왔다.

그날도 매우 추운 날이었다. 나는 서프 호텔 주변을 두 번 돌았다. 앞의 출입문 위의 빛바랜 간판을 둘러싸고 있는 붉고 푸른 전구 몇 개는 여전히 온전한 상태였다. 그럼에도 모든 것이 널빤지로 고정되어 있었다. 안으로 들어갈 수 있는 길이 없었다. 그 후에 거리를 따라 조금 더 내려가다가 나는 마침내 마음에 드는 또 다른 곳을 발견했다. 미래의 스테이시 혼과 친구들을 위한 은퇴 휴양지였다. 서프 애비뉴의 버려진 필드에 있는 길고 좁은 건물이었다. 문 위의 표지판은 여전히 알아볼 수 있었다. "플레이랜드." 나와 내 친구들을 위한 플라스틱 접이식 의자가 이미 옥외에 있었다. 내가 주변을 걸어 갔을 때 개 한 마리가 짖어대며 울타리의 부서진 부분을 찾으려고 안간힘을 쓰고 있었다. 잡초와 붉은 열매가 아스팔트 틈을 뚫고 올라와 있었다. 도처에 연결이 되지 않는 전선이 걸려 있었다. 그곳 전체가 암울한 느낌의 어둡고 로맨틱한 영혼들의 카니발이었다. 나는 우리 모두 이사를 갈 수 있는 크리스마스 미래를 기다릴 수가 없었다.

이제 남은 것은 크리스마스 현재의 유령이었다. 이것이 마지막이었다. 크리스마스이브 날에 나는 이전 이웃인 로테를 방문하기 위해 요양원으로 갔다. 그녀는 끔찍한 휴일을 보내고 있었다. 내가 그녀를 방문하기 시작한 것이 몇 달 되지 않았는데 그 사이에 완전히 늙어버린 모습이었다. 그녀는 여든

살에서 백 살로 변해 있었다. 어느 순간 그녀는 말했다. "날 좀 죽게 해주면 좋을 텐데 말이우." 나는 그녀가 하고 싶어 하는 말이 무엇이든 들어주는 것이 크리스마스 선물이라고 생각했다. "죽고 싶으세요?" 그녀는 지금 자신의 삶이 어떠한지를 이야기했다. 기대할 것이 거의 없는 삶이었다. 나는 거짓말하고 싶지 않았고 뭔가 겉치레적인 말로 그녀에게 기운을 차리게 하고 싶지 않았다. 게다가 나는 불안감의 엄습과 싸우고 있었다. 어느 지점에서인가 그녀는 말했다. "그들은 내가 원하는 것을 들어주지 않아요!" 순간적으로 나는 생각했다. **오, 내가 원하는 걸 좀 가져다줄 수 있겠구나.** "뭐죠? 원하시는 것이 뭐죠?" 내가 물었다. "자유." 그녀가 대답했다.

우리 맞은편에 한 남자가 앉아 있었는데 그의 두개골 절반 정도가 상실된 상태였다. 마치 그의 머리에서 아이스크림 한 숟가락을 떠낸 것 같았다. 어떻게 저런 두개골로 살 수 있는지 놀랍기 그지없었다. 그는 우리가 그곳에 있는 동안 거의 쉴 새 없이 공중으로 주먹다짐을 하고 있었다. 그는 으르렁대고 있었다. 하지만 그는 말을 하거나 소리를 지르려고 안간힘을 쓰고 있는 것일 수도 있었다. "상태가 너무 안 좋은 사람이오." 로테가 나에게 말했다. "나라도 그럴 거예요." 내가 말했다. 하지만 로테는 머리가 온전함에도 건강이 별로 좋지 않았다. 대여섯 명이 벽을 바라보며 앉아 있었고 한 사람만이 켜놓은 TV를 바라보고 있었다. 경계심이 있는 사람은 나와 로테를 지켜보고 있었다.

요양원에는 지린내가 났다. 나는 여전히 그 냄새를 맡을 수 있다. 대개 그런 냄새가 심하게 나는 경우는 잘 없었다. 하지만 크리스마스이브였다. 그곳 사람들이 크리스마스 휴가를 보내고 있는 중이기 때문일지도 모른다. 그 나머지는 비교적 심하지 않은 독감에 걸리거나 기진맥진해 있다. 이곳 사람들은 자제심을 잃는다. 누가 그들의 불평에 귀를 기울일까? 그들에게 남은 것은 내려놓는 것뿐이다.

그러고 나자 자메이카인의 말투를 가진 크고 굉장히 멋진 간호사가 들어왔고 머리가 반쯤 남은 남자를 껴안고 키스했다. 그녀는 그의 이름을 여러 번 불렀다. 나는 그의 얼굴을 거의 바라보지 못했다. 그녀는 그에게 키스해 주었다. 그는 고통의 신음 소리를 멈추었고 미소를 지어 보였다. 그는 행복해 보였다. 나는 그가 죽은 목숨이나 다름없고 남은 것이 분노밖에 없다고 생각했었다. 하지만 분명히 누군가는 그곳에서 생기를 불러일으키고 있었다. 그는 좋은 것(훌륭한 간호사가 껴안아 주고 키스해 주는 것)과 나쁜 것(벽을 바라보고 소리를 지르는 것) 사이의 차이를 구분할 수 있었다. 나의 크리스마스 현재의 유령들이 나의 크리스마스 미래의 유령들을 미리 암시하고 있었을까? 이 요양원이 나의 미래였을까? 코니아일랜드의 스테이시 혼과 친구들을 위한 은퇴의 집이 아니라?

나는 침묵의 크리스마스 미래의 유령이 스크루지에게 미

래의 그의 무덤을 보여 주는 장면의 주인공이 된 것 같았다. 스크루지는 순식간에 흙으로 변한 것 앞에 몸을 숙인다. "내가 이 비석에 더 가까이 가기 전에." 그는 간청한다. "한 가지 질문에 답을 해주세요. 반드시 이렇게 된다는 것을 보여 주는 건가요? 아니면 가능성의 그림자에 불과한 건가요? 나는 인간의 행동이 어떤 종말을 미리 암시한다는 것을 알아요. 하지만 행동이 달라진다면 당연히 종말이 바뀌어야 하는 것 아닌가요? 당신이 지금 보여 주는 것도 그렇다고 말해 줘요." 묘비를 두고 하는 말이다. 왜 디킨스는 우리를 그런 식으로 가지고 노는 것일까? 나쁜 사람만 죽나? 그렇지 않다. 정말 좋은 사람이라면 영원히 살 수 있을까? 아니다. 피할 수 있는 방법은 없다. 스크루지가 자신에게 남은 삶의 질을 바꿀 수 있을지언정 묘비에 대해 할 수 있는 것은 없다. 아무리 좋은 행동을 해도 죽음을 피하지는 못한다. 이 장면은 어린 시절 나를 불안하게 했고, 지금도 나를 불안하게 한다. 언젠가 '스테이시 혼과 친구들을 위한 은퇴의 집'으로 갈 가능성을 높이기 위해 여러 가지 계획을 세워놓을 수 있다. 하지만 나 역시 반쪽의 두개골로 요양원에 있을 가능성이 없다고 단언할 수 있을까?

내 인생 최고의 크리스마스가 진실로 내 미래에 존재할 것인지 정말 궁금하다. 지금은? 올해는 크리스마스이브에 집에 있는 대신 친구들과 밖으로 나갔다. 하지만 단지 조금 다른 느낌이 들 뿐이다. 〈사랑의 블랙홀〉의 빌 머레이는 많은 시도를 하고 많은 시간이 걸려 자신이 원하는 결과를 얻고 희망적으로 느끼게 되었다고 나는 자신에게 말했다. **나는 이 문제를 풀 것이다.** 나는 유령을 위해 깨끗한 물 한잔을 떠놓았다. 그리고 램프를 끄고 크리스마스 등을 켰다. 그러고 나서 배불리 먹고 주사 잘 맞고 보살핌을 받은 비츠와 빔과 함께 TV에서 하는 '미스터 마구의 크리스마스 캐럴(Mr. Magoo's Christmas Carol)'을 보았다. "메리 크리스마스, 비츠, 메리 크리스마스, 빔."

고양이

비츠 죽다

전혀 예상치 못하게 크리스마스 6일 후에 비츠가 죽었다. 비츠가 죽기 전에 "곧 돌아올게."라고 말해야 하는 것을 기억했더라면 좋았을 것을. 그것은 또 다른 우리의 의식(ritual)으로『내추럴 캣(The natural cat)』이라는 책을 통해 알게 된 것이다. 나는 집을 나설 때마다 비츠와 빔을 바라보며 "곧 돌아올게."라고 말하곤 했다. 그리고는 모두 좋아하는 눈 깜빡이기를 하고 나중에 돌아오면 해야 할 일의 목록을 작성하곤 했다. 먹이주기, 허그, 키스, 소파 위에 누워 TV 보기, 새, 비행기 보기. 비머는 '곧 돌아올게' 의식에 별로 관심을 보이지 않았다. 하지만 비츠는 좋은 시간이 오기를 꿈꾸는 것처럼 고개를 들고 눈을 반쯤 감았다. '곧 돌아올게'는 비츠를 위한 것이었다. "멀리 갈지도 몰라." 나는 말한다. "하지만 언제나 돌아올 거야." 하지만 비츠의 마지막 순간에는 "사랑해."와 "고마워."를 계속 말했다. 그것도 나쁘지 않았지만 나는 "곧 돌아올게."가 더 마음에 든다. 비츠가 그 말에 훨씬 더 위안을 받았을 것이라고 생각한다.

크리스마스 다음날 월요일에 나는 비츠를 데리고 캣 프랙티스로 갔다. 우리가 독감으로 여긴 것이 암이 퍼져 있는 것으로 판명되었다. 닥터 설리번은 나에게 X-레이, 초음파 검사한 것을 보여 주었고 비츠가 앞으로 살날이 며칠부터 한두 달까지라고 했다.

나: 어떻게 이럴 수가 있죠? 며칠 전만 해도 매우 좋았어요.

수의사: 고양이들은 원래 잘 숨겨요.

나: 하지만 괜찮아 보이는데요. 여느 때보다 나아 보이는데요.

나는 말하고 싶었다. "아뇨, 아뇨, 아뇨, 아뇨, 아뇨." 그리고 "젠장, 빌어먹을." 닥터 설리번에게 하는 말은 아니다. 가끔씩 하느님을 믿는다면 하는 생각이 든다. 사후의 생 같은 거창한 것 때문이 아니라 공식적으로 책임을 지울 누군가가 있으면 내 마음이 조금이라도 편해질 것 같아서다. "아뇨, 아뇨, 아뇨, 아뇨. 아뇨." 나는 인터넷을 뒤졌고 책을 읽었고 통화를 했고, 더 많은 검사를 했다. 내가 희망의 근거가 충분하다는 것을 발견했다. 나는 고양이 종양학자와 약속을 잡았다. 그리고 아픈 비츠와 기적을 위해 실내를 바꾸었다. 라디에이터 옆에 담요를 넣은 상자를 놓아두었다. 여분의 특별식과 개박하(고양이가 좋아하는 식물)를 구입했다.

나는 비츠의 약을 놓기 위해 선반 위의 공간을 깨끗이 치웠다. 그리고 "만약의 경우에"라는 표제로 (만약 내게 어떤 일이 생기거나 사고를 당하는 경우 다른 사람이 모든 것을 알지도 못하고 고양이를 데려간다면 어찌될 것인가 생각해 적어놓은 것이다.) 두 고양이를 위한 지시 사항을 적어 붙여놓은 쪽지 바로 옆에 비츠의 경우를 한정하여 필요한 지시를 담은 작은 쪽지를 붙였다. 그리고 빔이 피하주사 맞는 곳 바로 옆에 비츠가 주사 맞는 자리를 만들었고 내가 의학적으로 빔에게 기울이는 관심만큼이나 비츠에게도 관심을 쏟아 주기를 기대했다.

나는 비츠가 건강을 되찾도록 돌볼 것이다. 우리는 훨씬 더 부자연스럽게 가까워질 것이다.

하지만 나는 현실을 무시할 수 없었다. 나는 암이 얼마나 진행되었는지 파악했다. 당뇨병도 있었고 나이도 있었다. 만약의 경우를 대비해 여러 곳에 전화를 걸어 최악의 경우 집으로 와서 안락사 시킬 수의사를 구했다. (내가 다니는 병원의 수의사는 이 일을 위한 보험에 들어 있지 않았다.) 한두 달 정도 함께 있는 것이 최악의 시나리오로 보였다. 비츠를 집으로 데려왔을 때도 별로 나빠 보이지 않아 나는 친구인 재키에게 전화를 걸어 우리 집으로 와서 비츠가 완전히 앓아눕기 전에 우리 셋의 비디오를 좀 찍어 줄 수 있는지 물었다.

그런데 비츠는 다음날 안락사 되었다. 1999년의 마지막 날이었다. 2000년 1월 1일의 아침에 조가 말했다. "비츠는 Y2K 문제는 없겠군."(1999년의 마지막 날이라 2000년으로 기록하는 경우에 컴퓨터 인식 오류가 생기는데 이런 문제가 없다는 말)

당연히 내가 상상하던 모습과는 매우 거리가 멀었다. 아이스크림도 없었고 생선도 없었다. 비츠는 어떤 것도 먹지 않았다. 탁구공에도 반응하지 않았다.

나는 회복시킬 준비를 하고 새해 전날 잠에서 깼지만 비츠가 라디에이터 옆에 있는 자신의 보금자리에서 힘겨운 호흡을 하는 것을 발견했다. 희망의 근거가 없었다. 나는 이런 경우에 집으로 올 수 있다고 말해 준 수의사에게 전화를 걸어 이것을 말했다. 비츠는 내가 매일 앉는 의자로 점프해 올라가서는 다른 지점으로 다시 이동하지 않았다. 우리는 하루 종일 앉아서 그녀가 오기를 기다렸다. 한 시간이 지나고 또 한 시간이 지나고…. 비츠는 점점 더 나빠지고 있었다. 그 속도가 너무 빨랐다. 나는 비츠에게 책을 읽어 주었다. 무엇을 읽는지는 중요하지 않았다. 그래서 가장 가까이 있는 셜리 잭슨의 『우리는 언제나 성에서 살았다』를 꺼내 펼쳤다. 나는 비츠에게 노래를 불러주었다. 나는 비츠에게 말을 했다. 그러고 나서 비츠를 혼자 있게 해주었다. 어쩌면 비츠가 가장 원하는 것이 그것일지도 모른다고 생각했기 때문이다. 비츠는 더 이상 내 말에 귀를 기울이는 것 같지 않았다. 불쌍한 것! 나는 비츠에게 손을 댈 수도 없었다. 전날 밤에 비츠는 소파 위로 점프하여 언제나 그랬듯이 내 배 위에 앉아 몸을 웅크리고 있었다. 단지 오래 있지 않았을 뿐이다. 그렇게 약 20분 정도 있다가 비츠는 라디에이터 옆의 자기 보금자리로 돌아갔다. 나는 그것이 작별 인사였다고 생각한다.

비츠의 지속적이고 규칙적인 가쁜 호흡이 계속되었다. 나는 '내 고양이가 영원히 살았으면 좋겠어.'에서 '제발 저 불쌍한 것을 한시바삐 데려가소서!'로 바꾸었다. 정오경에 나가서 약을 사다가 먹였다. 비츠가 좀 더 편안해지도록 말이다. 약이 도움이 되는 것으로 보였지만 더 이상 미동도 없었다. 나는 TV를 매우, 매우 조용히 보았다. 어느 순간 "푸른 수평선 너머"라는 노래가 TV에서 흘러나왔다. 세상에 이보다 더 더 끔찍한 일이 있을 것 같지 않았다.

비머는 내내 침실에 있었다.

수의사가 도착했다. 그녀는 즉시 비츠를 진정시키는 첫 번째 주사를 놓았다. "아직 힘이 있어 보여요." 그녀가 비츠를 보면서 말했다. 뭐라구요? "너무 이른 것 아닐까요?" 나는 참을 수 없는 회의감의 공포를 느끼며 말했다. 의구심이 사라지지 않았다. 나는 비츠가 자신에게 주어진 시간을 온전히 누리고 가기를 원했다. 내일 했었어야 하는 것이 아닐까? 아니면 다음주에? "아뇨, 그렇지 않아요." 수의사는 나를 안심시켰다. "절대 좋아질 수는 없고 더 악화될 일만 남았어요." 우리는 내 책상을 치웠다. 그녀가 평평한 곳의 불빛 아래에서 비츠에게 처치를 할 수 있도록 말이다. 그곳이 비츠가 죽은 곳이다. 그녀는 비츠의 다리에 주사를 꽂았다. 비츠는 눈물을 흘렸다. 오, 하느님. 나는 생각했다. **당신이 비츠를 두렵게 만들고 있어요. 비츠를 아프게 하고 있어요.** "아직 진정 상태가 충분히 된 것 같지 않은데요." 내가 그녀에게 말했고 그녀는 주사액을 조금 더 올렸다. "자, 얼마나 많이 들어갔는지 한번 봐요." 그녀는 내 기분을 회복시키려고 애쓰면서 말했다. 우리는 너무 끔찍한 상황에서 함께 몸을 맞대고 있었다. 나는 "사랑해." 그리고 "고마워."를 계속 말했지만 비츠는 꼼짝도 하지 않았다. 비츠에게 내 말이 들리는 것 같지 않았다. 나는 비츠를 쓰다듬고 어루만졌다. 나는 비츠에게 가르렁거리는 소리를 내도록 할 수 없었다. 어제 병원에서 집으로 데리고 왔을 때만 해도 우리는 둘 다 행복했었다. 전날 그는 가르렁거리는 소리를 내고 또 내었다.

푸른 수평선 너머에는 아름다운 날이 기다리고 있다.

수의사는 어렵지 않게 정맥을 찾았다. 나는 생각했다. 이제 **어느 누구도 나의 귀여운 녹색 지정 고양이에게 커다란 은빛 장갑을 끼고 주사 놓는 일은 없겠구나.** 그리고 수의사는 비츠를 죽음으로 가게 만드는 것이 무엇인지 몰라도 그 주사를 놓았다. 나는 가만히 지켜보았다. 작은 핑크색 구름이 원자폭탄처럼 정맥주사에 분출하고 있었다. 그리고 나는 이제 몇 초밖에 남지 않았다는 것을 알았다. **14년이 끝나가고 있었다.** 이것이 그것이다. 도저히 생각지도 못한 일이 지금 일어나고 있다. 나는 비츠의 작은 몸에 키스했고 어루만졌고 그놈의 면도된, 노출된, 회색빛의 축 늘어진, 상처받기 쉬운 배를 보았다. 나는 그를 보호하려고 필사적이었다. 어떻게든 비츠로 하여금 이제 죽어도 괜찮다는 생각이 들게 할지도 모르는, 나의 모든 사랑과 고마움을 짧게 축약하여 마지막 순간까지 전달하려고 애썼다. **굿바이, 굿 바이, 굿 바이, 영원히 사랑해. 고마워, 비츠.** 비츠는 큰 숨을 쉬었다. 나는 그의 얼굴을 보고 있지 않았다. 비츠의 가슴을 지켜보고 있었다. 나는 키스를 한 번 더 하지 못했다. 이제 끝났다는 것을 알았기 때문이다. 그만큼 빨랐다. 이제 없었다. 아무것도. 내 삶의 빛이 꺼졌다. 수의사가 비츠의 눈을 만졌다. 그녀는 계속 비츠의 눈을 감기려고 했다. 그런데 눈이 감기지 않았다. 그녀는 계속 시도를 했다. 그녀는 나를 위해 계속 그렇게 했다. "그냥 두세요." 내가 말했다. 나는 다시 비츠에게 키스하기 시작했다. 나는 반쯤 서 있다가 다시 자리에 앉았다. 나는 그의 죽은 눈을 들여다보았다. 그리고 말했다. "돌아오지 않을래?" 하지만 비츠는 나의 간청에도 돌아오지 않았다. **너무 미안해, 비츠.** 나는 비츠가 몇 시에 죽었는지 모른다. 보지 않았다. 아마 4시 40분과 5시 사이였을 것이다. 내 앞에는 새해 하루 전날의 남은 시간이 있었다. 곧 새천년의 해가 밝아올 것이고 그것을 알리는 새로운 종소리를 지켜볼 시간이 올 것이었다. 그런데 내가 사랑하는 비츠가 사라지고 없었다.

얼마 지나지 않아 화장터에서 남자 하나가 왔다. 그는 수의사와 복도에서 오랜 친구들이 나누는 친숙한 미소를 주고받았다. 나는 그가 비츠를 옮기는 것을 원치 않았다. 그래서내가 직접 비츠를 안아들었다. 실수였다. 나는 이전에 죽은것을 안아 본 적이 없었다. 비츠가 액체와 돌의 무게가 나가는 따뜻한 큰 사이즈의 비니 베이비(인형) 같았다. 책상 위에그의 다리가 놓였던 곳에 뭔가가 묻어 있었다. 아마도 수의사가 정맥주사를 놓기 전에 그놈의 피부를 알코올로 문지를 때나온 것일지도 모른다. 화장터에서 온 남자가 말했다. "고양이가 좋아하는 것으로 덮어 주세요." 나는 비츠가 좋아하던것을 찾아 두리번거리다가 담요를 발견했다. 하지만 나는 그것 대신 비츠가 그 위에 누워서 자는 것을 좋아했던 스웨터를 주었다. 나는 나 자신이 싫었다. 내가 스웨터를 내준 이유는 온전한 담요 하나를 완전히 버리고 싶지 않아서였다. 그런데 지금은 그 담요라도 여전히 가지고 있어서 기쁘다. 비츠가좋아하던 것이기 때문이다. 하지만 그것은 내가 비츠를 위해담요를 포기하지 않았다는 것을 상기시켜 주는 것이기도 하다. 싫다. 싫다. 싫다. 나 자신이 싫다.

화장터 남자가 떠나자 빔이 처음으로 밖으로 나왔고, 비츠가 옮겨질 가방이 놓였던 마루 위의 지점에 코를 쿵쿵거렸다.

나는 실제로 그렇게 하면 비츠를 찾을 수 있기라도 하는 것처럼 비츠를 찾아 사방을 두리번거렸다. 마치 비츠가 숄더 백에 넣어져 옮겨진 일이 없는 것처럼 말이다. 가고 없다는 것이, 비츠가 이제 완전히 가고 없다는 것이 처음에는 받아들 여지지 않았고 이해가 되지 않았다. 영원한 부재가 눈에 보이 지 않았다. 타월과 담요, 베개 위의 자국, 고양이털이 보였다. 내 위에 뭔가 맴돌고 있는데 그것이 나를 납작하게 만들 것 이다. 나는 계속 뱅글뱅글 돌았다. 나를 보호하기 위한 뭔가 가 여기에 있는 것이 틀림없다. 어디에? 무엇이? 나는 그것을 느끼고 싶지 않았다. 타월, 담요, 베개, 또 무엇이? **그곳**에. 싱 크대 앞, 그리고 비츠가 이제 먹는 일이 없을 고양이 먹이 깡 통 옆에 볼모양의 회색의 고양이 먹이 그릇이 있었다. 두 번 다시 비츠에게 먹이를 주는 일이 없다는 것을 부인할 수 없 는 증거였다. 내가 부엌 방향으로 아무리 많은 눈길을 보내도 비츠는 달려오지 않았다. 먹이! 먹이! 먹이! 이제 더 이상 비 츠에게 먹이를 줄 필요가 없었다. 나는 견디다 못해 문을 박 차고 달려 나갔고, 걷는 것이 힘들다는 생각이 들 때까지 걷 고 또 걸었다. 갈 곳도 없었고 집으로 가면 비츠도 없다. 그래 서 나는 에코 사무실로 갔다. 나는 내 애정이 들어간 곳에서 시간을 보내는 것이 도움이 될 것이라고 생각했다. 가구와 모 뎀을 옮기기 전에 비어 있을 때에도 나는 그곳에 가곤 했다. 그곳은 내 영혼의 안식처였고 모든 것이 괜찮아질 것이고, 미 래는 여전히 전도유망하다고 생각하게 만들었다. 하지만 비츠는 그곳에도 없었다.

내 생각은 계속 지난 시간에 머물렀다, 이제 **모든 것이 갖추어졌는데**. 내 아파트는 최근에 페인트칠을 했다. 모든 것이 수리되고 내가 원하는 대로 깔끔한 단장이 되었다. 나는 새로운 사진을 벽에 걸어놓았다. 주로 비츠와 빔의 사진이었다. 창문 청소도 되었고 새로운 모스 그린 커튼이 쳐져 있었다. 바닥도 깨끗했다. 나의 모든 책과 신문, 테이프와 CD가 깔끔하게 정리정돈이 되어 있었다. 크리스마스이브에 나는 소파에 앉아서 생각했다. 내 삶은 완벽하지는 않아. 하지만 기본적으로 나쁠 것도 없어. 아파트도 괜찮고 깨끗하고 페인트칠도 새로 되었고 TV도 있고 베이커리에서 특별 주문한, 내가 좋아하는 호박 파이도 있고 그리고 무엇보다도 비츠와 빔이 있어. 그런데 크리스마스 날 밤에 비츠가 먹이를 다 먹지 않아 나는 수의사에게 전화를 했다. "어쩌면 호흡기 질환 때문에 그럴 거예요." 그가 말했었다. "월요일에 데려오세요. 그렇게 심각한 문제는 아닐 거예요." **모든 것이 괜찮을 거야.** 그래서 나는 주문한 파이를 먹었고 모든 것이 큰 문제가 아니란 것을 알고 행복감을 느꼈다. 그런데 일주일이 채 되기도 전에 이 사달이 났다.

다음 며칠 동안 내가 누구와 이야기할 심정이 아니라는 것을 안 크리스가 계속 전화를 했다. 마우로는 시를 보냈다. 캣 프랙티스에서는 조문 카드를 보냈다. 아이들을 위한 웹사이트를 운영하는 내 친구 마리안은 동물 이야기를 비츠에게 헌사했다. 베이 쇼어 장례식장의 앤서니 스카티는 전화로 이렇게 말했다. "진작 말하지 그랬어요. 내가 마지막을 돌봐줄 수도 있었는데요." "동물도 마지막을 돌봐주나요?" 내가 물었다. "아뇨. 하지만 예외라는 것이 있잖아요. 비츠에게는 예외였을 거예요." 시크릿 스페이스에서 미칼은 이렇게 적었다. "너의 유령은 비츠가 죽어 끔찍한 기분을 느꼈을 거야." 내가 물었다. "내 유령이 고양이를 좋아하지 않는다고 하지 않았어?" "그 유령이 고양이에 대해 마음이 바뀌었어." 미칼이 설명했다. 짐이 말했다. "이제는 유령이 비츠를 보살피겠네."

2주 후에 비츠는 핑크색 실크 장미가 위에 붙어 있는 하얀 종이 상자 속에 넣어져 돌아왔다. 라벨에는 이렇게 적혀 있다. "사랑하는 비츠" **고양이. 박스, 고양이. 박스.** 그것은 내가 머리에서 꺼낼 수 없는 노래 같았다. 실제로 그의 재를 담고 있는 용기는 철 비슷한 것으로 만들어져 있었고 표면의 커버에는 핑크색 꽃과 초록색 잎의 그림이 들어 있었다. 그 안에는 비츠가 뉴욕 주의 규칙과 법규에 따라 1999년 1월 4일에 (연도가 잘못 표기되어 있었다.) 화장되었다는 것을 말해 주는 증명서가 있다. 고양이. 박스. 고양이. 박스. 내게는 박스가 남았다. 고양이 대신에 말이다. 그것의 재는 베이지 색이다. 아마 그것의 양은 한 컵의 1/3 혹은 1/4 정도 된다. 나는 그것을 언제나 비츠의 먹이를 감추어둔 곳의 옆에 있는 선반 위에 두고 있다. 그것을 비츠가 언제나 올라가고 싶어 했던 선반 위에 둔다는 생각이 마음에 들었다.

　나는 내 친구 크리스에게 말했다. "내 고양이가 돌아왔으면 좋겠어.

　"사람들은 누구나 돌아오기를 바라는 것이 있어." 그녀가 대답했다.

음악

"푸른 지평선 너머로(Beyond The Blue Horizon)"라는 노래
는 레오 로빈(Leo Robin)이 작사하고 리처드 A. 휘팅(Richard
A. Whiting)·W. 프랑케 할링(W. Franke Harling)이 작곡한 곡
이다.

불어라, 휘파람을 멀리 불어라
지난 과거를 날려 버려
어느 곳이나 엔진을 달고 가거라
아무리 빨라도 염려 안 해
어둠 속으로 동이 틀 때까지 계속 달려라
비속을 지나 무지개 속으로
나를 태워 날아라
사라졌나니, 나의 모든 슬픔과 애통이 사라졌나니
내가 자유롭다면 어디를 가건 무슨 문제인가?

저 푸른 지평선 너머로

아름다운 날이 기다리고 있네
나를 지겹게 했던 것들이여 이젠 안녕
즐거움이 나를 기다리고 있네
나는 새로운 지평선을 보고 있네
내 인생이 이제 시작된다네
저 푸른 지평선 너머로 떠오르는 태양이 있다네.

죽음

비츠의 죽음이 남긴 작은 파문

나는 슬픔이 엄밀히 말하면 감정이 아니라, 실제적이고 물리적인 고통도 수반한다는 것을 잊었다. 낮은 수준의 고통이다. 감기보다는 나쁘지만 폐렴만큼 나쁘지는 않다. 비록 내가 2주간 특별한 이유 없이도 소파에서 꼼짝 않고 있을 수 있다고 해도―그것은 내가 좋아하는 일 중 하나이기도 하다.―비츠가 죽고 난 후 2주를 그곳에서 그냥 비머와 누워서 보냈다. 내 마음이 아픈 것 때문만이 아니었다. 다른 모든 것들이 그랬기 때문이었다. 나는 아무것도 할 수 없었다. 에코는 친구들에게 관리를 부탁해 놓았다. 먹을 것과 필요한 것이 있을 때만 소파를 잠시 벗어났을 뿐이다.

그것은 내게 생각할 충분한 시간을 주었다. 비츠가 죽기 전에 나는 내 삶의 전반기 끝자락에 있었고 뭔가 조금 나아졌다고 믿게 되었다. 내가 발견한 행복이 진정한 것이고 내적인 것이라는 믿음이었다. 하지만 이제 나는 그 모든 것이 고양이 두 마리에 의존해 있었다는 것을 알게 되었다. 하나는 죽었다. 다른 하나도 곧 뒤따를 것이다. 나는 다시 행복해질 수 없다는 생각이 들었다. 나는 에코의 시크릿 스페이스로 들어가 친구들에게 생각을 물어보았다.

　나: 내가 이상해?
　조: 그래.
　마리안: 아니.
　하워드: 아니.
　미칼: 아니.
　조를 제외한 모두: 아니.

　나는 비츠에게 여러 가지로 잘못했다는 생각에서 벗어날 수 없었다. (A) 너무 일찍 안락사 시킨 것이 아닐까? 만약 비츠가 다시 회복되었다면 어찌되었을까? 비츠를 병원으로 데려가 마지막으로 회복을 위한 용감한 시도를 해보았어야 했다. 그들이 뭔가를 잘못 짚었고 비츠가 정말 암이 아니라 극복할 수 있는 병의 한 가지 나쁜 경우였다면 어찌되었을까? 마지막 검사 결과가 아직 나오지 않은 상태였다. 만약 이 모든 것이 하나의 큰 실수라면 어찌될까? (B) 나는 비츠를 비머만큼 잘 치료하지 않았다. 작년 한 해를 빼면 비츠는 언제나 비머 뒷전이었다. 그리고 비츠는 정말 좋은 녀석이었다. 나는 비츠에게 솔직하지 못했다. 그만큼 나는 비츠를 사랑하지 않았다. 비츠는 완벽했었다. 내가 형편없었다. (C) 그렇게 멍청

310

한 다이어트를 시키지 말았어야 했다. 한 해 동안 나는 엄격한 다이어트를 시켰다. 내가 책이나 잡지에서 읽은 정보가 하나같이 과체중 고양이가 일찍 죽으며, 그것도 끔찍하게 죽는다는 것을 알려주었기 때문이었다. 그 후에 점점 과해지는 비츠의 식탐을 지켜보는 것이 정말 힘들었다. 하지만 관리를 해주어야 비츠를 더 오래 데리고 있을 수 있다는 생각에 힘이 실렸다. 하나같이 쓸모없는 짓이었다. 어떤 것이든 비츠가 원하는 만큼 먹게 했었어야 했다.

그 이후에 모든 것이 "처음으로"가 되었다. 처음으로 나는 비츠 없이 빔에게만 주사를 놓았다. 나는 울고 또 울었고 비머는 몸부림쳤다. 그의 머리를 핥아주며 진정시켜 주는 비츠가 없었기 때문이었다. 처음으로 고양이 하나만을 위해 뭔가를 사야 했다. 처음으로 하나만 먹이고 하나만 씻겼다. 비츠의 마지막 인슐린 병이 여전히 있고 그놈이 더 이상 먹지 않은 먹이가 여전히 있다.

나는 쓰레기장으로 가서 비츠가 마지막 날에 먹다 남긴 먹이가 남아 있는 빈 통조림통을 가져왔다. 마치 비츠의 본질적인 어떤 것을 구조한 느낌이었다. 캣 푸드 캔에 사랑이 느껴졌다. 아직은 비츠를 완전히 잃은 것 같지 않았다. 이유는? 비츠의 마지막 캔이 남아 있으니까. 나는 이 행동에 DSM(Diagnostic and Statistical Manual of Mental Disorders: 정신장애진단 및 통계편람) 라벨이 붙을 것이라고 확신한다. 어쩌면 그것을 '페티시'(집착)라는 말과도 연관을 시킬지도 모른다. 아직 제대로 이해하지 못하는 말이지만. 1,2주 후에 집을 청소하는 여자가 그것을 무심코 내다버렸을 때 비츠의 여전히 뛰는 심장과 마지막 남은 연결고리를 완전히 잃어버린 느낌이었다.

한동안 모든 미소와 모든 웃음이 배신처럼 느껴졌다. 나는 행복한 노래를 들을 수 없었다. TV에서 재미있는 것을 해도 즐겁게 볼 수가 없었다. 호박 파이도 넘어가지 않았다. 비츠가 매분, 매시간, 매일, 매주, 매달 매년 그가 받아야 할 만큼 충분한 애도를 받을 때까지 말이다.

나는 아무것도 하지 않고 소파에 우두커니 앉아 있는 동안 비츠와 비머에게 12시간마다 인슐린 주사를 놓는 일에 묶이지 않았다면 내가 할 것이라고 언제나 말해 왔던 모든 일에 대한 생각을 했다. 하지만 나는 내 인생이 이제 막 시작되는 것이 아니라 반쯤 끝났다는 사실을 다시 한 번 깨달았다. 수잔 로젠의 말처럼 말이다. "어느 날 아침에 문득 잠에서 깨어나 깨닫죠. **끝났어. 나는 아무데도 가지 못해. 내가 있을 곳은 여기야.** 그제야 우리는 철이 들죠."

내 삶도 그런 거였다. 나는 움직일 수가 없었다. 나는 패배했다. 나는 세상에서 가장 한심한 패배자가 된 느낌이었다. 내 행복이 고양이에 달려 있었기 때문이다. 내 친구들은 무던했다. 나는 별났다.

그러고 나자 애완동물 주인에 대한 연구가 눈에 들어오기 시작했다. 나는 「데일리 뉴스」를 읽었다. 미국 동물병원협회 (AAHA) 조사에 따르면 애완동물 주인의 53%가 아픈 동물을 돌보기 위해 일을 쉰다고 했다. 66%가 자신이 병원에 가는 것보다 애완동물을 동물병원에 데리고 가는 횟수가 더 많다고 했다. CNN의 보도는 미국에는 2억 3,500만 마리의 애완동물이 있으며 애완동물 주인의 53%가 퇴근하고 집에 돌아오면 배우자보다 애완동물과 먼저 인사를 나눈다고 했다. (AAHA에 따르면 72%였다.) 나는 계산기를 꺼내 두드렸다. 이런 세상에… 나 같은 루저의 수가 어마어마했다.

몇몇 친구들이 말했다. "고양이를 한 마리 더 입양해." 또 다른 친구들이 말했다. "그냥 다른 고양이는 입양하지 마." 캣 프랙티스의 고양이 행동 전문가인 시멜 박사는 이렇게 말했다. "한 마리 더 입양하세요. 그것이 당신에게도 좋고 비머에게도 좋아요." 처음에 나는 그것이 극단적인 배신이라고 생각했다. **이제 비츠는 죽었는데?** 그런 생각으로 기울어지자 나는 나 자신이 싫었다. 하지만 고통이 덜어지는 느낌이 들었다. 나는 둘 중 하나를 선택해야 한다는 결론을 내렸다. 하나는 내가 TV-묘지-드럼 연주-고양이를 매우 좋아한다는 것을 실토하고 인정하고 내면의 패배자를 받아들이는 것이다. 다른 하나는 그것이 사실이 아닌 척, 정말 고양이가 필요 없는 척하는 것이다. 그렇게 되면 나는 한심할 뿐만 아니라 비

참한 존재가 되었다. 나는 소파에서 일어나 새로운 고양이를
입양할 준비를 하기 시작했다.

여론 조사

Q

'앨리 맥빌 에피소드'(Ally McBeal Episode: 미국 드라마)에서 정신과 의사 역을 하는 트레이시 울먼은 앨리에게 테마송을 찾으라고 말한다. 그녀는 앨리에게 머릿속으로 들으면 힘이 나고 기분이 나아지는 노래를 찾으라고 말한다. 나는 마음의 회복이 필요했기 때문에 테마 송을 찾고 있다. "푸른 지평선 너머로"를 잠깐 생각했었다. 그것은 지옥의 노래에서 희망의 노래로 나아갔다. 영원한 것은 없고 모든 것이 변한다면 슬픔 또한 끝이 있을 수밖에 없다. 하지만 그것은 비츠의 죽음이 떠오르는 노래이다. 그래서 다른 것을 찾아야 했다.

나는 〈비발디의 글로리아(Vivaldi's Gloria)〉에 있는 "Domine fili unigenite" 합창곡을 생각 중이다. 멜로디가 완벽하고 거리를 걸어가면서 듣기에 딱 맞는 비트를 가지고 있다. 하지만 가사가 좀 문제다. "Domine fili unigenite"는 번역하면 "독생자이신 하느님의 아들"인데 그것이 좀 걸린다. 아무튼 놀라운 것은 곡을 제대로 고르기만 하면 진짜 효과가 있다는 것이다. 처음에는 효과가 없다. 더 이상 아름다운 날들이 없을 것이라는 극심한 고통 속에 있을 때는 효과가 없다. 하지만 결국 영원한 것은 없다는 부인과 희망에 찬 생각이 서서히 들기 시작하면 우리 마음을 끌어당기는 매력적인 곡조가 우리를 죽음에서 끌어낼 수 있다.

에코의 회원 140명을 대상으로 여론 조사를 했다.

삶에서 안 좋은 일이 일어날 때 당신의 마음을 좀 나아지게 하는 것은 무엇인가요? 아니 무엇이 적어도 당신의 기분을 회복시키는 데 일조하나요? 다른 모든 것이 엉망진창일 때, 그래도 무엇이 삶을 살 만한 것, 견딜 만한 것으로 만드나요?

세 사람만이 TV라고 답했는데 내 경우에는 TV가 1순위에 있다. 그리고 두 사람은 영화라고 답했다. 한 사람은 이렇게 답했다. "나 자신에 대한 연민을 느끼는 것." 젠장.

15%는 음악이라고 답했다.
13%는 음식이라고 답했다.
10%는 애완동물이라고 답했다.
10%는 친구라고 답했다.
9%는 아이들이라고 답했다.
9%는 배우자나 여자친구, 혹은 남자 친구라고 답했다.

고양이

나는 결국 처음에 눈여겨 본 새끼 고양이를 입양했다. 할 렘의 버려진 미용실에서 구조된 고양이 가족의 남은 두 마리 중 하나였다. 그곳의 주인 여자는 다섯 마리의 고양이와 여섯 마리의 새끼를 데리고 살았는데 구조자인 샐리 스푸너에 따르면 그렇게 많은 바퀴벌레는 난생 처음 보았다고 했다. 그 새끼 고양이 두 마리가 캣 프랙티스의 케이지 속에 함께 앉아 있었다.나는 둘 다 마음에 들었지만 약간 회색을 띤 것에 조금 더 끌렸다. 그놈은 나에게 눈을 깜박였다. 하지만 그놈은 내가 손을 대는 것을 허락하지 않았다. 나는 새끼 고양이를 몹시 안아보고 싶었다. **나는 더 많은 고양이를 봐야 한다. 빔을 위해 올바른 선택을 해야 한다.** 시멜 박사는 수컷을 택하라고 하면서 빔이 사랑받는 데 익숙해 있기 때문에 "절대로 우두머리 수컷은 안 돼요."라고 덧붙였다. 그래서 나는 어리면 어릴수록 더 좋다고 생각했다. 그렇게 하면 누가 보스인지 싸울 일도 없을 것이다. 하지만 케이지 속의 고양이는 그렇게 작지 않았다. 나는 그 고양이로서는 무슨 일인지도 모르는 상황에서 내가 희망을 불어넣었다 말았다 하는 것에 대해 죄책감을 느끼며 다른 것들도 보기로 결정했다.

화장한 비츠의 유골이 온 날 나는 친구인 마리안과 더 많은 고양이를 보려고 동물관리 및 통제센터로 갔다. 비츠와 빔이 그곳 출신이었고 그래서 운이 좋을지도 모른다고 생각했다. 그런데 정말 어리고 작은 수컷 고양이는 없었다. 다소 작아 보이는 고양이를 한 마리 골랐지만 어느 쪽도 딱 '이 녀석이야.' 하는 것과는 거리가 멀었다. 나는 원하는 것에 딱 맞는 고양이를 찾을 때까지 기다리자고 나 자신에게 말했다. 하지만 나는 기다릴 수가 없었다. 나는 다시 캣 프랙티스로 갔다. "정말 끝내주는 녀석이에요." 시멜 박사가 어린 회색 고양이에 대해 그렇게 말했다. 그래 그만하면 됐어! 나는 캐리어를 빌려 회색 어린 고양이를 집으로 데리고 왔다. 그리고 이틀간 새끼 고양이를 보지 않았다. 이틀간 울고 나면 어쩌면 그 고양이는 캣 프랙티스의 케이지가 더 행복할지도 모른다고 생각하기 시작했다.

젠장, 나는 여전히 슬퍼했다. 나는 이제 그만 했으면 했다. 나는 그 고양이를 임시로 버디라고 불렀다. 이름을 무엇으로 지어야 할지 선뜻 떠오르지 않은 이유도 있었다. 게다가 끔찍한 이유도 있었다. 이 **고양이 이름을 짓는 일을 너무 서둘러서는 안 돼.** 이름은 너무… 영원한 것이고 책임이 따르는 것이었다.

나는 먹이와 물을 놓아두었지만 새끼 고양이는 입에 대지 않았다. 이러다 또 한 마리 죽이겠어. 나는 얼른 다른 먹이로 바꾸었다. 비츠와 빔이 아파서 잘 먹지 못할 때 베이비 푸드나 텐더 비틀스를 주면 언제나 효과가 있었다. 새끼 고양이에게 베이비 푸드와 텐더 비틀스를 주었다. 그것은 입도 대지 않았다. 내가 그 고양이가 뭔가를 먹거나 마시는 것을 분명히 보지 못한 채 이틀이 지났다. 나는 캣 프랙티스에 전화를 했다. "그 선생님은 시간이 돼야 올 거예요." 나는 울지 않으려고 했다. 비츠와 빔은 나를 바로 좋아했었다. 그놈들은 오자마자 제일 먼저 내 팔 안에 몸을 웅크리고 누웠다. **이 새끼 고양이는 누구일까? 어디에서 왔고 왜 여기 있을까?** 그날 밤에 나는 그 새끼 고양이가 비츠가 좋아하던 나의 바로 옆자리에서 몸을 웅크리고 자는 꿈을 꾸었다. 나는 고통 속에서 깨어났다. 그리움으로 견딜 수 없었다. **저 아이는 비츠만큼 내게 살갑게 굴지 않을 거야. 그리고 우리는 절대 가까워지지 않을 거야.** 나는 해서는 안 될 생각까지 했다. **잘못 고른 거야. 내일 다시 데려다 주어야 해.** 하지만 나는 그렇게 하면 내가 나 자신에게 견디지 못한다는 것을 알았다. 나는 나를 좋아하지 않을 고양이를 데려왔다. 나는 그것을 떨쳐낼 수가 없었다. 나는 울었다. 내가 우니 새끼 고양이도 따라 울었다. 비머는 다른 방으로 몸을 숨겼다.

다음날 밤에는 '소프라노스(The Sopranos)' 새 시즌 첫 방송이 있었다. 내가 몹시 기다리던 것이었다. 그런데 그것이 막 시작되었을 때 새끼 고양이가 소파 밑에서 구슬프게 울기 시작했다. "왜 그러니? 애야? 원하는 게 뭐야? 겁이 나니?" 그놈은 울고 또 울었다. **그냥 냅두자. 나는 생각했다. 어떻게 생겼는지조차 이제 기억이 나지 않아. 그냥 TV나 보자.** 어떤 말을 하건 어떤 행동을 하건 아무 소용이 없어. "야옹, 야옹. 야옹." 그놈은 계속 울었다. 그 소리는 내 귀에 "누가 날 좀 도와줄래요?"로 들렸다. TV를 보는 것이 불가능했다. 오케이, 뭐? 뭘 해줄까? 나는 야옹 소리로 답했다. 나는 슬프고 겁에 질린 고양이 울음소리를 흉내 내려고 온갖 애를 썼다. 조금 높은 피치의 야옹 소리였다. 그리고 그것은 물음표처럼 끝이 올라간다. 이것은 그놈을 훨씬 더 울게 만들었다. 그러고 나자 그놈은 몸을 비틀고 긁는 한바탕 난동을 피우며 소파 아래에서 비집고 나왔다. 그놈은 일정한 거리를 두고 나를 바라보며 여전히 울었다.

그리고 내가 자신의 걱정거리에 대해 뭔가 해결해 줄 수 있다고 확신하기라도 하는 것처럼 한동안 나를 바라보고 있었다. 그러고 나서 이곳저곳을 다니며 탐사를 시작했다. 그리고 먹이를 먹어치우고 용변 박스를 사용했다. 그렇지 않아도 용변 박스를 사용하는 법을 훈련시켜야 하나 망설이고 있던 차였다.

이틀 후 버디는 이 세상에서 둘도 없는 다정다감한 고양이가 되었다. 기회만 있으면, 이를테면 내가 움직이지 않고 있

으면 내게 다가와 몸을 웅크리고 미니어처 기관총처럼 가르
랑거리는 소리를 냈다. 다만 주변을 뛰어다닐 때는 예외였다.
넘어뜨릴 수 있는 것은 어떤 것도 그냥 두지 않았다. 책, 스테
이플 리무버, 아이드로퍼. 내가 글을 쓰고 있을 때 그놈은 내
목에 머리를 대고 누워 있어야 한다. 내가 그놈을 잡고 그곳
에 두면 그것밖에 할 수 있는 것이 없다. 나는 한 손으로 타이
핑하는 법을 배워야 했다. 비머는 버디가 가까이 다가가면 위
협적인 쉬익거리는 소리를 낸다. 나는 모든 것이 괜찮아질 것
으로 생각한다. 버디는 비머를 밀어내지 않는다. 그리고 낮
에는 비머가 버디를 향해 쉬익거리는 소리를 내도 밤이 되
면 버디가 머리를 비머의 배에 기대고 자는 것을 허락할 것
이다. **도대체 너는 어디서 왔니?** 나는 캣 프랙티스에 전화를 걸
었다. 그들은 시티 크리터스(City Critters)라는 구조업체에서
데려왔다고 한다. 시티 크리터스에 전화를 하니 샐리 스푸너
(Sally Spooner)의 연락처를 주었다. 실제로 그 고양이와 다른
모든 고양이들을 구조한 사람이 바로 그녀였다. 나는 그녀에
게 전화를 했다. "123스트리트와 124스트리트 사이의 7번 애
비뉴로 가서 흑인 여성 사진이 걸려 있는 미용실을 찾아보세
요. 그곳이 그 고양이를 구조한 곳이에요." 그녀가 상세히 알
려주었다. 나는 그곳으로 갔고 그놈을 찾았다. 에니스 프랜시
스 하우시스라는 프로젝트를 가로질러 런드로매트와 버려진
또 다른 건물 사이에서 그곳을 발견했는데 간판 사진에 있는

여자는 라틴 계열 같기도 했다. 간판에는 이렇게 적혀 있었다. "미스 루스가 하는 123스트리트 바버샵." 창문이 시멘트로 완전히 접합되어 있었다. 갈색 문이 가게 앞부분을 완전히 막고 있었고 그 옆으로 고장난 전화가 놓인 공중전화 부스가 오른쪽에 있었다. 나는 가게 안을 들여다보았지만 유리창에 내 모습만 비칠 뿐이었다. 그곳을 지나가던 한 남자가 말했다. "이년아 꺼져." 그리고 다른 남자가 말했다. "이리 와보지." "모르는 여자잖아." 나는 할렘을 가지 않았지만 내가 본 것이 마음에 들었다. 나는 여기서 살고 싶다. (나에게 남기는 쪽지: 할렘. 스테이시 혼과 친구들을 위한 은퇴의 집으로 점찍어 놓을 만한 또 다른 곳?)

이제 매일 밤 내가 소파 위에 꼼짝 않고 앉아 있는 동안 버디는 가능한 한 빠른 속도로 여기저기를 돌아다닌다. 언제나 뭔가를 뒤엎고 넘어뜨린다. 그리고 떨어지는 것이 있으면 무엇이든 그 주변을 밟고 지나다닌다.

충돌. 내 커피 테이블 위에 있는 종교화 3면 그림

멈춤

1분간 때리기

달리기

충돌. 책상 위의 연필통

멈춤

미친 듯이 때리기

달리기

충돌. 전화

멈춤

잠시 때리기

달리기

충돌. 내 안경

멈춤

1분 동안 때리기

달리기

버디라는 이름이 안성맞춤이다. 괜찮다. 좋은 이름이다. 이름 관련 목록이 계속 늘어날 것이다. 내가 좋아했던 케임브리지 음식점 이름인 '버디의 서로인 핏(Buddy's Sirloin Pit)'을 또 방금 추가했다. 나는 버디의 머리가 비머에 비해 어떤 냄새가 나는지 비교해 보려고 코를 킁킁거린다. 버디는 그레이프 소다 냄새가 난다. (이전에 비머는 나뭇잎 냄새가 난다고 말했던 것이 기억날 것이다.) 미칼이 말한다. "유령은 버디를 좋아해." 나는 그가 우리 집 유령은 고양이를 좋아하지 않는다고 말했던 것을 다시 상기시켰다. "내가 계속 말했잖아." 그가 대답했다. "유령이 아기를 좋아한다고. 이제 아기가 들어온 거야."

일

TV 방송 대본을 보내다

"누구나 자신만큼은 특별한 존재가 될 것이라고 생각하죠." 수잔 로젠이 했던 말이다. 나는 그녀의 말이 옳다고 믿는다. 하지만 나는 많은 사람들이 자신에게 별로 흥미롭지 않은 일을 하는 것을 보면, 또 "정말 내 일이 싫어요."라고 말하는 것을 들을 때면 한편으로 의구심을 버릴 수가 없다. 왜 대부분의 사람들이 자신이 즐길 수 있고 흥미를 느낄 수 있는 일을 찾으려고 노력하지 않는지 말이다. 물론 대부분 성공하지 못할 것이다. 나도 TV 방송 작가가 되지 못할지도 모른다. 하지만 시도를 해보지 못할 이유가 있을까?

나는 두 개의 TV 방송 대본의 필요한 부분을 보완했고 벳시가 반감을 느끼지 않는 최초의 에이전트들에게 보냈다. 그들이 벳시에게 한 말은 나의 방송 대본이 매우 흥미롭다는 것이었다. 바로 그 주 토요일에 그들은 뉴욕에 올 때 나를 한번 만나겠다고 했다. 그런데 전화가 없었다. 그들은 나중에 다시 로스앤젤레스로 돌아가 벳시에게 이렇게 말했다. "작가에게 직접 연락해 보려고 했어요. 하지만 그날이 하필 금요일이었어요. 지금 바로 전화를 해볼게요." 그들은 내 대본이 엄청 마음에 드는 것은 아니지만 「고양이가 죽기를 기다리며」는 마음에 든다고 말했다고 한다. 어쩌면 그것으로 프로그램을 만들 수도 있다. 그런데 에이전트들과 나는 한두 주 동안 연락이 잘되지 않았다. 그들 중 하나가 마침내 내게 연락을 했을 때 언제나 할리우드 에이전트들이라면 그럴 것이라는 예상이 전혀 빗나가지 않았다.

에이전트: 우리는 당신이 정말 마음에 들어요. 정말 대단한 작가예요. 당신은 정말 놀라워요. 모든 것이 정말 매우 마음에 들어요. 우리는 정말 당신과 일하고 싶어요!
나: 무엇에 대한 이야기를 하시는 거죠? 무엇이 마음에 드신다는 건지?

벳시가 그들이 내 책을 마음에 들어 한다고 말한 적이 있었다. 그래서 나는 그들이 무엇을 마음에 들어 하는지 혼란스러웠다.

에이전트: 「사이카모어 힐(Sycamore Hill)」요.
나: 「사이카모어 힐」은 제가 쓴 것이 아닌데요.

그 순간 내 귀에 전화 저쪽에서 뭔가 페이지를 맹렬하게 넘기는 소리가 들렸다. 나는 조금 기다렸지만 그녀는 말하는 것을 멈추었다.

나: 좀 헷갈리신 것 같은데요. 아닌가요?

페이지 넘기는 소리가 더 격렬하게 들렸다.

에이전트: 스테에이이이이시시···. 호오오오온온온···.

나는 그녀가 내 이름이 적힌 뭔가를 찾고 또 찾는 동안 말을 최대한 늘이고 있다고 추측했다.

덩달아 나도 그랬다. "우리는 당신이 정말 마음에 들어요." 부분이 아니라 "헷갈리는 것 같다고 말한" 부분에서 그랬다. 나는 그녀에게 최대한 도움을 주려고 애썼다. 나는 벳시가 보낸 나의 대본 제목을 모두 알려주었다. 하지만 그녀는 이 지점에서 완전히 당혹스러움을 감추지 못했다. 그리고 다른 사람과 헷갈렸다고 해도 괜찮다는 것을 보여 주기 위해 내가 웃으면서 할 수 있는 것을 다 하고 있음에도 그녀는 끝까지 허세를 부리기로 작정한 모양이었다.

"예, 우리는 정말 당신 작품을 사랑해요. 주변에 보여 주고 어떤 피드백이 나오는지 한번 지켜보자구요."

"오케이." 내가 대답했다. 우리는 나의 방송 대본 중 하나에 대한 이야기를 하기 시작했다. 마치 심령술사와 이야기하는 것과 같았다. 나는 그녀에게 사실을 주입하고 있었다.

나: 그래서 사이버 공간에 대한 것이 마음에 들었나요?

에이전트: 예, 우리가 마음에 든 것이 그거예요.

나: 공중파에는 인터넷 쇼가 없다는 것이 믿기지 않아요.

에이전트: 예, 우리도 그래요. 인터넷 쇼. 인터넷 쇼는 모두 어디서 하죠?

나: 주인공의 나이를 40대에서 20대로 바꾸려고 해요. 제 생각에 인터넷 쇼의 진짜 시청층은 20대예요.

에이전트: 그래요. 20대. 더 낮죠.

이후에 그녀는 나의 글과 자신의 생각을 정리한 후에 벳시와 이야기를 나누었다. 그녀는 마음에 드는 것이 인터넷 쇼에 대한 대본—「가상의 세계」—이라고 벳시에게 말했다. 그리고 「고양이가 죽기를 기다리며」도 여전히 마음에 든다고 했다.

"일단 알았다고 했어요." 벳시가 말했다. "하지만 그 동안 다른 곳에도 보내 볼 생각이에요. 좋은 생각 같지 않아요?" 나는 매우 좋은 생각이라고 말했다. 그녀는 여러 곳으로 보냈다. 모두 「고양이가 죽기를 기다리며」를 제일 좋아한다. 그래서 우리는 기다려 보기로 했다.

로맨스

루벤 블레이즈

　내 책의 편집장인 팀(Tim)은 내가 배우이자 가수인 루벤 블레이즈에게 연락을 해봐야 한다고 생각한다. 제일 먼저 든 생각은 '**정말 굴욕적!**'이었다. 그가 내 책을 읽을 것이고 나와 사랑에 빠져 결국 내가 베라 왕 웨딩드레스를 입을 것이라는 판타지에 빠진 적이 없다는 것이 아니라 그가 결혼했을 거라는 확신 때문이다. 그런 그를 따라다니라고? 결국 나를 스토커의 세계로 단호히 몰아넣는 일 아닌가? "오케이." 내가 대답했다.

　나는 내 친구 알리에게 전화를 걸었다. 그는 이십 년 전에 로이터 통신을 위해 그를 인터뷰하면서 처음으로 블레이즈를 알게 해준 친구였다. "일단 그의 이름을 어떻게 부를 거야?" 그가 물었다. 그와 대화를 해볼 생각이 있다면 이것부터 정리해야 하는 것이 맞다고 생각했다. 나는 그를 언제나 "블라데스"로 발음했다. 하지만 다른 사람들은 "블레이즈"라고 발음한다. 알리는 남미에 가면 "블라데스"라고 발음하는 것이 맞지만 여기는 미국이니 블레이즈(blade "칼날"과 같은 발음이다.)라고 발음해야 한다고 말한다. 그래 그냥 블레이즈(칼날)로 하자.

"그 사람 결혼했지?" 내가 알리에게 물었다. "아니. 안한 것 같은데." 그가 답했다. 그리고 알리는 블레이즈가 정말 인정이 많은 남자였다고 말했다. "일단 그의 소속사에 전화를 걸어 그의 매니저 이름을 알아봐." 그래서 나는 미국 배우조합(Screen Actors Guild)에 전화하여 그의 대리인 번호를 입수했다. 나는 메시지를 남겼다. 그리고 기다렸다. 답이 없었다.

한 번 더 그의 대리인에게 전화를 하니 조수인 리자라는 여성을 바꿔 주었다. 리자가 말했다. "원하는 것을 팩스로 좀 넣어 주실래요?"

(편집장은 그에 대한 판타지를 적은 글을 보내라고 제안했다.)

나는 모든 것을 팩스로 보냈고, 즉시 시크릿 스페이스로 가서 회원들에게 내가 보낸 내용을 보여 주었다. 그리고 여론을 물었다.

나: 어떻게 생각해?

조: (우웩)

하워드: 닥쳐, 조. 스테이시, 너는 용감한 작가야.

나: 맙소사… 미친 짓을 했다는 뜻이구나, 그도 그렇게 생각할 거야.

하워드: 아니. 그가 네게 매력을 느껴 어떻게 생긴 여자일

지 몹시 알고 싶어 할 걸.

마리안: 나도 하워드 말에 동의해.

매튜: 글을 읽기 전에는 미친 줄 알았어.

리즈: 내가 가장 마음에 들었던 디테일은 베라 왕 웨딩드 레스야. 나도 베라 왕을 원해.

이 일에 대한 내 희망 사항은 이러했다. 블레이즈는 내 팩스를 읽고 내게 전화를 한다. 나는 이렇게 말할 것이다. "당신이 정말 블레이즈인지 내가 어떻게 알죠?" 그러면 그는 이렇게 대답할 것이다. "어떻게 입증할까요?" "내게 노래를 불러 줘요." 나는 대답한다. 모든 사람들이 그가 정말 상냥하고 친절한 사람이라고 말했기 때문이다. 그래서 나는 루빈 블레이즈가 전화로 세레나데를 불러주는 것을 듣는 즐거움을 최대한 만끽한다.

그런데 현실은 이러했다. 나는 한두 주 기다렸다. 아무도 답을 하지 않았다. 나는 팩스를 한 번 더 보냈다. 그리고 또 한두 주 더 기다렸다. 그리고 한 번 더 전화를 걸었다. 어느 누구로부터 어떤 답도 듣지 못했다.

노스텔지어

남은 삶 동안 무슨 일을 할지 내가 세운 여러 가지 계획을 요약하면 이렇다.

플랜 A 에코를 판다.

플랜 B TV 방송 작가로 일한다.

플랜 C 에코를 내놓는다.

플랜 D 여행길에 오른다.

플랜 E 외딴 곳의 주유소에서 일한다. 영화 〈레저렉션〉의 엘렌 버스틴처럼.

플랜 F 프로스펙트 시메트리(묘지) 관리 일을 인계받는다.

플랜 G 고양이 케이지 세척부터 하는 캣 프랙티스에서 일한다.

지금은 플랜 H도 있다. 잭 아브라함이 은퇴할 때 그의 자리에 지원을 한다. 잭 아브라함은 롱아일랜드 헌팅턴에 있는 모든 학교의 박물관 설립자이자 큐레이터이다. 그 박물관은 헤리티지 룸(Heritage room: 유산의 방)이라고 불린다. 그는 자신을 "교육적 고물 수집가"라고 부른다. 헌팅턴 사람이라면 누구나 자신의 집 지하실이나 고미다락뿐만 아니라 학교의 지하실이나 다락 속에서 뭘 발견하면 무조건 잭에게 가지고 간다. 1986년 이후로 그는 졸업앨범, 유치원 의자, 과학 수업 디스플레이, 풋볼 유니폼, 밴드 유니폼, 사진, 명판, 트로피, 디오라마(특히 박물관의 입체 모형), 슬라이드, 영사 슬라이드 등 모든 것을 광범위하게 수집했다. 그는 어떤 것이든 거부하지 않는다. 그는 헌팅턴의 역사를 생생하고 실감나게 만들고 있다.

아브라함은 제퍼슨 학교에서 교장으로 은퇴한 쉰다섯 살에 기록보관소 작업을 시작했다. 네이선 헤일 학교가 폐교를 했다. 그때 그는 그곳에서 레슬링과 수학상, 그리고 1898년 반 졸업생 20명 중 19명의 사진들 등 박스 15개 분량을 구해냈다. 이것들은 현재 헤리티지 룸의 벽에 걸려 있다. 이 수집품은 양이 점점 많아져 나중에는 이전 초등학교였던 헌팅턴 유니언 프리 스쿨 디스트릭트 애드미니스트레이션 빌딩(Huntington Union Free School District Administration Building)의 공간 세 개를 가득 채우게 되었다. 잭이 좋아하는 아티팩트(유물)는 성경, 깃발, 아일랜드 지역 신문인 「롱아일랜더」, 펜, 잉크통, 그리고 1923년 허물어진 학교의 초석 안에서 발견된 공책이다.

잭은 아이였을 때 자신의 값진 것들이 가득한 비밀 상자라는 것을 가지고 있었다. 비가 오는 날이면 그는 마루에 앉아 그것을 하나씩 꺼내 머릿속으로 그것의 역사를 음미하곤 했다고 한다. 그는 사진들, 신문 기사, 가정용 아티팩트, 그리고 깔끔하게 자신이 타이핑을 친 작품집과 해설서를 가지고 있었다.

나는 헤리티지 룸을 두 번 방문한 적이 있다. 두 번 다 그곳을 살펴보다가 나의 고등학교 졸업 앨범을 발견했다. 나는 더 이상 연락이 되지 않지만 잊히지 않는 지인들의 얼굴이 보고 싶었다. 두 번째로 내가 방문했을 때 잭은 학교의 강당이자 식당으로 사용되는 공간에서 4학년 학생들 한 그룹에게 자신의 수집품에 대한 발표를 하고 있었다. 어느 순간에 그는 이렇게 말했다. "변하는 것을 좋아하는 사람은 없어요." 또 다른 순간에는 이렇게 말했다. "나는 내 삶에서 변화로 인한 슬픔을 여러 번 겪었어요." 그때 나는 이런 생각을 했다. **이것이 내가 하기에 딱 맞는 일이야.** 내가 방송 작가 일을 하지 못하거나 내 고양이들을 외떨어진 곳으로 데려갈 수 없는 경우에 헌팅턴 아이들의 버려진 보물들로 상자를 가득 채우는 것이 죽음의 힘을 약화시키는 최고의 선택이 될 것이다. 아니면 묘지 돌보는 일을 하거나.

여론 조사

Q

에코의 회원 130명을 대상으로 여론 조사를 했다.

어린 시절로 돌아가면 가장 그리운 것은 무엇인가요?

이 질문은 에코에서 한 어떤 설문보다 서술형 응답을 많이 하게 했다. 그리고 모든 것이 슬펐다.

나는 레바논에 있는 우리 집 정원이 그립다. 시리아 군인들이 그곳에 참호를 파고 꽃을 탱크로 밀어버려 이날까지 방문이 허락되지 않을 것이다. 나는 정원에서 도마뱀을 쫓아다니며 오랫동안 놀곤 했다. 하지만 지금은 진흙 더미, 죽은 풀들, 그리고 크고 못생긴 탱크, 그리고 군인들이 주변 벽에 온통 붙여 놓은 포르노 사진뿐이다.

미래가 끝없이 펼쳐져 있을 것 같았던 느낌이 그립다. 옆으로 재주넘기를 열 번 할 수 있던 에너지가 그립다. 내 아버지가 그립다. 아버지가 살아있었다면 나는 아버지를 좀 더 잘 알 수 있었을 텐데.

이 세상에서 내가 원하는 것을 이룰 수 있을 것 같았던 느낌이 그립다.

생일과 크리스마스에 너무 들떠 병이 났던 것과 전날 밤 잠을 이루지 못한 일들이 그립다.

학교 마지막 날의 들뜬 기분이 그립다.

팰리세이즈 파크(놀이공원) 같은 어떤 굉장한 곳으로 갈 때 가는 날까지 손꼽아 세던 일들이 그립다.

빨리 자라기를 손꼽아 기다리던 것이 그립다. 나는 직업을 가지고 내 힘으로 살고, 결혼하고 아이를 낳는 것이 어떤 것인지 언제나 알고 싶었다. 이것들 중 일부는 여전히 내게 일어나지 않은 것이지만 일어나더라도 뭔가 드라마틱한 느낌이 들 것이라는 생각은 포기했다.

엄마가 커튼을 내리고 옷장 문을 닫고, 야간등을 켜고, 내가 이불 속으로 숨었을 때 내 손가락 인형에게 이야기해 주던 것이 그립다.

긴 여름 날 저녁에 오빠와 동생, 그리고 인근의 아이들과 '깃발 빼앗기 경기'(Capture the Flag: 상대팀의 깃발을 빼앗아 포로가 되지 않은 채 진지로 되돌아오는 경기)를 하며 밖에서 놀던 일이 그립다.

내가 차에서 졸음이 쏟아질 때 나를 안아서 데려가던 일이 그립다.

어린 시절의 천진난만함이 그립다.

62%는 이렇게 답했다. "안전하고 자유롭고 보살핌을 받고 있었던 느낌이 그립다."

나는 이 62% 중의 하나이다. 나는 풀밭에 누워, 등꽃 향기를 맡고 봅 화이트(bobwhite: 메추라기의 일종)에 귀를 기울였던 일이 그립다. 그 당시에는 내가 결정해야 했던 것은 수영하러 가거나 과일향이 나는 껌 같은 것을 사러 거리의 모퉁이로 가는 것이었다.

10명의 사람들은 어린 시절이 전혀 그립지 않다고 말했다. "단 한 순간도."

고양이

전날 밤에 버디는 20분간 스토브 앞에 앉아 있었다. 버디는 그냥 그곳에 앉아 노려보기만 할뿐이었다. 여러 해 전에 그곳에서 출몰한 쥐를 잡겠다고 밤을 지새우던 비츠와 영적 교신이라도 하는 것처럼. 그러고 나서 비츠가 쓴 것과 똑같은 작전으로 체중의 50배가 넘는 쓰레기통을 넘어뜨렸다. 그것도 두 번씩이나. 버디는 먹을거리가 더 없나 찾고 있었다. 그후에 버디는 탁구공을 가지고 놀았다.

이제 비츠에게 작별을 고할 때였다.

나는 버디에게 〈현기증〉(Vertigo: 죽은 애인에 대한 집착으로 새로운 여자를 만나 죽은 여자의 스타일을 강요하는 알프레드 히치콕 감독의 영화)이라는 영화 같은 일이 생기게 하고 싶지 않다. 버디가 죽은 고양이를 위해 자신의 작은 새로운 삶을 희생시키는 일이 있어서는 안 된다. 그래서 나는 종이에 비츠의 이름을 적어 계피 향이 나는 촛불에 태우며 죽은 후에 좋은 세상에 태어나기를 다시 한 번 빌었다. **고마워 비츠.**

오케이 버디, 너는 쥐를 기다릴 필요 없어. 새로운 것을 찾으렴.

아니면 곤충도 있어. 배가 고프면 더 먹게 해줄게. 가지고 놀 것이 필요하면 장난감을 사줄게. 너의 새로운 삶을 살아 너는 자유야.

비머는 비츠의 죽음을 냄새 맡은 후 병이 더 악화되었다. 나는 매주 비머를 동물병원에 데려가야 했다. 3개월에 천 달러 이상이 깨졌다. 생물학적으로 가망이 없었다. 나는 모든 약의 용량을 늘려야 했다. 먼저 비머는 고열에 시달렸다. 다음주에는 백선이 생겼다. 그리고 심한 감기에 걸려 얼굴에는 언제나 눈물과 콧물이 흐르고 있었다. 그리고 아무것도 먹지 않으려고 했다. 좋아하던 텐더 비틀(네슬레 사에서 만든 고양이 사료 이름)도, 베이비 푸드도 내가 직접 만들어 주는 치킨이나 치킨 간도 전혀 먹지 않았다. 그런 후에는 백선이 넓게 퍼졌다. 그렇게 하나둘씩 병명이 늘어갔다. 비머야, 너를 이해한다. 왜 모든 것이 원래대로 돌아갈 수 없는 것일까? 너와 나와 비츠가 소파 위에서 아무것도 하지 않고 그냥 누워만 있어도 행복하던 그 시절로 말이다. 이제는 불가능하다. 영원한 것은 없다.

황혼기 인터뷰

루스 헌터

루스 헌터(Ruth Hunter)는 미네아폴리스에서 1916년 7월 16일에 태어나 1944년에 6세의 딸인 수 캐럴(그녀는 이 딸을 '수키'라고 불렀다.)과 캘리포니아로 왔다. 그때 그녀의 남편은 군에서 의무병으로 복무하다 제대를 했다. 루스는 남편과 적어도 두 번 사별했다. 아이들의 아버지인 그녀의 첫 번째 남편은 그녀가 마흔아홉 살 때 죽었는데 이미 이혼한 후였다. 두 번째 남편과의 결혼은 6년을 넘기지 못했다. 루스는 그가 언제, 어떻게 죽었는지 모르고 관심도 없다. 세 번째 남편인 칼(그는 예술가, 음악가, 오페라 가수, 음악·수학교사였고 그녀의 평생의 동반자였다.)과는 그가 흑색종으로 죽을 때까지 30년간 결혼 생활을 했다. 정신없이 바쁜 삶을 산 평화 운동가일 뿐만 아니라 작가인 그녀는 카운슬링과 가이던스 분야의 석사학위를 가지고 있었다. 그녀는 회계사, 교사, 그리고 성인 학교의 카운슬러로 일하기도 했다. 그녀가 예술과 공예에 사용할 재료를 흥정할 때 광부와 도매업자들은 그녀를 록 레이디(Rock Lady)라고 불렀다.

루스 헌터는 나이보다 20년은 젊어 보였고 완전히 편안해진 모습이었다. 그녀에게 살아온 인생에 대한 이야기를 해달라고 하면 그녀는 지금 하고 있는 일에 대한 이야기를 한다. 그녀는 나보다 더 활기가 있어 보였다. 그리고 그녀는 지난 일은 두 번 생각하지 않는다. 상대방이 우기지만 않는다면.

나이가 들었다는 생각이 드나요? (그녀는 80대 초반이다.)

연령적으로는 굉장히 그렇죠. 하지만 늙었다고 느껴지지는 않아요. 내가 석사 과정을 밟을 때 노인 요양원에서 6주를 보냈어요. 그 슬픔이 여전히 기억나요. 요양원에서 나이가 든다는 것은 길이 하나밖에 없다는 것을 의미하죠. 삶에 대한 결정은 하찮을 정도로 줄어들고 무력감과 절망감뿐이죠. 요전날 나는 요양원 친구를 방문했어요. 다시 슬픔이 느껴졌어요. 노인들이 혼자라는 두려움에 사로잡혀 공허한 시선으로 고개를 목까지 떨군 채 멍하니 앉아 있었어요.

정확히 내가 로테를 방문했을 때 목격한 모습과 일치한다. 모두 저런 모습을 하고 있을까?

다른 한편으로 나이가 들어도 시각, 청각, 후각 같은 감각 기능이 여전히 제대로 작동하기만 하면 그렇게 나쁘지는 않아요. 수족이 좀 마음대로 따라주지 않는 것은 참을 만해요.

컴퓨터 앞에 너무 오래 앉아 있거나 혹은 소풍 가서 풀밭 위에 앉았다가 일어나는 것이 스무 살, 서른 살, 마흔 살일 때보다 더 힘들다는 것을 이제 알아요. 나이가 들어도 아직 차를 운전하거나 항의하러 가거나 결정을 하는 것은 괜찮아요. 그리고 내 보물들과 나의 애완견 찰리 브라운과 함께 혼자 사는 것도 괜찮아요.

나는 어떤 노인이 될까?

한창 젊을 때와 지금의 가장 큰 차이는 뭔가요?

나는 16살 때보다 지금 더 현명해졌어요….

열여섯일 때 우리 집안은 매우 엄했고 너그럽지 못했죠. 데이트도 메이크업도 못했어요. 나는 자유를 원했어요. 어느 날 기차표와 5달러를 들고 집을 나와 미네아폴리스에서 시카고로 가는 기차를 탔어요. 4학년 때 알게 된 친구가 있었는데 자신이 있는 곳으로 와서 소파에서 자며 살아도 된다고 했어요. 내가 시내 커피숍에서 신문 구인 광고를 읽고 있었는데 젊은 남자 하나가 좀 앉아도 되겠냐고 묻더군요. 그는 식사와 영화를 제안했어요. 하지만 먼저 그의 아파트에 같이 가자고 청했어요. 그곳에서 그는 돌변했죠. 그 끔찍한 상황에서 간신히 빠져나오긴 했지만 매우 현명하지 못했죠.

… 그리고 지금은 30대 때보다 좀 더 동정적이 되었다고나

할까요….

그때 나는 엉망이었죠. 두 살과 열두 살짜리 아이가 있었고 이혼을 하느냐 마느냐 하고 있었어요. 학교는 풀타임으로 근무하고 있었어요. 너무 정신없었던 것이 기억나요. 나는 아이들에게 조급하게 군 데 여전히 죄책감을 느껴요. 아침마다 아이들 머리를 양 갈래로 땋아 주는 일에 좌절해 어느 날 아이들 머리를 싹둑 잘랐어요. 내 딸이 많이 슬퍼했고 나는 그것에 대한 죄책감이 지금도 있어요. 만약 내가 그토록 시달리지만 않았다면 십대 청소년에게 더 많은 동정심을 가졌을 것이고 아이의 친구가 되어 줄 필요를 느꼈을 거예요.

중년의 위기를 경험한 적이 있나요?

없어요. 나이가 위기였던 적은 없었어요. 나이 먹는 것을 고민하는 것은 순전히 시간 낭비 같아요. 아무리 조바심을 쳐도 초, 분, 시간, 년이 거침없이 흐르잖아요.

잘 모르겠다. 조바심치는 것이 도움이 되는지, 더 나쁘게 만드는지. 나에게는 도움이 되는 것 같다.

거울 속에서 자신의 몸을 보면 어떤 느낌이 드나요?

내 몸은 정말 괜찮아요. 아직 가슴도 괜찮고 허리 라인도 있고 다리도 괜찮고 주름이 자글자글한 것도 아니구요. 사이즈 8치고는 나쁘지 않아요.

두려운 것이 있다면 무엇인가요?

추상적 의미의 죽음이죠. 그런 일이 내게 정말 일어나는 것이 상상이 되지 않아요. 정말 '무'에 대해 생각하는 것 외에는 자세히 설명할 수 없어요. 그리고 거의 매일 아침에 찰리와 산책하면서 보는 푸른 하늘, 푸른 언덕 그리고 넘실거리는 파도를 더 이상 볼 수 없다는 것이 상상이 되지 않아요.

이제 더 이상 두렵지 않은 것이 있나요?

이제는 고양이를 겁내지 않게 되었어요.

고양이를 겁내다니? 그렇게 사랑스러운 털 뭉치를?

더 이상 신경 쓰지 않는 것은요?

난 인색한 부분이 있어요. 그런데 소중한 명분이나 대의에 기부하는 것은 더 이상 신경 쓰지 않아요. 하지만 절대적으로 필요한 것 이상 뭔가를 많이 사는 데 관심을 가져본 적이 없어요. 그래서 우리 집 냉장고조차도 꼼꼼한 내 라이프스타일을 그대로 반영하고 있어요.

관심이 가는 젊은이에게 편지를 쓴다면 이 문장의 끝에 어떤 말을

하고 싶으세요? "네가 …만은 알았으면 하는데…."

    … 위험을 감수하는 것이 얼마나 흥분되는 일인지… 내가 중앙아시아나 쿠바로 여행할 준비를 할 때마다 내가 하고 있는 일이 어떤 것인지 아는지 묻는 전화를 받곤 했어요. 하지만 이타적인 이유로 위험을 감수하는 것은 내 기분을 매우 좋게 만들어요. 한번은 온두라스에 도착했어요. 한창 시민들이 죽고 행방불명이 될 때였는데 우리 열다섯은 행방불명자들의 어머니들을 만났어요. 군인들이 총을 들고 우리를 지켜보고 있는 가운데 우리는 큰 깃발을 들고 자신의 아이들이 어디로 갔는지 묻는 어머니들 무리에 합류했어요. 정말 위험했어요. 하지만 올바른 행동을 하는 것이라는 느낌이 상당한 만족감을 주었죠. 그것은 위험을 감수할 만한 것으로 만들었죠. 그렇게 하는 것이 기뻤어요.

임종을 가정하면 부인께서 친구들과 사랑하는 이들에게 작별 인사를 하고 있어요, 여전히 기회가 있는 동안 말하고 싶었지만 전하지 못한 것이 있다면요?

    내가 남편이 세상을 떠났을 때 해준 대로 해달라고 하고 싶어요. 나는 남편이 죽었을 때 고별 파티를 크게 열었어요. 100명이 넘는 사람들이 왔고 다들 그에게 꽃을 한 송이씩 선사했어요. 내가 작별 인사를 하고 품위 있게 떠날 수 있도록 아이들 중 한 명이 그렇게 해주면 정말 재미있을 거예요. 음악과 약간의 조크를 사용해도 좋아요. 눈물은 없었으면 좋겠어요. 추모식 같은 것에는 별로 관심이 없어요. 감상적인 말이 싫어서요. 감상적인 말에는 진실이 별로 들어 있지 않아요. 엄마와 딸 사이에 말하지 않는 것은 그냥 마음으로 간직하고 죽을 거예요.

한 번의 긴 불안감의 엄습 없이 자신을 위한 고별 파티를 그렇게 평화롭게 할 수 있다는 것이 상상이 되지 않는다. 하지만 나는 언젠가는 할 수 있을 것이라고 생각하고 싶다. 참석하기를 원하는 친구들이 적어도 열 명은 될 것이다.

버려지지 않기를 바라는 소유물이 있다면 어떤 것인가요?
모두 버리지 않았음 해요.

마지막으로 경험해 보고 싶은 것은?
어쩌면 남자 친구와의 우정, 동료애 같은 것. 약간 성적인 것도 나쁘지 않아요.

삶을 되돌아보았을 때 가장 그리운 것은 무엇인가요? 이 세상에서 가장 좋아하는 것은 무엇인가요? 일상에서는 무엇에서 즐거움을 얻는 편인가요?
내 딸 수키에게서 거의 매일 받은 이메일이에요. 나의 멋진 아이들과는 별개로 내 일상의즐거움은 책 한 페이지나, 한 챕터, 아침의 브리지 게임, 헤이즐넛 향이 나는 프렌치로스트 한 잔, 그리고 또 샤워를 한 후에 찰리를 데리고 나가 꽃향기를 맡는 것이죠. 우리는 해변으로 산책을 나가요. 전날은 하얀 왜가리를 봤어요. 정말 흥미로웠어요. 그러고 나서 바쁜 하루를 보내고 멋지게 와인을 한잔 하죠.

가장 그리운 사람은?

이 질문은 특히 엄마들이 대답하기 힘들어 할 거예요. 특히 나 같은 경우는 두 친딸, 두 양녀, 그리고 며느리, 그리고 손주들이 있어서 더 그래요.

보람이 있었나요? 이유는요?

달리 무슨 대안이 있었을까요? 한동안 삶을 계속 살았으면 해요.

나는 루스 헌터를 직접 방문하지는 못했다. 그녀는 캘리포니아에 살고 있다. 고양이만 남겨두고 열두 시간 이상 집을 떠나 있는 것이 쉽지 않았기 때문이었다. 나는 그녀의 사진 몇 장을 가지고 있다. 한 무리의 늙은 광부들이 그녀와 즐거움을 나누는 모습이 들어 있다. 그녀에게는 못할 일이 없어 보였다. 루스 헌트는 불굴의 투지를 가진 여인이다. 나는 그

녀의 딸 수에게 그녀가 매일 보내는 이메일을 엄마가 어떻게
생각하고 있는지 보여 주었다. 수는 눈물을 흘렸다.(루스 헌터
는 내 친구 수 레너드의 어머니다.)

일

에코는 다시 원점으로

완전 망했다. B회사는 모두 그럴 것이라고 예상한 대로 이상하게 굴기 시작했다. 내가 그들의 제안을 받아들였을 때 내 친구들은 하나같이 말했다. "네가 누구를 상대하고 있는지 알기나 하니?" 나는 안다고 생각했다. B회사는 평판이 좋았다. 최근까지 그들이 하는 사업은 청어라는 생선의 지방과 오일의 가공 및 유통이었다. 동물 먹이나 마가린 원료였고 유기질 비료로 사용되고 있었다. (청어는 건강에 좋은 오메가3 지방산의 원천이기도 했지만 B회사는 아직 그것까지는 출시하지 않고 있었다.) 비록 여전히 어류 가공품 사업을 하고 있었어도 B회사는 인터넷이 필요하다고 판단했다. 그들은 인터넷이 무엇이고, 또 그것을 어떻게 자신들에게 맞게 이용할 수 있는지 아직 완벽히 이해하지 못하고 있었다. 하지만 어쨌건 그 세계를 원했다.

먼저 그들은 별도 독립체를 만들고 가장 큰 인터넷 회사 중 하나인 익사이트(Excite)를 전액 주식으로 인수하려고 했다. 당시에 익사이트의 자산 가치는 10억 4천만 달러였고 B

348

회사는 대략 2억 6천만 달러였다. 익사이트는 관심을 보이지 않았다. "익사이트와 B회사 간의 상당한 자산 차이와 두 회사 간의 시너지 효과의 부재로 그 제안이 자산 가치를 희석시켜 익사이트 주주들에게 득이 되지 않는다."고 그들은 설명했다.

그럼에도 한동안 B회사는 자체 웹사이트를 원했다. 그들은 몇 가지 궁리를 했고 「뉴욕타임스」에 광고를 실었다. "B회사가 당신의 웹사이트를 살 것입니다." 그리고는 비앙카 트롤(Bianca Troll)을 포함한 대략 31개의 작은 웹사이트를 사겠다는 거래 의향서에 서명을 했다. 그런데 한 달 후에 그들은 다시 수산물 가공업으로 돌아간다는 발표를 하며 의사를 철회했다. 소송이 제기되었다. 그런데 또 두 달 후에 그들은 다시 인터넷 사업에 뛰어든다고 발표했다. "우리는 인터넷이 B회사에 엄청난 기회를 제공할 것으로 보고 있습니다." 그로부터 4개월 후에 이번에는 「월스트리트 저널」에다 웹사이트를 찾는다는 또 다른 광고를 실었다. 그로부터 2개월 후에 그들은 가상 공동체 비즈니스를 원했고 나에게도 제의를 했다. 그런데 이듬해 봄에 갓 승진하여 초조해 보이는 B회사 직원이 내게 전화를 걸어 에코는 인수하지 않을 생각이라고 말했다. "거봐. 뭐랬어?"의 시작이었다. 약속만 잔뜩 해놓고 이행은커녕 여전히 다른 여자들과 데이트를 하고 다니는 남자처럼 B회사는 내 머릿속에 다른 여자들에 대한 것을 모두 잊게 만드는 달콤한 소리를 잔뜩 불어넣었다. 나는 홀딱 반했고 뭔가 다를 것이라고 판단했다. **고소를 해야 하나**⋯ 나는 생각했다. 그러자 즉시 주디 판사 타입의 엄격한 판사가 나를 보고 이렇게 말하는 모습이 눈앞에 선했다. "당신은 그들에게 그런 전력이 있다는 것을 모르지 않았어요. 당신만큼은 예외여야 하는데 그렇지 않았다고 법정에서 주장하려는 건가요?" "하지만, 하지만." 내가 말했다. "됐어요. 법정은 당신이 바보라고 선고합니다. 사건 종결."

8개월간 매매 종결을 미룬 후에—신규 상장 준비를 하고 있다는 둥 매우 그럴듯한 해명과 "걱정 말아요. 이미 거래는 되었잖아요. 그냥 좀 바빠요." 등의 변명 아닌 변명으로—그들은 예상되는 수순을 밟기 시작했다.

그들은 다시 인수로 생각을 바꾸었다. 그 동안 나는 에코를 8개월 동안 보류 상태로 운영했다. B회사가 그 당시에 세계 지배 모드였고 에코를 그 상태 그대로 원했기 때문이었다. 그래서 내가 에코 유지 관련 비용을 청구하려고 했을 때 그들은 이렇게 말했다. "우리는 당신 회사에 있는 문제를 모르고 있었어요." 나는 이렇게 답했다. "아뇨, 알고 있었어요."(그들이 나에게 제의를 하기 전에 나는 서면으로, 이메일로 전화로 그 이야기를 다 했었다. 나는 에코의 문제를 과장하기까지 했다. 그럼에도 그들은 제의했다.) "아뇨, 몰랐어요." 그래서 나는 그들에게 보낸 적이 있는 메모를 보여 주며 상기시켰다. "알았어요. 그러면 청구서 보내 주세요." 그들이 말했다. 그래놓고는 지불을 원치 않았다. 우리가 합의한 액수가 너무 작은 숫자라 말하기도 민망할 정도이다.

일주일 후 그들은 이 모든 일이 실제로 일어나지 않았다는 합의서에 서명하도록 나를 설득하려 했고 완전히 새로운 버전의 계약서를 작성했다. 그들은 내가 어떤 버전에 대해서도 일체 대외적인 발설을 금지한다는 비밀 유지 조항을 넣었다. 내가 그들의 버전에 서명을 거부하며 비밀 유지 조항을 빼달라고 했을 때 그들은 비난 금지 조항으로 대체하려고 했다. 나는 에코의 시크릿 스페이스로 들어가 친구들에게 그것을 털어놓았다. 그러자 하워드가 물었다. "다음 차례는 뭐야? 파티에서 회사 이름이 나오면 눈알 굴리지 않는 조항?"

나는 비난 금지 조항을 거절했다. 바로 그 초초해하던 B회사 직원이 말했다. "그렇다면 우리는 합의금을 지불할 수가 없습니다." 나는 사실만을 말한다는 조항을 넣는다면 서명해주겠다고 했다. "그렇게 하면 사실만 말할 수 있을 뿐이죠. 지키지 않으면 날 고소하셔도 됩니다."

"우리는 사실 같은 것에 관심이 없습니다." 그가 대답했다. 나는 그에게 말을 바꿀 기회를 주었다. 그는 이렇게 바꾸었다. "우리가 관심이 있는 것은 사실에 대한 인식입니다."

나는 다른 회사에서 우리 장비를 모두 가져가는 쪽으로 정리를 했다. 그리고 사무실을 닫고 집에서 일할 준비를 했다.

나를 돕는 사람은 온라인상에서 할 수 있었다. 그래서 사무실을 유지할 필요가 없었다. 어떻게 8개월씩이나 거래가 성사되었다고 믿고 마냥 앉아서 기다릴 수가 있었는지 이후에 몇 주 동안은 생각할 때마다 구토증이 올라온다. 모든 것이 잘될 것이다. **바보가 따로 없어.** B회사는 어떤 종류의 인터넷 회사가 될 것인지 결정을 내리려고 노력하고 있다. (그들은 내게 주겠다고 한 많지 않은 돈을 결국 주지 않았다.) 이제 내게 남은 것은 플랜 B에서 플랜 H까지다.

뷰티

마지막 유효한 10년

지난주 SOB의 첫 무대에서 절반이 지났을 때 나는 안경을 벗었다. 얼마나 땀을 많이 흘렸던지 안경테 가장자리 밑에 땀이 고여 있었다. 나는 앞이 잘 보이지 않았다. "정말 안경을 써야 하니?" 밴드의 친구 중 하나가 물었다. "눈이 정말 예쁜데. 수술 고려해 본 적 없어?" 그녀가 매우 좋은 뜻으로 하는 말이라는 것은 안다. "수술 고려해 본 적 있어. 하지만 〈시계태엽 오렌지〉(A Clockwork Orange: 앤서니 버지스가 쓴 동명의 소설을 토대로 만든 스탠리 큐브릭의 걸작 영화) 본 적이 있지?" 내가 물었다. "그들이 말콤 맥도웰을 고문하는 동안 그의 눈꺼풀 벌려두는 장면 기억나? 눈을 수술할 때 그렇게 해야 돼. 그러면 내내 깨어 있어야 해." 나는 내 외모가 시들고 있다는 것을 안다. 하지만 더 좋게 보이려고 어떤 식으로든 수술 같은 것을 할 생각은 없다. 내 친구의 물음은 내 모습이 이제는 별로로 보인다는 것을 새삼 일깨워주었다.

선택할 수 있는 것들이 내가 받아들이고 싶지 않은 것이라는 데 화가 난다. 복부 지방 흡입술은 하지 않았다. 불룩한 뱃살은 비츠가 죽은 후 사라졌다. 식단에 약간 변화를 주는 것으로 해결되었다. 또한 큰돈이 드는 치아 보정도 하지 않았다. 문제가 있는 부분을 근본적으로 확 바꾸지는 못해도 그냥 저냥 괜찮아 보이는 정도로 손을 보면 된다는 것을 알게 되었다. 그래서 미용이 문제가 될 때는 일시적인 처방으로 해결해가면서 살고 있다.

언젠가 배우 스티브 마틴의 인터뷰를 읽은 적이 있다. 그속에서 그는 자신의 '마지막 유효한 10년'에 대한 이야기를 한다. 마틴에 따르면 이 '마지막 유효한 10년'은 외모가 여전히 어느 정도 괜찮아 적어도 일부 사람에게는 매력이 어필되는 마지막 10년을 말한다. 나도 이 마지막 유효한 10년의 기간에 있다는 결론을 내렸다. 「피플」 잡지의 조사 결과도 다르지 않았는데 대부분의 여성들이 54살을 '젊음의 끝'으로 여긴다는 것을 보여 주었다. 그래서 내가 타이밍을 제대로 맞춘 것 같다. 바로 이거다. 나는 이제 막 그 선을 넘었다. 내가 할 수 있는 것이 뭘까? 별로 많지 않다.

나는 가능하면 남들에게 좀 나은 모습으로 보이고 싶다. 나는 실제 나이보다 어려 보인다는 말을 언제나 많이 들어왔다. 하지만 잘 모르겠다. 몇 달 전에 내 나이 또래의 사람들 한 그룹과 파티에 갔다. 나는 에코에 대한 이야기와 이제 그것으로 무엇을 하고 싶은지에 대한 이야기를 했다. 그들은 모두 충고를 했다. 하지만 동년배로서 하는 것이 아니라 인생

경험이 더 많은 사람의 입장에서 하는 것으로 보였다. 그들은 내게 '젊은 사람의 관점'을 암시하는 이런 저런 질문을 던졌다. 결국 나는 의아한 생각이 들어 내가 몇 살로 보이는지 물어보았다. 그들은 내가 20대가 아닌지 물었다. 이 글을 쓰고 있을 때 나는 마흔세 살이다.

요컨대 이렇다. 만약 옆에 실제로 20대 여성이 있다면 내가 20대 여성처럼 보이지 않을 것이다. 분명하다. 내가 20대로 보이는 것이 아니라 나의 행동에 있는 뭔가가 나를 좀 더 젊게 보이게 만든다는 것이다. 어쩌면 파티에 있는 사람들은 내 얼굴이 20대 여자의 얼굴이라고 믿고 싶었을 것이다. 왜냐하면 자신들이 나이가 더 들어 보인다고 생각했다면 나를 40대로 인정하는 경우 자신들이 50~60대로 보인다는 것을 말하기 때문이다.

이블린(Evelyn)이라는 여자가 최근에 에코에 글을 올렸는데 자신의 친구들이 하나같이 그녀가 20대로 보인다고 했다는 것이다. 나는 이블린을 안다. 그녀는 20대처럼 보이지 않는다. 그녀는 나와 같거나 나보다 더 들어 보인다. 제일 먼저 든 생각은 누군가가 (그리고 그녀의 친구들이) 그녀의 외모를 그렇게 잘못 인지할 수 있다면 나도 똑같이 내 외모를 잘못 인지하고 있을지도 모른다. 내 생각은 이랬다. **어쩌면 내 마지막 유효한 10년은 이미, 돌이킬 수 없을 정도로 끝났을지도 몰라.**

죽음

아파트 유령의 정체?

내 아파트 유령의 정체를 알아낼 마지막 기회가 있었다. 1950년대 이후로 내가 살고 있는 건물에 여전히 살고 있는 또 다른 이웃이 있었다. 메리 루(Mary Lou)라는 할머니다. 사실 나는 그녀를 오다가다 몇 번 본 적이 있었지만 빠르게 다가가지 못했다. 솔직히 말하면 그녀가 사람을 조금 두렵게 만드는 면이 있었기 때문이다. 가끔씩 그녀는 이상야릇한 시선으로 나를 바라보았다. 하지만 로테에 대한 이야기를 했을 때 그녀는 더없이 친근했다. 한 층에 아내를 학대한 남자가 살았고, 또 다른 층에 죽은 후 몇 주 동안 발견되지 않았던 다른 남자가 살았다는 이야기를 로테가 했다고 하자 메리 루는 로테가 뭘 조금 잘못 알고 있다고 했다. 그 두 남자는 하나이며 동일인물이라고 했다. 그리고 그 남자가 지금의 내 아파트에 살았으며 살아생전 아내에게 잔인했고 죽은 지 한참 후에 발견이 되었다고 했다. 그렇다면 오래 전에 로테의 아파트로 날아 들어간 파리떼는? 지금의 내 아파트가 원천지였다. "네 집에서 뭔가 나쁜 일이 일어난 거야."라고 미칼이 말했었다. 분명한 것은 나쁜 일이 한두 가지가 아니었다. "그 여자 이름이 민(Min)이었던 것 같아요." 메리 루가 말했다. "그녀는 작은 여자였어요. 그리고 보통 여자들보다 결혼을 늦게 했어요." 결혼할 때까지는 그녀는 한 블록 떨어진 곳에서 부모님과 함께 살았어요. 일단 그 여자가 결혼하자 그녀의 부모님은 그녀의 신혼집으로 그녀를 보러 한 번도 오지 않았다오. 얼마 전에 로테가 집에 들어가는 것이 두려워 복도를 배회하던 한 여자가 있었다고 했는데 바로 민을 두고 한 말이었다.

무더운 한 여름의 어느 날 밤에 민이 죽어가고 있었다. 그녀는 난간에 기대어—내 아파트 난간이다.—소리를 지르기 시작했다. "추워요. 너무 추워요." 그녀의 음성은 측은하기 그지 없었다. 그녀의 소리는 전혀 잦아들지 않았다. "너무 추워요." 그녀는 계속 소리쳤다. 찌는 듯한 날이었음에도 건물 관리인이 난방을 조금 틀었다. 건물에 사는 어느 누구도 불평하지 않았다. 그녀는 죽어가고 있었다. 민과 그녀의 남편은 50년대부터 70년대 후반까지 살았다. 그들에게는 아이도 없었고 애완동물도 없었다.

메리 루는 자신이 준 정보를 살바도르에게 재확인해 보라고 했다. 살바도르는 60년대 이후로 내가 사는 건물에 살고 있었다. 나는 그에게 전화를 걸어 물어보았다. "메리 루가 뭔가 착각하고 있는 모양이오, 댁이 사는 아파트는 30년간 비어 있었소." 그가 말했다. 50년대 어느 시점에서부터 80년대 초반까지 내 아파트는 비어 있었다고 했다. 살바도르 버전에 따르면, 어떤 일인지 몰라도 일어나긴 일어났다는 것이다. 그 이후 30년간 그곳에 아무도 살지 않았다는 것이 나쁜 일이 일어난 것이 틀림없음을 말해 준다.

50년대가 미칼이 유령이 살기 시작했다고 말한 시점이었다. 나는 미칼이 유령이 맴도는 곳이라고 말해 준 곳을 올려다보았다. "민인가요?" 내가 물었다. 그리고 이어서 말했다. "대답하지 않아도 돼요!" 나는 아직 그녀를 보거나 들을 준비가 되어 있지 않다. 하지만 용기를 내고 싶다.

판타지

에버그린 시메트리

프로스펙트 시메트리의 전직 관리인인 엠마 스튜어트 본인은 정작 프로스펙트 시메트리에 묻히지 않았다. 그녀는 브루클린의 에버그린 시메트리에 묻혔다. 나는 그녀를 찾기 위해 마이크로필름 판독기를 빠르게 훑어보다가 말 그대로 뱃멀미를 했다. 그녀의 사망일을 정확히 알 수 없었다. 내가 아는 것은 1954년 봄이라는 것뿐이었다. 나는 그것을 찾기 위해 롱아일랜드 일간지를 샅샅이 뒤져야 했다. 나는 구토를 하고 싶었지만 화장실로 가지 못하고 있었다. 어떤 남자가 내가 보고 있는 판독기를 사용하려고 기다리고 있었기 때문이었다. 내가 잠시 자리를 비우면 내 물건을 한쪽으로 치우고 그 자리를 차지할 것이 분명했다. **3월에 죽었을 리는 없어.** 메스꺼움 때문에 중단해야 했을 때마다 나는 그렇게 생각했다. 내가 찾아낸 그녀의 사망 기사는 어떻게 죽었는지, 혹은 어디서 죽었는지 말하고 있지 않았다. 그녀가 에버그린 시메트리에 묻혔다는 것과 두 아들 리처드와 오언이 있다는 것뿐이었다.

어느 금요일 오후에 나는 에버그린 시메트리에 가려고 브루클린의 동부 뉴욕 섹션을 걸어서 지나가고 있었다. 그곳은 시간 속에 정지되어 잊힌 곳 같았다. 마치 내가 1950년대의 소도시의 후진 부분으로 시간 여행을 온 것 같았다. 모든 사람들이 초창기 말론 브란도의 리바이스 청바지를 입고 있었다. 잡화점과 산업 소음이 많았다. 비교적 평범해 보이는 사람들이 불안감을 조성하는 도시 타입의 사람들과 섞여 있었다. 인상이 사나운 몇몇 사람들이 인상을 일부러 구기려고 안간힘을 쓰며 사람들 사이를 천천히 걸어가고 있었다. 우울하고 지저분한 데이비드 린치(David Lynch: 영화감독, 시나리오 작가) 같은 타입의 이웃이었다. 또다시 나는 생각했다. **훗날 여기서 살아도 될 것 같아.** 사람들이 대체로 친근했다. 내가 버스에서 내렸을 때 버스 운전사가 나를 에버그린으로 통하는 블록까지 에스코트해 주었다.

묘지에서 관리인이 실로암까지 태워 주었다. 실로암은 엠마 스튜어트가 잠들어 있는 구역이었다. "걸어가기에는 너무 멀어요." 그가 말했다. '실로암'은 성경에서 나온 말로 맹인들의 눈을 뜨게 해준 강의 이름이었다. 관리인과 나는 거대하고 멋진 돌과 동상이 있는 쾌적한 구역을 지나 잔디뿐이고 넘어진 표지물이 간간이 있는 작은 구역으로 들어섰다.

그곳에서 나는 프로스펙트 시메트리의 무덤과는 너무 다른, 외롭고 헐벗은 엠마의 자리를 발견했다. 에버그린이 활동적이고 손질이 된 곳이라면 거의 잊힌 프로스펙트 시메트리는 푸르고 야생적이고 향기로운 곳이었다. 에버그린은 차갑고 냉담한 느낌이 들었다. 엠마는 다섯 살 때 죽은 로버트라는 아이와 함께 묻혀 있었다. 추측하건대 그녀의 아들일 것이다. 그녀의 묘비에는 아무도 언급되어 있지 않았다. 그녀의 남편도 없었다. 그리고 다행히도 67세와 75세로 추정되는 그녀의 다른 두 아들이 없는 것으로 보아 아직 생존해 있음이 분명했다.

볼만한 것은 없었다. 하지만 나는 잠시 그곳에 머물렀다. 엠마, 그리고 나를 지지하는 고인 중의 몇몇과 상상으로 대화를 하는 장면을 그려 보았다. 나의 외할머니 데이지와 나의 고조할머니 엘렌, 내 아파트의 유령, 그리고『전쟁과 평화』의 불임꽃 소냐였다. 소냐는 실존 인물이 아니다. 하지만 고인들도 실존했을 때 만난 적이 없는데 다를 것이 있을까?

엠마가 그녀의 묘비 뒤에 서서 무표정하게 나를 바라본다.

나: 왜 결국 여기로 온 거죠, 엠마?
엠마: 그건 말할 수 없어요.
나: 이제 그게 뭐가 중요하죠? 당신은 죽었고 나도 언젠가 죽을 거고 당신을 아는 사람들도 언젠가 죽을 거예요.

그녀는 잠시 고통스러운 표정을 짓지만 곧 정중한 미소를 보낸다.

엠마: 그들은 모두 여기에 있어요. 이 모든 무덤과 모든 도금양, 쑥, 담쟁이 아래에 새미스 가문도 베일리스 가문도 있고 다른 모든 사람들도 있어요.

그녀 뒤로 한때 이 세상을 살다 간 수많은 고인들의 모습이 흐릿하게 나타난다. 그들이 뭐라고 부드럽게 중얼거리는데 마치 수많은 TV 소리가 다른 방의 벽을 통해 들려오는 것 같다.

나: 나 이제 어떡하죠?
데이지: 뭘 어떡하긴 어떡해?
나: 오, 외할머니, 제가 외할머니라고 불러도 될까요?
데이지: 당연하지.
엘렌: 나는 너의 고조할머니야!
소냐: 나는 숙모 같은 사람이죠.

우리는 모두 나의 유령에게 시선을 돌린다. 유령이 아직 한 마디도 하지 않고 있다.

유령: 아파트 밖으로 나오니까 좋아요.
나: 그렇죠. 모든 것이 끝이 난다는 것이 실감이 나지 않아요. 나는 앞으로 무슨 일이 일어날지 궁금한 인생의 출발선에

있지 않아요. 이미 많이 갔어요.

데이지: 하루하루를 소중히 살려무나.

나: 그렇게 하려면 어떻게 해야 되죠?

데이지: 날 바라보지 마라. 나는 결국 갇혔고 끝에는 환각까지 경험했단다.

엘렌: 나는 한때 술에 취해 살았을지도 모른단다. (6촌의 딸인 로즈메리가 언젠가 엘렌 할머니가 술을 잘 마셨다는 말을 한 적이 있었다.)

유령: 나는 실체가 없는 존재예요.

소냐: 나는 실존 인물이 아니에요.

나: 미안해요.

우리는 엠마의 무덤 주위를 반원으로 둘러싸고 아래를 응시한다. 엠마가 두려움에 찬 표정을 짓는다.

엠마: 내게 주어진 다른 일이 있을 것이라고 생각했어요. 무덤을 파는 일이 내가 하는 마지막 일이 될 것이라고는 생각하지 않았어요.

나: 부디 행복하시길 바라요.

그녀는 답을 하지 않는다. 잠시 아무도 말하지 않는다. 우리는 실눈을 뜨고 끝없이 이어지는 고인들을 자세히 들여다보며 누가 누군

지 구분해 내려고 애쓴다.

나: 그런데. 지금 시간이 너무 빨리 가요. 나도 곧 죽을 거예요.

엠마: 누구나 그렇게 살다 가요.

데이지: 뭐가 그렇게 불만이지? 내 삶을 봐.

나: 여기 앉아서 고작 걱정하는 것이 언젠가 죽을 거라는 타령을 하는 내가 한심하다는 것을 알아요.

나는 소냐를 바라본다. 그녀는 다소 나와 입장이 비슷했다. 그녀만큼은 내 편을 들어주기를 희망한다.

소냐: 나를 바라보지 말아요. 나는 허구의 존재예요.

나: 톨스토이는 인생의 끝이 행복했을까요? 궁금해요. 그가 어땠는지는 모르니까요. 그의 소설 속 인물들은 하나같이 활기 없는 황혼기를 보내며 삶을 마감하죠. 심지어 해피엔딩으로 끝나야 하는 존재들조차 말이에요.

데이지: 누구 이야기를 하는 거지?

나: 레오 톨스토이예요.

나는 그녀를 바라본다.

나: 조금만 더 저의 대모 역할을 해주시면 안 되겠어요?

데이지는 자신의 할머니인 엘렌에게 도움을 청하며 그녀를 바라본다.

엘렌: 오, 내가 답을 가지고 있다고 생각하니?

나: 답이 있는 사람은 없어요. 나도 답이 없어요. 하지만 어떤 답이 있을 수 있을까요? 우리는 언젠가 죽어야 해요.

엠마: 에….

엘렌: 음….

우리는 모두 소냐에게 시선을 돌린다. 그녀는 방어적으로 보인다.

소냐: 다시 말하지만 난 허구 속의 인물이에요!

엠마: 뭘 원하죠, 스테이시?

나: 나도 모르겠어요. 계획은 몇 가지 세워놓았어요. 하지만 어떤 것이 옳은지 내가 어떻게 알 수 있을까요?

데이지: 나와 달리 너는 정신이 온전하지 않니?

엘렌: 그리고 술을 마시지도 않고.

소냐: 그리고 실존 인물이고.

나: 그러고 보니 그렇네요.

유령: 그리고 다시 돌아올 수도 있어요.

그들은 뭔가 더 하고 싶은 말이 있어 보인다. 마치 뭔가 도움이 되는 생각을 해내려고 애쓰는 것처럼 머리를 쥐어짜고 있다. 그들은 분노하고 좌절하고 슬퍼한다. 하지만 그들은 노력한다. 나는 그들이 무슨 말을 하더라도 기꺼이 받아들일 준비를 한다. 나는 그들이 더 이상 도움이 되지 않는다고 느끼기를 원치 않는다.

소냐: 직접 알아내기를 바랄게요.

유령: 몇 년 동안 당신을 지켜보고 있었어요. 점점 나아지고 있다는 생각이 들어요.

데이지: 우리는 널 응원하고 있어. 우리 모두 너의 편이야.

엘렌: 네가 우리를 찾아 준 것이 기쁘단다. 다시 기억이 되어 기분이 좋구나.

엠마: 알겠지만 나는 이 묘지를 파면서 행복했어요.

나는 엠마가 정말 그렇게 말할 거라고 생각한다. 언젠가 내가 그 자리에 있을 것이기에 나 또한 그것을 바라는 바지만 말이다.

여론 조사
Q

에코의 회원 110명을 대상으로 여론 조사를 했다.

당신의 여생에 몹시 기대하는 것은 무엇인가요?

21%가 말했다. "가장 기대하는 건 사랑이죠."

19%는 아이를 갖거나 자녀가 자라는 것을 지켜보는 것이라고 답했다.

10%는 집을 갖는 것이라고 말했다.

10%는 여행이라고 말했다.

10%는 빚에서 해방되거나 돈을 좀 더 버는 것이라고 말했다.

10%는 은퇴라고 말했다.

많은 사람들이 음식에 대한 기대를 나타냈다. 또 한 사람은 이렇게 적었다. "'소프라노스(The Sopranos)'의 다음 에피소드." 또 다른 사람은 이렇게 적었다. "죽음만 제외한 모든 것." 그리고 내 친구 하나는 이렇게 적었다. "없어. 스테이시, 개떡 같은 질문 그만해. 짜증나."

나는 여생 동안 사랑을 기대한다는 사람들에게 공감이 간다. 정말 사랑하는 사람이 없다면 달리 뭘 기대할 수 있을까? 나는 사랑 없이 죽고 싶지는 않다. 언젠가 나 같은 사람이 내 책을 읽고 궁금해 할지도 모르겠다. "그 여자 사랑을 찾았대?" 그러면 나를 알고 있는 또 다른 사람이 이렇게 대답할지도 모른다. "아니. 그 여자 고양이들을 데리고 고독사 했대." "정말 너무 슬퍼." 그런데 나 같은 여자라면 또 이렇게 생각할지도 모른다. 나에게도 일어날 수 있는 일이 아닐까?

디 엔드

중년의 위기는 끝났다

그래도 이제는 마음이 홀가분하다. 내 중년의 위기는 끝났다. 이제는 이런 모순이 진실이라고 믿으니 그것만으로도 불안감이 엄습하지 않는다. 삶은 힘들다. 영원한 것은 없다. 그리고 우리는 죽는다. 그리고 정말 모든 것이 나쁘지는 않다. 그리고 당장 모를 수 있겠지만 더 나아질 수도 있다. 정교하게 짜인 부정의 심리? 어쩌면 이것이 최고의 대응이고 유일한 대응일지도 모른다.

나는 여전히 진지한 만남을 갖는 남자가 없다. "꿈속의 남자가 나타나지 않으면 어쩌지?" 나는 친구인 크리스에게 물어보았다. 그녀는 이렇게 대답했다. "삶에 로맨스가 없으면 삶과 로맨스에 빠지면 되는 거야." 당신이 진정한 사랑을 찾지 못하면 모든 사람을 사랑하고 삶의 모든 소소한 것들을 사랑하면 된다. 지금 내가 하고 있는 것이다. 나는 가는 곳마다, 시크릿 스페이스, 드럼 치는 내 친구들, 내가 아는 모든 사람들, 그리고 사랑스러운 내 고양이들과 작은 것들로 사랑을 나눈다. 더 늘어날 때도 있고 그렇지 않을 때도 있다. 중요한 건 충분히 효과가 있다는 것이다.

내 외모는 한창 때와는 다르다. 이제는 별로다. 사실이다. 어쩌면 머잖아 더 별로가 될지도 모른다. 몇 달 전에 엘렌 폴리가 노래하는 것을 들었다. 엘렌 폴리는, 앞에서 말한 적이 있는 내 친구 알리의 또 다른 여자 친구이다. 알리는 방부제 얼굴을 가진 이탈리아 여자인 마리아와 사귀기도 했다는 언급을 한 적이 있다. 나는 알리의 두 연인이었던 엘렌과 마리아와 동갑이다. 엘렌에게 남아 있는 마지막 이미지는 1977년의 것으로 그녀가 알리의 무릎에 앉아 있던 모습이다. 그 당시에 우리는 맨해튼을 일주하며 전 세계에서 온 사람들과 어울려 파티를 하며 즐거움을 만끽했다. 정말 재미있었다. 엘렌 같은 사람들과 같이 노는 것이 정말 즐겁다. 엘렌은 가수였다. 그때 그녀는 미트로프 앨범의 "대시보드 불빛 옆의 낙원 (Paradise by the Dashboard Light)"이라는 노래를 녹음한 지 얼마 되지 않았었다.

그때 이후로 20여 년 만에 처음으로 루저 라운지에서 나는 엘렌을 보았다. 루저 라운지는 내가 사는 곳에서 별로 떨어지지 않은 곳에 있는 클럽의 운영자인 조 맥긴티(Joe McGinty)가 한두 달에 한 번씩 뮤지컬 공연을 올리면서 붙인 이름이었다. 먼저 그는 버트 바카락(Burt Bacharach), 더스티 스프링필드(Dusty Springfield), 좀비스(Zombies) 같은 송라이터나 밴드를 골라 출연시키고 스무남은 명의 공연자들을 차례로 무대에 올려 그들만의 버전으로 노래를 부르게 했다. 나는 그 음악, 그 가수들, 그 클럽, 조, 그리고 특히 노래를 잘하건 못하건 환호와 박수갈채를 아끼지 않았던 그곳의 청중들에게 열광했다. 때로 그곳에서 사람들은 테이블이 춤추기에 최고의 자리인 것처럼 테이블 위에서 춤을 추기도 했다. 나는 이런 흥겨움에 같이 빠져드는 것을 좋아한다. 누구나 루저 라운지를 보면 이런 영광의 순간을 만끽할 수 있다.

엘렌 폴리는 루저 라운지에 공연을 와서 아바(Abba)의 노래 "승자가 다 가져가(The Winner Takes It All)"를 연주하며 노래를 불렀다. 그녀를 둘러싼 청중은 환호성을 지르고 테이블과 바닥에서 온통 몸을 들썩이며 난리였다. 앞에서 말한 것처럼 마리아와 마주친 것이 내 삶에서 이미 끝나버린 어떤 것을 생각나게 했다면 엘렌은 여전히 남아 있는 것을 생각나게 했다. 엘렌의 얼굴은 세월 속에 잊힌 여자의 얼굴이 아니었다. 그녀도 마리아만큼 매순간 나이를 먹는다. 하지만 그녀에게는 불안과 혼란의 모습이 없다.

나는 이제 혼란을 느끼지 않는다. 비츠가 죽고 얼마 되지 않았을 때 마우로가 가자고 해서 17세기 영국 작곡가 존 다울런드(John Dowland)의 콘서트에 간 적이 있었다. 그의 노래는 전부 죽음에 대한 것이었다. 그곳에 간 것이 정말 기뻤다. 살다 보면 이 세상에서 가장 하기 싫은 일이 기운을 내는 것인 순간들이 있다. 그때는 그냥 뒹굴어야 한다. 프로그램 해설서에는 이렇게 쓰여 있었다. "슬픔을 아름답게 표현하는 가운데 명상에 잠기는 것은 위안이라는 고양된 기분을 느끼는 데 도움이 된다." 나는 중년의 위기를 헤쳐 나가는 내내 뒹굴었고 전전긍긍했다. 이제는 마지막 할 일이 하나 남았을 뿐이다.

간밤에 나는 그레이트 처치 코럴 소사이어티 합창단에서 브람스의 "레퀴엠"을 불렀다. 그 곡은 슬픔을 숭고할 정도로 아름답게 표현한 것이었다. 나는 마음속으로 그 공연을 비츠에게 헌사했다. 그 속에 내 모든 슬픔을 담았다. 나의 가장 큰 즐거움과 가장 큰 해방감은 지휘자 존을 지켜보는 것에서 나왔다. 공연 중에 그가 반쯤 눈을 감고 몸을 뒤로 젖히며 얼굴에 미소 같은 것을 머금고 머리를 한쪽에서 다른 쪽으로 돌리는 순간이 있었다. 그는 마치 우리와 함께 천국의 가장자리에 있는 것 같았다. 그의 얼굴에는 황홀경이 나타나 있었다. 나는 그를 그런 곳으로 데려다주는 음악의 일부가 된 것이 정말 행복했다. 나는 나 자신과 나의 작은 순간과 나의 작은 삶에서 들어 올려져 슬픔과 두려움을 완전히 다른 것으로 바꾸기 위해 할 수 있는 것을 하는 인류의 영원한 컨베이어 벨트 대열에 놓였다. "애도하는 자는 복을 받나니." 레퀴엠(진혼곡)은 이렇게 시작된다. "위안을 받을 것이기에." 나는 나의 젊은 시절을 애도했고 위안을 받았다. "앞장서서 눈물을 흘리며 씨를 뿌리는 자는 기쁨으로 거두리로다."는 "주님의 품에서 죽은 자들은 복이 있도다. 일에서 휴식을 취하니 이는 저희의 행한 일이 따라옴이라."로 끝난다. 주님 부분은 그렇다 치고 두 번째 줄 "저희의 행한 일이 따라옴이라." 행한 일이 따라와도 괜찮다.

나의 중년의 위기는 끝났다고 생각한다. 이날까지 살면서 한 순간도 놓지 않으려고 꽉 붙들고 있었던 삶의 구명 기구를 마침내 내려놓았기 때문이다. 내 팔이 지쳐 있었다. **익사할 거라면, 나의 남은 시간 동안 익사할까봐 두려워하며 사는 것보다는 차라리 그냥 익사하는 편이 낫다.**

나는 예전처럼 성공에 신경이 쓰이지 않는다. 심지어 원하는 것을 실제로 얻는 것에도 크게 관심이 없다. 내가 원하는 것이 있다면 가능성이다. 무언가가 여전히 가능하다는 것이 진정한 즐거움이며 가장 흥미로운 부분이다. 어떤 일이 생기고 안생기고는 그다지 중요하지 않다. 중요한 것은 끝나지 않았다는 것이다. **내 영혼은 갈망하고 깊은 숨을 쉰다**(Meine seele verlanget und sehnet). 브람스의 "레퀴엠"에 있는 또 다른 구절이다. 내 마음은 바뀌었다. 나는 살아있는 한 갈망하고 숨을 쉬고 싶다.

나는 너무 낙천적이거나 지나치게 들뜬 사람으로 보이고 싶지 않다. 좋은 일들이 여전히 일어날지 모른다고 해도 정말 지금부터는 모두 내리막길이다. 그리고 우리는 언젠가 죽어야 한다. "무지개 너머 어딘가에 하늘은 푸르고…." 그러고 나면 바위 하나가 우리 머리에 떨어져 우리를 죽일 것이다.

내 친구들 몇몇이 "우리는 에너지로 구성되어 있고 에너지는 절대 죽지 않아." 같은 감상적인 말로 자위한다. 나는 내가 순수한 에너지로 영원히 존재하든 말든 관심이 없다. 내가 원하는 것은 나이고 내 인격이고 내 기억이다. 나는 그것이 계속되기를 원한다. 그렇지 않으면 내게 무슨 소용이 있을까?

영원히 혼자인 것에 대한 패닉과 두려움에 빠진 에코의 누군가가 내 친구 하워드에게 위안을 요청했다. 그녀는 절대 혼자 죽지는 않을 것이라고 누군가가 말해 주기를 원했다. "글쎄요…." 하워드가 말했다. "실존적 의미에서 당신은 당연히 혼자 죽어요. 우리는 누구나 그래요. 하지만 다른 의미에서는 확신컨대 사랑하는 사람이 손을 잡아주는 가운데 죽을 거예요."

나이가 들어가면서 우리가 무엇을 알게 될까? 사십이 되고 오십이 되고 육십이 되고 칠십이 되고 팔십이 되는 법을 알게 된다.

릭 캐리어가 말했다. "당신은 당신의 현재, 과거, 그리고 미래의 책임자이다. 당신이 이것을 받아들이지 못하면 당신은 원치 않는 것만 남은 존재가 될 것이다." 나는 어떤 존재가 되는 것이 제일 싫은지 이제는 잘 모르겠다. 한때 그녀는 고양이하고만 사는 여자였다. 하지만 지금 나는 그렇게 되어 있고 나름 행복하다.

미칼이 우리 집 유령에 대한 최신 정보를 준다고 다시 내 아파트를 방문했다. 그는 모든 것이 변했다고 말했다. 내 유령은 소파 위의 한 모퉁이를 맴돌지 않고 주변을 돌아다닌다고 했다. 그 말에 기분이 괜찮았다. "네가 유령을 달래려고 뭔가 많은 것을 한 것 같아. 정확히 그것이 무엇인지는 모르겠어. 왜냐하면 훨씬 더 평화로운 느낌이 들어서야." 어쩌면 그것은 내 마음이 어느 정도 평화를 찾았기 때문일 것이다.

간밤에 나는 물러 다 삼바(Mulher da Samba)라는 새로운 밴드에서 연주했다. 두 번씩이나 음을 놓쳤다. 이전의 여느 때라면 내 저녁이 완전히 엉망이 되었을 것이다. 하지만 나는 연주를 망친 것에 대해 사과를 했을 뿐이다. "저도 무슨 일이 일어났는지 모르겠어요. 깜짝 놀랐어요." 나는 매우 느긋했다. 드럼을 치는 법을 배운 것이 나로 하여금 세계에서 가장 위대한 드러머가 되지 않아도 상관없고, 혹은 록 스타가 되지 않아도 상관이 없다는 결론에 이르게 했을까? 혹은 록 스타가 되지 않은 사람의 무덤에 있는 잡초를 제거하게 했을까? 아니면 내가 태어난 날 태어나 몇 주 후에 하트 아일랜드에 묻힌 사람들을 모두 찾아보게 했을까?

모르겠다. 인정하는 것이 핵심이라고 생각한다. 중요한 점은 내가 원하고 느끼는 모든 것을 인정할 수 있게 되었다는 것이다. 비록 내가 다소 별나고 한심해 보인다고 해도 말이다. 내가 원래 내 모습과 다른 척하며 살아갈 수도 있다. 하지만 나는 묘지의 풀을 뽑는 것을 좋아하고 엠마의 묘지를 찾는 것을 좋아하고 이틀에 한번 비머에게 주사를 놓는 일을 좋아한다는 것을 인정한다. 저 세상으로 가버린 사람들의 남겨진 흔적 찾는 것을 좋아하고 그렇게 하면 내 기분이 좋아진다는 것을 인정한다. 한 마디 말도 주고받지 못한 동물이 편안하게 죽도록 해줄 수 있다는 것이 기쁘다는 것을 인정한다.

이 모든 것이 더해져 삶이 된다. 내가 갈망하고 깊은 숨을 쉬고 삐걱거리며 나아가기 위해 했던 모든 일들이 마침내 상당한 무언가가 되었다. 그것은 죽음을 수용 가능하게 만드는 것이 아니라 삶을 더 수용 가능하게 만든다. 나는 이것이 내가 서서히 종료되고 있는 한층 더한 증거임을 깨닫는다. 나의 생물학적 약물이 서서히 효과를 나타내기 시작했고, 나는 무관심이라는 약물 효과에 빠져들고 있다. 부인과 수용과 포기 사이의 차이를 구분하지 못해도 상관하지 않는다. 혹은 점점 더 나이가 들고 느려지는 자연의 과정에 대해 인정하든 항복하든 더 이상 신경 쓰지 않는다.

모든 것을 고려해 봤을 때 내가 믿을 수 없을 정도로 운이 좋은 면이 있다. 내가 건강하다는 것이다. 하지만 한창 때는 그것을 알아도 도움이 되지 않는다. 나는 여전히 문제가 있고 앞으로도 문제가 있을 것임을 또한 안다. 나는 사람들이 행복이 내적인 것이라고 말할 때 꿈속에서나 찾을 수 있는, 완벽하게 행복한 상태를 말하는 것이 아님을 안다. 나 자신이 그 속에 묻히는 일이 없도록 해야 한다.

무엇이 죽어도 괜찮게 만들까? 죽어도 괜찮게 만드는 것은 이 세상에 없다. 아무리 많은 성취도, 아무리 많은 사랑도 그렇게 만들지 못할 것이다. 영원한 것이 없다는 정교하게 짜인 부인의 심리만이 유일한 해법이다.

삶의 질문에 대한 답은 TV에서도 찾을 수 있다. 조지 클루니가 TV에서 이렇게 말했다. "나는 해피엔딩(행복한 결말)을 믿지 않고 해피 트래블(행복한 여행)을 믿어요. 궁극적으로 엔딩이라면 우리가 선택할 수 있는 것은 두 가지밖에 없어요. 아주 젊은 나이에 죽거나 아니면 친구들이 죽는 것을 지켜봐야 할 정도로 오래 살고 죽는 거죠. 그것은 보통의 삶이죠." 그의 말이 옳다. 죽는 것이 행복한 일이라고 생각하지 않는 이상 해피엔딩은 존재하지 않는다. 셔윈 B. 눌랜드(Sherwin B. Nuland)에 따르면 죽는 것이 행복인 경우는 끔찍한 충격에 빠진 경우이다. 내 조언은 이렇다. "가급적 계속 활동하고 될 수 있는 한 좋은 시간을 가지고 다른 사람들이 그렇게 할 수 있도록 도움이 되는 일을 하라." 나는 우리가 선택할 수 있는 것이 조지 클루니가 믿는 것보다 두어 가지 더 있다고 믿는다. 하지만 그의 말이 전적으로 옳다. 그것이 보통의 삶이다.

너무 짧다. TV의 지혜는 더 많다. 언젠가 나는 조안 리버스(Joan Rivers)의 오스카 프리 쇼(Oscar pre-show)에 로베르토 베니니(Roberto Benigni: 영화배우이자 영화감독)가 나온 것을 보고 있었다. 그녀가 그에게 물었다. "당신의 한 해는 어땠어요?" "한 해가 아니었어요." 그가 대답했다. "한 순간에 휙 지나갔어요." 그는 그녀의 질문을 이렇게 고쳐서 해야 한다고 말했다. "당신의 한 순간은 어땠어요?"

나는 이 말에 대단한 것이 내포되어 있다고는 생각하지 않는다. 적어도 한두 마디로 요약될 수 있는 것은 아무것도 없다. 그리고 우리 삶이 어떤 의미도 없다면 '이것'이 훨씬 더 중요해진다. 코맥 매카시(Cormac McCarthy)에는 '죽음에 대한 진짜 공포', '시간의 비인간적인 매정함', 그리고 '세상에서의 신의 부재'에 욕을 퍼붓는 인물이 나온다. 나는 죽음과 시간에 대해서는 그의 생각에 동의한다. 하지만 앞의 두 가지 때문에 신의 부재가 오히려 삶을 더 중요하게 만든다고 생각한다.

내가 아는 것이 없다고 인정하는 것이 위안이 된다. 나는 영화 〈크리스마스 캐럴〉의 앨리스테어 심(Alistair Sim: 찰스 디킨스 원작 「크리스마스 캐럴」을 영화화한 동명의 작품에서 스크루지 역할을 한 주연배우)의 심정이다. 그는 잠에서 깨어나 혼령이 그의 눈을 뜨게 해준 그날이 크리스마스란 것을 깨닫고 기뻐서 춤을 춘다. 그는 아직 현재에 있다. 그에게는 미래를 바꿀 기회가 있다. 그는 아이처럼 이렇게 노래한다. "나는 아무것도 몰라. 아무것도 몰랐어. 하지만 이제 나는 내가 모른다는 것을 알아. 크리스마스 아침에. 물구나무서기를 해야지."

나는 아무것도 모른다.

나는 전기가 무엇인지 모른다.

나는 법안이 어떻게 법이 되는지 모른다.

나는 언제 삶이 시작되는지 모른다.

나는 신이 존재하는지 모른다.

나는 프로스펙트 시메트리의 묘지 위에 풀이 자라는 것을 막는 법을 모른다.

나는 로테의 고통을 덜어주는 법을 모른다.

나는 꿈속의 남자를 찾게 될지 어떨지 모른다.

나는 나의 두 고양이를 살리는 법을 모른다.

나는 모른다.

하지만 이제 나는 내가 모른다는 것을 안다. 나는 여전히 살아있다. 그리고 나는 내 미래를 바꿀 수 있다. 당연히 내가 그렇게 한다는 것이 아니라 가능성이 존재한다는 것이 중요하다.

한 가지 배운 것이 있다. 누군가가 지하철 선로에 떨어져 다른 전철이 오기 전에 플랫폼으로 다시 올라갈 시간이 없다면 선로 공간을 찾는 것이 최선이라는 것이다. 선로 공간은 벽쪽에 조금 패인 공간이다. 때로 흰색 라인이 그려져 있다. 만약 선로 공간을 찾지 못하면 트랙의 맞은편 기둥 사이에

서서 그것을 붙잡고 있어야 한다. 몸은 트랙을 마주보고 머리는 옆으로 돌린 채로 말이다. 마지막 한 가지 선택은 이것이다. 선로 중심부에 반듯하게 눕는 것이다.

나는 헌팅턴 학제에 현재 여섯 명의 새미스 아이들이 있다는 것을 또한 알게 되었다. 그들은 언젠가 헌팅턴 고등학교를 졸업하게 될 것이다. 그들을 찾아냈을 때 나는 뭔가 죽음의 힘을 약화시키는 잭팟을 터뜨린 느낌이었다. 슬픔과 두려움을 완전히 다른 것으로 바꾸기 위해 할 수 있는 것을 하는 인류의 영원한 컨베이어 벨트 대열에 그 새미스들이 합류할지도 모른다는 것을 알고 나니 기분이 더 좋아진다. 나는 그 긴 줄에 서 있는 사람이다. 나는 혼자가 아니다. 이전에도 혼자가 아니었고 앞으로도 아닐 것이다. 이런 많은 순간에서 작은 영광을 찾아낼 수 있다면 나는 그것으로 살아갈 수 있다. 나는 바로 여기서 그것을 기다리고 있을 것이다. 내 친구들과 고양이들과 함께, 그리고 공포와 기쁨, 젊음과 노년과 죽음 사이의 어딘가에서, 영광의 한 순간에서 다음 순간을 기다리며 톨스토이가 옳았기를 바라면서 말이다. 나는 이제 나쁜 일이 일어나도 너무 예민하게 받아들이지 않을 것이다.